LE MASQUE

ŒUVRES DE STANISLAS LEM
DANS PRESSES POCKET :

L'INVINCIBLE

MÉMOIRES TROUVÉS
DANS UNE BAIGNOIRE

LE RHUME

SCIENCE-FICTION
Collection dirigée par Jacques Goimard

STANISLAS LEM

LE MASQUE

CALMANN-LÉVY

ISBN : 2-266-02201-6

LA FORMULE DE LYMPHATER

Titre original de la nouvelle

FORMULA LYMPHATERA

1

PARDON monsieur... Un moment s'il vous plaît. Excusez-moi d'être importun, si, si, je le sais, mon allure... mais je suis contraint de demander... Ah non ! Non, non, pas du tout ! C'est un malentendu. Je vous ai suivi ? Oui, c'est vrai. Depuis la librairie, mais c'est seulement parce que je vous ai vu par la vitrine... Vous étiez en train d'acheter les revues *Biophysics* et *Abstractions*... et quand vous vous êtes installé ici, je me suis dit que c'était une occasion extraordinaire... Si vous me permettiez d'y jeter un coup d'œil, aux deux mais surtout à *Abstractions*. Pour moi, c'est vital mais je ne peux pas me les offrir. D'ailleurs ça se voit, n'est-ce pas ? J'y jette un coup d'œil et je vous les rends tout de suite, ça ne durera pas longtemps. J'ai seulement à vérifier quelque chose, une note bien précise. Ça serait mieux si... Vous me les prêtez ? Je ne sais comment vous remercier... Il vaut mieux que je sorte, le garçon va arriver, je ne voudrais pas que... je vais aller les feuilleter dans la rue, en face. Vous voyez, il y a un banc... et je vous les rapporte aussitôt... Que dites-vous ? Non, non, je vous en prie. Vous n'avez pas à m'inviter. Vous insistez ? Bon, voilà, je m'assieds. Pardon ? Oui, bien sûr, je prendrais volontiers un café. N'importe quoi si c'est absolument indispensable. Oh non ! là, je ne me laisserai pas faire. Je n'ai pas faim. C'est possible qu'à voir ma tête, on pourrait le croire mais ça n'est qu'une impression. Puis-je les regarder tout de suite bien que ça ne soit pas très poli ? Merci. C'est le dernier numéro... Non, je vois déjà qu'elle n'est pas dans *Biophysics*. Et ici, voilà... voilà... ah ! Crispen, Novikoff, Abdergarten, Suhima, tiens donc, c'est la deuxième fois... Oh ! Non, ce n'est pas ça. Il n'y a rien. Bon... Je vous les rends avec tous mes remerciements. Je suis une fois de plus tranquille pour quinze jours... C'est tout. Ne vous dérangez pas ! Mon café ? Ah oui, c'est vrai, mon café. Oui, oui, je me rassieds. Je vais me taire. Je ne voudrais pas m'imposer. Etre importuné par un individu comme moi... Pardon ? Oui, sans doute, ça semble étonnant, mon intérêt, à voir mon... hum !... mon extérieur... Mais de grâce, tout sauf ça. Pourquoi devriez-vous encore vous excuser ? Merci beaucoup, non, je ne prends pas de sucre. C'est une habitude que j'ai depuis des années, quand je n'étais pas encore aussi bavard... Vous n'avez pas envie de lire ? Car je croyais... Ah, cette attente dans vos yeux ! Non, pas en échange. Bien entendu que je peux ! Ça ne peut pas faire de mal. Un mendiant qui étudie le *Journal of biophysics* et *Abstractions*. C'est drôle, je m'en rends compte. J'ai conservé mon sens de l'humour d'une période plus faste. Excellent, ce café. Je m'intéresse à la biophysique, semble-t-il ? En fait, pas exactement. Je m'intéresse... mais je ne sais pas si ça vaut la peine... Ne pensez surtout pas que je me fais prier. Pardon ? C'est vous ? C'est vous qui avez publié l'année dernière cette chose sur les comitantes des espaces affines multicourbes ? Je ne me souviens pas du titre en entier mais c'était intéressant. C'est tout à fait différent de Baum. Halloway a essayé de le faire en son temps, mais sans succès. Bizarres, ces espaces affines... vous savez quel bourbier sont les systèmes anhalonômiques... Il y a de quoi s'y perdre. Avec les mathématiques, c'est toujours comme ça quand on souhaite les fixer trop vite, prendre le taureau par les cornes... Oui, j'aurais dû dire ça depuis longtemps. Lymphater. Ammon Lymphater. C'est mon nom. Ne soyez pas surpris de mon air déçu ! Je ne cache pas que je le suis, à quoi bon ? Ça m'est déjà arrivé plus d'une fois, et pourtant à chaque fois c'est un peu douloureux. Je comprends tout... La dernière fois qu'on m'a imprimé... c'est il y a vingt ans. Je suppose que vous à l'époque... naturellement. Ah bon ? Trente ans ? Eh bien vous en aviez alors dix, vous vous intéressiez plutôt à autre chose... Et après ? Mon Dieu, je vois que vous insistez. Vous êtes discret mais ça ne vous empêche pas — comment dirais-je ? — d'essayer de me traiter comme un... collègue. Ah ! pensez-vous ! Je n'ai pas de fausse honte. La vraie me suffit. Bien ! Mon histoire est à ce point invraisemblable que vous allez être déçu, car il n'y a pas moyen qu'on y croie, c'est impossible. C'est moi qui vous le dis. Ce n'est pas la première fois que je la raconte. Mais en même temps, j'ai toujours refusé de donner certains détails qui l'authentifieraient. Pourquoi ? Vous comprendrez quand vous l'aurez entendue. C'est long... mais je vous aurai prévenu. C'est vous qui l'aurez voulu. Ça a commencé il y a à peu près trente ans. J'avais fini mes études et je travaillais chez le professeur Haave. Bien sûr que vous avez entendu parler de lui ! C'était une sommité. Une sommité très raisonnable. Il n'aimait pas prendre de risques. Il n'en prenait jamais. Certes il nous permettait, j'étais son assistant, une chose ou une autre en dehors des cours, mais en principe il refusait. Mais je ne vais vous raconter que mon histoire à moi. Elle est bien sûr imbriquée dans celle d'autres personnes mais il faut que je me limite car je n'ai que trop tendance à la digression ; sur le tard, elle échappe à tout contrôle. Après tout, j'ai soixante ans. J'ai l'air d'en avoir plus, c'est sûr, mais c'est aussi à cause de tout ce que j'ai fait...

Incipiam. Voilà, cher monsieur, ça se passait dans les années soixante-dix. Je travaillais chez Haave mais je m'intéressais surtout à la cybernétique. Vous savez ce que c'est : les fruits du voisin sont toujours plus beaux. Elle m'intéressait de plus en plus. Finalement trop pour qu'il pût le tolérer. Ça ne m'étonne pas. A ce moment-là non plus. J'ai eu quelques problèmes de mutation, mais pour finir j'ai atterri chez Dyamon. Vous en avez certainement entendu parler aussi ! Il est sorti de l'école de McCulloch. Il était hélas terriblement autoritaire mais c'était un merveilleux mathématicien. Il jonglait purement et simplement avec les espaces imaginaires. J'appréciais beaucoup ses cours. Il avait la cocasse habitude de pousser des rugissements quand il parvenait au résultat final. Mais passons ! J'ai travaillé un an avec lui, en dévorant tous les livres que je pouvais. Vous savez comment ça se passe : dès qu'un nouveau livre sortait, je ne pouvais pas attendre qu'il arrive à la bibliothèque et je courais l'acheter. J'ingurgitais tout. Tout... Dyamon fondait certes de grands espoirs sur moi. J'avais déjà une chose pas mal, une mémoire phénoménale. Vous savez, même maintenant je peux vous réciter les titres de tous les travaux qui ont été publiés à l'Institut d'une année sur l'autre en l'espace de douze ans. Les titres des thèses aussi... Maintenant je ne fais que me souvenir, à l'époque, je me les gravais dans la mémoire. Ça me permettait de faire des rapprochements entre les différentes théories ; en cybernétique c'était une vraie guerre sainte, acharnée, et les enfants spirituels du merveilleux Norbert se sautaient à la gorge à tel point que... Mais quelque chose me rongeait. Mon enthousiasme ne durait jamais plus d'un jour. Je m'emballais très vite, mais dès le lendemain je commençais à me poser des questions. De quoi s'agissait-il ? Eh bien disons, de la théorie des cerveaux électroniques... Ah bon ! Je serai franc : c'est même bien comme ça, cher monsieur, car je ne serai pas obligé de faire excessivement attention pour ne pas mentionner un détail par mégarde, mais qu'est-ce que je vais chercher ! Ce serait une injure de ma part ! Je ne crains rien, aucun plagiat, pas le moins du monde, l'affaire est beaucoup plus sérieuse, vous allez le voir vous-même. En attendant, je tourne autour du pot... A vrai dire, une introduction s'impose. Voilà, cher monsieur, toute la théorie de l'information a surgi dans la tête de quelques personnes presque du jour au lendemain. Au début, tout semblait relativement simple, la rétroaction, l'homéostasie, l'information en tant que réversibilité de l'entropie, mais on s'est vite aperçu que ça ne se laisserait pas réduire de sitôt à un système ; il y avait de quoi s'y perdre dans les fausses routes, les marécages des mathématiques. Des écoles se sont créées, la pratique a suivi son cours, on a construit les diverses machines à calculer, à traduire, à apprendre, à jouer aux échecs... et la théorie a suivi le sien, ce qui fait que l'ingénieur de ces machines a bientôt eu du mal à s'entendre avec l'informaticien théoricien... Il s'en est fallu de peu que je ne me noie moi-même dans ces nouvelles mathématiques qui poussaient comme des champignons, ou plutôt comme de nouveaux outils dans les mains de cambrioleurs qui tentent d'éventrer la carapace du mystère. C'est pourtant un domaine fascinant, n'est-ce pas ? On peut avoir une femme laide ou banale et envier ceux qui en ont une belle, mais à tout prendre une femme est une femme ; en revanche, les gens sourds aux mathématiques m'ont toujours paru des infirmes ! Pauvres d'un tel monde ! Ne l'entrevoyant même pas ! La structure mathématique est quelque chose de gigantesque, elle mène où elle veut, c'est soi-disant l'homme qui la crée, mais dans le fond il ne fait que découvrir une idée platonicienne venue on ne sait d'où, le ravissement et le gouffre, car le plus souvent elle ne mène nulle part... Un beau jour, je me suis dit : assez. Tout ça est bien beau mais moi je n'en ai pas besoin, il faut que je reprenne tout depuis le début, tout seul, exactement comme s'il n'y avait jamais eu de Wiener, de Neumann ni de McCulloch... C'est ainsi que du jour au lendemain, à ma manière, j'ai fait de l'ordre dans ma bibliothèque, un ordre impitoyable. Je me suis inscrit au cours du professeur Hayatt et me suis mis à étudier la neurologie animale. A partir des mollusques, du tout début, vous savez. C'est une histoire horrible car purement descriptive ; dans le fond, les malheureux biologistes et zoologistes n'y comprennent rien. Je l'ai bien vu, et quand on est enfin arrivés, après quelques années de labeur, à la structure du cerveau de l'Homme, ça m'a donné envie de rire. Je vous assure ! J'avais tous les travaux et tous les photogrammes du Ramon y Cajal, les arborisations des neurones du cortex noircis par l'argent... les dendrites du cervelet, comme de la dentelle noire, superbe... et des coupes du cerveau et de la moelle épinière, millénaires, anciennes, tirées des atlas de Williger, et je vous le dis : j'ai ri ! Ces anatomistes, c'étaient des poètes, cher monsieur ! Quels noms ils allaient chercher pour tous ces éléments dont en général ils ne comprenaient pas l'utilité : corne d'hippocampe... corne d'Ammon... corpuscules tétragènes.. fissure de l'ergot...

En apparence ça n'a rien à voir avec mon problème, mais en apparence seulement car, monsieur, j'ai toujours été étonné par beaucoup de choses qui n'étonnaient absolument pas les autres. Sinon aujourd'hui je serais certainement un professeur sclérosé qui laisserait derrière lui deux cents travaux dont personne ne se souviendrait plus d'ici peu, tandis que là...

Il s'agit de ce qu'on appelle l'inspiration. D'où m'est-elle venue ? Je n'en ai pas la moindre idée. Instinctivement, depuis des années, probablement depuis toujours, tout le monde s'imaginait qu'il n'existait qu'un seul type de cerveau, celui dont l'Homme a été pourvu par la Nature. Car l'Homme est une créature raisonnable, primordiale, première parmi les primordiales, maître et roi de la création... Oui. Donc les modèles, aussi bien sur le papier, mathématiques, comme ceux de Rashevski, qu'électriques, comme ceux de Grey Walter, tirent tous leur origine *sub summis auspiciis* du cerveau de l'Homme, en tant que machine à penser, inégalable, parfaite, neuronique. Et ils avaient l'illusion, ces braves gens, que s'ils réussissaient un jour à confectionner un cerveau mécanique qui pourrait rivaliser avec celui de l'Homme, ce serait uniquement, ça se conçoit, parce qu'il serait dans sa structure tout à fait identique à ce dernier. Une brève réflexion sans idée préconçue montre l'immense naïveté de cette façon de voir. Qu'est-ce qu'un éléphant ?, a-t-on demandé à une fourmi qui n'en avait jamais vu. C'est une très, très grande fourmi, a-t-elle répondu. Pardon ? Maintenant aussi ? Oui, je le sais. C'est toujours un dogme, tout le monde continue à penser comme ça, c'est justement pour cette raison que

Corvaiss a refusé de publier mes travaux. C'est d'ailleurs une chance qu'il n'en ait pas voulu. Je dis ça maintenant, mais à l'époque ça m'a mis dans une de ces rages !... Enfin ! Vous comprenez. Encore un peu de patience. Donc, l'inspiration... Je suis revenu aux oiseaux. C'est, cher monsieur, une histoire très curieuse. Vous savez ? L'évolution a emprunté des voies diverses car elle est aveugle ; c'est un sculpteur aveugle qui ne voit pas ses propres créatures et ne connaît pas — comment le pourrait-elle ? — leur devenir. Pour employer une métaphore, il semble que c'est comme si la Nature, avec des efforts continuels, s'engouffrait dans des impasses ; elle y laisse tout simplement ses créatures immatures, résultats d'expériences ratées que rien n'a éclairées, mis à part la patience : elles ont duré en effet des centaines de millions d'années..., et elle en a entrepris de nouvelles. L'Homme est l'Homme grâce à ce qu'on appelle le néencéphale, et ce qui constitue le cerveau des oiseaux, les stries, striatum, se trouve chez lui repoussé dans le fond, pressé par le grand casque, manteau de notre orgueil et de notre fierté, qui cache tout, de l'écorce cérébrale... Je me moque peut-être un peu, Dieu sait pourquoi. C'était donc comme ça, les oiseaux et les insectes, les insectes et les oiseaux, cela ne me laissait pas en paix. Pourquoi l'évolution s'était-elle arrêtée là ? Sur quoi avait-elle buté ? Pourquoi n'y avait-il pas d'oiseaux raisonnables, de fourmis intelligentes ? Ça serait pourtant... oh ! vous savez, regardez donc : si l'évolution des insectes s'était poursuivie, l'Homme ne leur serait pas arrivé à la cheville, il n'aurait rien pu y faire, il n'aurait pas pu résister à la concurrence. Comment donc ! Pourquoi ? Hein ! Pourquoi ? Les oiseaux et les insectes, bien qu'à un degré différent, viennent au monde avec un savoir tout prêt, à la mesure de leurs besoins, on le comprend. Eux n'ont pour ainsi dire rien à apprendre, mais nous ? Nous perdons la moitié de notre vie à apprendre pour nous persuader dans la deuxième moitié que les trois quarts de ce que nous nous sommes fourré dans la tête sont une surcharge inutile. Imaginez ce qui se serait passé si un enfant d'Hayatt ou d'Einstein avait pu venir au monde avec le savoir de son père ! Alors qu'en fait il est aussi bête que n'importe quel nouveau-né ! Apprendre ? La malléabilité de l'intelligence humaine ? Moi aussi, monsieur, j'y ai cru. Ça n'a rien d'étonnant. Quand on entend le même axiome indéfiniment répété dès les bancs de l'école, on y croit, on prend pour une évidence indiscutable le fait que l'Homme, venu au monde vierge comme une feuille de papier, doit apprendre même à marcher, à attraper les objets avec ses mains ; on voit là sa force, sa supériorité, une source de puissance et non de faiblesse, et tout autour, on voit l'étendue de la civilisation.

Je revenais pourtant invariablement aux insectes et aux oiseaux. Comment cela se passait-il ? De quelle manière héritaient-ils d'un savoir tout prêt, transmis de génération en génération ?... Je ne savais qu'une chose, c'est que les oiseaux n'avaient pas de cortex, ce qui voulait dire que le cortex n'avait pas grande importance dans leur neurophysiologie. Les insectes, eux, n'avaient rien du tout et voilà qu'ils venaient au monde avec un savoir indispensable pour vivre presque total, et les oiseaux avec une part importante de ce savoir. Il résultait de là que le cortex était la base de l'apprentissage, de cet... cet obstacle sur le chemin de la grandeur. Sinon le savoir se serait cumulé et l'arrière-arrière-petit-fils d'un Léonard de Vinci aurait eu une intelligence devant laquelle Newton et Einstein auraient fait figure d'imbéciles ! Excusez-moi ! Je me suis emporté. Ainsi donc, les insectes et les oiseaux. Pour les oiseaux, le problème était clair. Ils descendaient des reptiles, ils avaient donc pu se contenter de développer un projet, une hypothèse de structure latente dans les reptiles : les éléments de l'encéphale, archistriatum et pallidum, existaient déjà, mais en fait aucune voie ne s'offrait à eux avant que le premier oiseau ne se lance dans les airs, l'affaire était perdue. Il y avait une solution de compromis : un peu de noyaux nerveux, un peu de cortex — ni chair ni poisson — mais les compromis ne rapportent jamais, dans l'évolution non plus. Pour les insectes, le problème se présentait différemment. Ils avaient des chances : un système nerveux symétrique, parallèle, des cerveaux abdominaux par paires dont nous avons hérité des bribes, mais c'est un héritage non seulement dissipé mais aussi transformé. Quelle est leur fonction en nous ? Le fonctionnement de nos tripes ! Mais ça, remarquez-le bien, ils le savent à la naissance ; les systèmes, sympathique et parasympathique, ne sont plus obligés d'apprendre quoi que ce soit, à faire marcher leur cœur, leurs entrailles, le système végétatif parvient à le faire, il est immédiatement intelligent ! Et ça n'avait intrigué personne... ? Il ne peut pas en être autrement quand des générations naissent et disparaissent, aveuglées par leur confiance dans leur fausse perfection. Bien, mais que leur était-il arrivé, aux insectes ? Pourquoi s'étaient-ils arrêtés d'une aussi terrible façon, pourquoi s'étaient-ils tellement mécanisés ? D'où venait la paralysie de leur développement, cette fin brutale qui avait eu lieu voilà presque un milliard d'années et les avait bloqués à jamais, sans être pourtant suffisamment puissante pour les anéantir ? Bah ! Comment ça ! C'est le hasard qui a ruiné leurs possibilités. Un hasard total, idiot, car ils descendaient des prétrachéates. Et ceux-là avaient quitté l'océan pour la terre ferme avec un système respiratoire déjà formé. L'évolution ne peut pas, comme un ingénieur insatisfait des solutions trouvées, démonter sa machine, dessiner un nouveau projet et remonter les malheureuses pièces en recommençant à zéro. L'évolution ne le peut pas. Sa créativité est entretenue par les corrections, les améliorations, les perfectionnements... Notre cortex est l'un d'eux... Les trachées ont été une malédiction pour les insectes ! Ils n'avaient pas de poumons, ils avaient des trachées, et comme ils les avaient, ils n'ont pas pu développer de système respiratoire actif, c'est ce que vous croyez ? C'est parce que, disons, les trachées c'est tout simplement un système de tuyaux qui s'ouvrent sur la surface du corps et qui ne peuvent fournir d'oxygène qu'autant qu'il en afflue par les orifices... C'est pour ça, cher monsieur. Du reste, ce n'est pas moi qui l'ai découvert, vous le comprenez bien. Pourtant on en parle à contrecœur : peu importe. Le facteur qui a éliminé le concurrent le plus redoutable de l'Humanité... Oh ! qu'est-ce que l'aveuglement ne ferait pas faire ! Les trachées, une fois qu'elles ont traversé une certaine épaisseur du corps, qui peut être calculée avec précision, ne peuvent plus fournir d'air en quantité suffisante. L'organisme étoufferait. L'évolution, évidemment, est intervenue : les insectes ont dû rester petits. Pardon ? Les énormes papillons mésozoïques ? C'est un très bel exemple de corrélation mathématique, de l'influence directe de simples lois physiques sur la vie... la quantité d'oxygène parvenant à l'intérieur de l'organisme dépend non seulement du diamètre des trachées mais également de la rapidité des conventions... et elle à son tour, de la température ; ainsi par conséquent, à l'époque mésozoïque, pendant les grands réchauffements qui ont couvert de palmiers et de lianes même la région du Groenland, sous un climat tropical sont éclos ces papillons diurnes et nocturnes grands comme la main ; c'étaient toutefois des éphéméridés et les premiers refroidissements les ont anéantis, la première série d'années moins torrides et pluvieuses... Entre parenthèses, c'est encore sous les tropiques qu'on rencontre aujourd'hui les plus gros insectes... mais ce sont de petits organismes, les plus grands d'entre eux sont petits si on les compare au tétrapode moyen, au vertébré moyen ; les dimensions de leurs systèmes nerveux sont minuscules, on n'a rien pu y faire, l'évolution est restée impuissante.

Ma première idée a été de fabriquer un cerveau électronique selon le schéma du système nerveux des insectes... Desquels ? Eh bien, des fourmis par exemple ! Mais il m'est bientôt venu à l'esprit que c'était une bêtise, que je voulais suivre la politique du moindre effort. Pourquoi moi, le fabricant, devais-je refaire les mêmes erreurs que l'évolution ? J'ai donc reconsidéré le problème fondamental, celui de l'apprentissage. Est-ce que les fourmis apprennent ? Bien sûr que oui ! On peut produire chez elles des réflexes conditionnés, c'est bien connu. Mais il s'agissait pour moi de tout autre chose. Il ne s'agissait pas du savoir qu'elles héritaient de leurs ancêtres, non. Il s'agissait de savoir s'il existait des actes accomplis par les fourmis qui ne pouvaient leur avoir été transmis par leurs parents et que malgré tout elles réussissaient à faire sans aucun apprentissage ! Si vous y regardez bien... Oui, je sais. A partir d'ici, ce que je dis commence à dégager un air de folie, non ? De mystique ? Les fourmis avaient accès à la révélation ? A une connaissance *a priori* du monde ? Mais ce n'est que l'introduction, cher monsieur, le B.A.-BA de la méthodologie de mon délire. Continuons. Dans les livres, dans la littérature concernant ce domaine, en général, il n'y avait pas de réponse à cette question, car personne, ayant la tête sur les épaules, ne se la posait et n'aurait eu le courage de la poser. Que faire ? Je ne pouvais tout de même pas me faire myrmécologue uniquement pour répondre à cette question préliminaire ! C'est vrai, elle décidait de l'« être ou ne pas être » de toute ma conception mais la myrmécologie nécessite de longues années d'études. J'aurais dû perdre encore trois ou quatre ans, je sentais que je ne pouvais pas me le permettre. Vous savez ce que j'ai fait ? Je suis allé voir Shentarl. Un nom ! Pour vous, c'est un personnage légendaire, mais il l'était déjà dans mes jeunes années. Professeur à la retraite, il ne donnait plus de cours depuis quatre ans et était gravement malade. Il avait une leucémie. On le prolongeait de mois en mois mais il était clair qu'il était près de la fin. J'ai osé lui téléphoner... Vous savez, je lui aurais téléphoné même s'il avait été agonisant. Il n'y a que la jeunesse pour être si impitoyable, si sûre d'elle. Le blanc-bec inconnu de tout un chacun que j'étais lui a demandé un entretien. Je lui ai dit que c'était pour moi une affaire vitale. Il m'a dit de venir au jour et à l'heure qu'il m'a indiqués. Il était dans son lit. Le lit était près de sa bibliothèque et lui avait un miroir orientable et un râteau mécanique spécial, une sorte de longue pince à manche, de façon à pouvoir tirer le volume qu'il voulait sans avoir à se lever. C'est seulement quand je suis entré, que je l'ai salué et regardé ses livres — j'y ai vu Shannon et McKay, et aussi Rubinstein Arthur, celui de Wiener, vous savez — que j'ai compris que c'était mon homme. Un myrmécologue qui lisait et connaissait toute la théorie de l'information, c'était bien, non ?

Il m'a dit sans préambule qu'il était très affaibli et qu'il avait des moments d'obnubilation dont il s'excusait d'avance, et aussi qu'il me ferait signe s'il avait besoin que je répète quelque chose. Je n'avais qu'à parler en allant droit au cœur du problème car il ne savait pas si ce jour-là, il aurait longtemps toute sa conscience.

J'ai donc fait feu, cher monsieur, de tous les côtés à la fois, j'avais vingt-sept ans, vous pouvez donc vous imaginer la scène ! Quand il manquait un maillon dans l'enchaînement logique de ma pensée, mon ardeur y suppléait. Je lui ai dit ce que je pensais du cerveau de l'Homme, pas comme à vous, je vous assure que je ne mâchais pas mes mots. Je lui ai parlé du pallidum, du striatum, du paléencéphalon, des ganglions abdominaux des insectes, des oiseaux et des fourmis, jusqu'au moment où je suis arrivé à cette malheureuse question : est-ce que les fourmis savaient faire quelque chose qu'elles n'avaient pas appris et qui, sans l'ombre d'un doute, ne leur avait pas été transmis par leurs ancêtres ? Ne connaîtrait-il pas un cas qui étayerait ça ? Avait-il rencontré quelque chose de semblable durant les quatre-vingts ans de sa vie, les soixante ans de sa carrière scientifique ? Existait-il du moins une chance, même une sur mille ?

Et quand je me suis interrompu, comme en plein milieu, sans me rendre compte que j'en étais déjà à la fin de mon exposé, car je n'avais rien préparé, je n'avais pas fait attention à la forme, si bien que virant du rouge au blanc, j'ai senti un brusque malaise et, pour la première fois de ma vie, de la crainte. Shentarl a ouvert les yeux. Pendant tout le temps où j'avais parlé, il les avait tenus fermés. Il m'a dit : « Je regrette de ne pas avoir trente ans. »

J'ai attendu mais lui avait rebaissé les paupières. Un instant plus tard, il a repris la parole :

« Lymphater, vous désirez une vraie réponse, une réponse concrète, n'est-ce pas ?

— Oui, lui ai-je répondu.

— Avez-vous entendu parler de l'Acanthis Rubra ?

— Celle de Willinson ? lui ai-je demandé. Oui. C'est une fourmi rouge du bassin de l'Amazone.

— Ah ! vous connaissez ? a-t-il fait comme s'il avait rajeuni de dix ans. Bon, alors pourquoi venez-vous tourmenter un vieil homme comme moi avec vos questions ?

— Mais, professeur, ce que Summer et Willinson ont publié dans l'almanach a été accueilli par une critique accablante.

— C'est juste, a-t-il répliqué. Comment aurait-il pu en être autrement ? Regardez, Lymphater... »

Il m'a montré avec son râteau les six tomes noirs d'une monographie dont il était l'auteur.

« ... Si je le pouvais, je m'y remettrais. Quand j'ai commencé, il n'existait aucune théorie de l'information, personne n'avait entendu parler de rétroaction. La plupart des biologistes prenaient Volterra pour un fou inoffensif, et les myrmécologues se contentaient des quatre opérations... Le truc de Willinson est un petit insecte très intéressant, cher collègue. Vous savez ce qu'il en était ? Non ? Willinson transportait avec lui des spécimens vivants et lorsque sa jeep est tombée dans une crevasse, elles se sont répandues et elles se sont mises immédiatement à l'œuvre, là, sur le plateau pierreux, comme si elles avaient passé leur vie entière au milieu des rochers. Ce sont pourtant des fourmis du littoral amazonien et elles ne s'éloignent jamais de la jungle !

— Eh oui, lui ai-je dit. Mais Loreto affirme qu'on peut seulement en déduire leur origine montagnarde : elles doivent avoir des ancêtres qui végétaient dans les régions désertiques et...

— Loreto est un âne, m'a-t-il coupé calmement, et vous devriez le savoir, Lymphater. A notre époque, la littérature scientifique est si vaste que même un spécialiste ne peut venir à bout de ce qu'écrit tout autre spécialiste. *Abstractions?* Ne me parlez pas de cette revue ! Leurs résumés n'ont aucune valeur et vous savez pourquoi ? Parce qu'on n'y voit pas quel genre d'homme fait des travaux originaux. En physique, en mathématiques, cela n'a pas autant d'importance que pour nous. Vous n'avez qu'à jeter un coup d'œil sur n'importe quel ouvrage de Loreto, après en avoir lu trois phrases, vous aurez compris à qui vous avez affaire. Il n'y a pas une seule phrase qui... Mais ne nous perdons pas dans les détails. Est-ce que ma parole a pour vous un poids quelconque ?

— Oui, lui ai-je dit.

— Bon. L'Acanthis ne vient pas des montagnes. Vous comprenez ? Loreto fait ce que les gens qui ont sa mentalité ont toujours fait dans pareille situation : il tente de sauver l'orthodoxie. Voyons ! comment cette petite Acanthis pourrait-elle savoir que sur la roche sa seule proie peut être la Quatrocentix Eprantissiaca et qu'il faut la faire sortir des crevasses pour l'attraper ? Elle n'a pas pu lire ça chez moi et Willinson n'a pas pu le lui dire. Voilà donc ma réponse à votre question. Voulez-vous autre chose... ?

— Non, ai-je répondu. Mais je crois de mon devoir... je voudrais vous expliquer, professeur, pourquoi je vous ai posé cette question. Je ne suis pas myrmécologue et n'ai pas l'intention de le devenir. C'est seulement un argument pour une thèse... »

Et je lui ai tout dit. Tout ce que je savais. Ce que je présumais et ce que j'ignorais encore. Quand j'ai eu terminé, il était très fatigué. Il s'est mis à respirer péniblement. J'ai voulu partir.

« Attendez ! m'a-t-il dit. Je vais bien arriver à bredouiller encore quelques mots. Oui... Ce que vous m'avez dit, Lymphater, est suffisamment fondé pour qu'on vous renvoie de l'université. Ça c'est sûr. Mais c'est beaucoup trop peu pour que vous aboutissiez à quelque chose tout seul. Qui vous aide ? Chez qui faites-vous ça ?

— Pour l'instant, chez personne, lui ai-je répondu. Les études sont théoriques... C'est moi tout seul, professeur... mais j'ai l'intention d'aller trouver Van Gaelis, vous savez, il...

— Je sais, il a construit une machine qui apprend pour laquelle il va probablement recevoir le prix Nobel. Vous êtes un homme curieux, Lymphater. Qu'imaginez-vous que va faire Van Gaelis ? Qu'il va casser la machine sur laquelle il a passé dix ans de sa vie et vous élever un monument avec les morceaux ?

— Van Gaelis est une tête de premier ordre, lui ai-je rétorqué. Si lui ne comprend pas la dimension de la chose, alors qui la comprendra ?...

— Quel enfant vous faites, Lymphater ! Depuis combien de temps travaillez-vous à l'université ?

— C'est ma troisième année.

— C'est votre troisième année et vous n'avez pas remarqué la jungle que c'était, et que c'est la loi de la jungle qui est de rigueur ? Van Gaelis a une théorie et une machine qui l'atteste. Vous allez aller le trouver pour lui expliquer qu'il a perdu dix ans en bêtises, que cette voie ne mène nulle part et que de cette manière on peut tout au plus construire des crétins électriques ? C'est ce que vous m'avez dit, non ?

— Oui, c'est ça.

— Eh bien justement ! Qu'attendez-vous donc de lui ?

— Dans le troisième tome de votre monographie, vous avez vous-même écrit, professeur, que pour les fourmis il n'y a que deux sortes de comportement possibles : l'héréditaire et l'acquis, lui ai-je objecté. Et voilà qu'aujourd'hui, vous me dites autre chose. Vous avez donc changé d'avis. Van Gaelis peut lui aussi...

— Non, a-t-il réagi. Non, Lymphater. Mais vous êtes incorrigible à ce que je vois. Etes-vous gêné dans votre travail ? Les femmes ? l'argent ? votre carrière ? »

Je lui ai fait signe que non.

« Bon ! Ça veut dire qu'à part votre affaire, vous ne tenez à rien d'autre ? C'est bien ça ?

— Oui.

— Alors allez-y, Lymphater. Et faites-moi savoir

comment ça s'est passé avec Van Gaelis. Le mieux sera que vous me téléphoniez. »

Je l'ai remercié de mon mieux et je suis parti. J'étais incroyablement heureux. Ah ! Cette Acanthis Rubra Willinsoniana ! Je ne l'avais jamais vue, je ne savais pas à quoi elle ressemblait, mais mon cœur lui chantait un hymne de reconnaissance. Rentré chez moi, je me suis rué comme un fou sur mes notes. Ce feu, là, dans la poitrine, ce feu douloureux du bonheur d'avoir vingt-huit ans et la certitude d'être sur la bonne voie... déjà au-delà du monde conquis, étudié, déjà sur un terrain où ni la pensée de l'Homme ni l'intuition n'avaient jamais été, non, c'est impossible à décrire... Cher monsieur, je travaillais à tel point que je ne savais pas si on était le jour ou la nuit ; j'avais un tiroir rempli de morceaux de sucre et le domestique m'apportait des Thermos entières de café ; je grignotais mon sucre, sans lever les yeux des mots, je lisais, je prenais des notes, j'écrivais sans quitter ma chaise car je m'endormais la tête sur mon bureau, et dès que j'ouvrais les yeux, je reprenais aussitôt le fil à l'endroit où je l'avais laissé et c'était tout le temps comme si je volais quelque part, vers mon but, à une vitesse extraordinaire... J'étais très résistant, cher monsieur, j'aurais tenu comme ça pendant des mois.

En fait j'ai travaillé d'arrache-pied trois semaines. C'étaient les vacances et j'avais tout mon temps. Et je vous le dis : j'en ai profité ! J'avais deux piles de livres que le domestique m'apportait selon une liste que j'avais établie : à gauche ceux que j'avais lus, à droite ceux qui attendaient leur tour.

Mon raisonnement était le suivant : Le Savoir *a priori ?* Non. Sans l'intervention des sens ? Et comment ? *Nihil est in intellectu...* vous savez. Mais d'autre part, il y avait cette fourmi. Qu'en était-il, que diable ?! Sans doute pouvait-elle créer dans son système nerveux, immédiatement ou quelques secondes plus tard, ce qui revenait au même, le modèle d'une nouvelle situation extérieure et s'y adapter. Je m'exprime clairement ? Je n'en suis pas sûr. Notre cerveau construit toujours les schémas des événements, les lois de la nature que nous découvrons sont aussi des schémas, et si on réfléchit à la personne qu'on aime, qu'on jalouse, qu'on déteste dans le cadre de sa famille, au fond, c'est la même chose, la seule différence réside dans le degré d'abstraction, de généralisation. Mais nous devons d'abord prendre connaissance des faits, c'est-à-dire voir, entendre, d'une certaine manière sans faire intervenir nos sens ?!

Cette minuscule fourmi le pouvait, semblait-il. Bien, me suis-je dit, s'il en est ainsi, pourquoi ne savons-nous pas le faire, nous, les hommes ? L'évolution aurait expérimenté des millions de solutions et elle n'aurait pas utilisé celle-là, la plus parfaite ? Comment était-ce possible ?

Et je suis resté derrière mon bureau, cher monsieur, pour examiner comment c'était possible. Je me suis dit qu'il devait y avoir quelque chose, une structure, le système nerveux, bien sûr, d'un type tel que l'évolution n'avait pu en aucune manière le fabriquer.

Le problème était ardu. Il a fallu que j'imagine ce que l'évolution n'était pas capable de faire. Vous ne voyez pas ? Il y a pourtant beaucoup de choses qu'elle n'a pas créées alors que l'Homme l'a fait. Tenez, prenez la roue, par exemple ! Aucun animal ne se déplace sur roues. Oui, je sais que ça fait drôle mais on peut s'interroger. Pourquoi n'a-t-elle pas fait de roues ? C'est simple. C'est vraiment simple. L'évolution ne peut pas créer d'organes qui soient totalement inutiles à l'état embryonnaire. L'aile, avant de devenir l'organe du vol, était une extrémité, patte ou nageoire. Elle s'est transformée et a servi un certain temps aux deux choses à la fois. Ensuite elle s'est spécialisée dans une nouvelle direction. C'est la même chose pour tout organe. Mais la roue ne peut pas se former à l'état embryonnaire : soit il y en a une, soit il n'y en a pas. Si petite soit-elle au départ, c'est une roue ; il faut qu'elle ait un essieu, un disque, une jante. Il n'existe rien d'intermédiaire. C'est pour cette raison qu'il y a là un temps mort dans l'évolution, une césure.

Bon, et le système nerveux ? Voici ce que je me suis

dit : il doit y avoir quelque chose d'analogue — bien sûr, il faut prendre cette analogie au sens large — à la roue. Quelque chose qui n'a pu se produire que par bond. Immédiatement. Selon le principe du tout ou rien.

Mais il y avait cette fourmi. Elle avait un embryon, une miette de ces possibilités... Qu'est-ce que ça pouvait être ? J'ai commencé à étudier les schémas de son système nerveux mais il ressemblait à celui de toutes les fourmis. Aucune différence. Par conséquent, c'est ailleurs, à un autre niveau, me suis-je dit. Peut-être au niveau biochimique ? Cela ne m'arrangeait pas tellement mais j'ai cherché et j'ai trouvé. Chez Willinson. C'était un myrmécologue très consciencieux. Les ganglions abdominaux de l'Acanthis contenaient une curieuse substance chimique introuvable chez les autres fourmis, et en général dans tout organisme végétal ou animal : l'acanthoïdine, c'est comme ça qu'elle s'appelait. C'est une combinaison de protides et d'acides nucléiques, et il y a encore une molécule, pas complètement élucidée ; on n'en connaissait qu'un modèle sommaire, autrement dit sans valeur. Ça ne m'a pas renseigné davantage et j'ai abandonné cette piste. Si j'avais fabriqué un modèle, un modèle électrique qui aurait précisément démontré cette faculté de la fourmi, cela aurait fait beaucoup de bruit, mais pour finir ça n'aurait été qu'un objet de curiosité. Non, me suis-je dit. Si elle avait eu cela à l'état de germe, d'embryon, ça se serait développé pour donner naissance à un système nerveux véritablement parfait, mais son développement s'est arrêté depuis des centaines de millions d'années. Son secret n'est donc qu'un misérable vestige, un cas fortuit, biologiquement inutile et prometteur uniquement en apparence. Dans le cas inverse, l'évolution ne l'aurait pas négligé ! Pour moi, elle n'était donc bonne à rien. Au contraire : si je réussissais à deviner comment devait être fabriqué mon cerveau inconnu, surprenant, mon *apparatus universalis lymphateri,* cette *machina omnipotens,* cette *eus spontanea,* j'apprendrais sans doute, vraisemblablement involontairement, incidemment, en quelque sorte machinalement, ce qu'il en était de cette fourmi. Autrement, non. Et j'ai fait une croix sur ma petite guide rouge des ténèbres.

Il m'a bien fallu trouver autre chose. Mais quoi ? Je me suis attaqué à un problème très ancien, très mal vu par la science, et par là tout à fait indécent : aux phénomènes extrasensoriels. Cela s'imposait. La télépathie, la prescience de l'avenir, la lecture des pensées ; j'ai relu tous les comptes rendus de Rhine et devant moi s'est ouverte une mer d'incertitudes. Vous avez certainement entendu parler de ces phénomènes. Quatre-vingt-quinze pour cent d'hystérie, d'escroquerie, de blague, de bourrage de crâne, quatre pour cent sont douteux mais font réfléchir ; et finalement il y a un pour cent dont on est bien embarrassé. Diable ! me suis-je dit, pourtant nous, les Hommes, nous devons nous aussi avoir quelque chose qui ressemble. C'est un éclat, une dernière trace de cette chance que l'évolution n'a pas menée à terme, et que nous partageons avec cette petite fourmi rouge. C'est là l'origine de ces phénomènes que la science voit d'un si mauvais œil. Pardon ? Comment je la voyais, cette machine, la machine de Lymphater… ? Ce devait être un savant instantané, vous savez… un système qui dès son entrée en action saurait tout tout de suite, serait rempli de savoir. De quel savoir ? De tout : biologie, physique, atomistique, tout sur les Hommes, les étoiles… On dirait un conte de fées, n'est-ce pas ? Et vous savez ce que je crois ? Il ne fallait qu'une chose. Une seule. Il fallait croire qu'une machine pareille était possible.

Plus d'une fois la nuit, il m'a semblé que cette idée allait me faire éclater la tête contre un mur invisible, infranchissable, indestructible. Je ne savais rien, je ne savais pas…

J'en avais juste tiré une question : qu'est-ce qui est impossible pour l'évolution ?

Et la réponse avait des variantes. L'évolution ne pouvait pas créer de système qui, premièrement, ne marche pas dans un milieu hydrocolloïdal (car les fourmis et nous, comme tout être vivant, sommes des suspensions de protides dans l'eau). Deuxièmement, elle ne fonctionne qu'à très haute ou à très basse température. Troisièmement, elle fonctionne sur la base de phénomènes nucléaires (l'énergie atomique, les transmutations de noyaux, etc.).

Je me suis arrêté là-dessus. J'ai passé des nuits entières sur cette page de notes ; le jour, je faisais de grandes marches à pied et un flot de questions sans réponses me déferlait dans la tête, si bien qu'un jour j'ai réalisé que ces phénomènes que j'appelais extrasensoriels ne se manifestaient pas chez tout le monde, seulement chez de rares individus. Et encore, cela ne leur arrive pas très souvent non plus. Ils ne peuvent pas les contrôler. Ils ne les dominent pas. Personne, même le meilleur médium, le plus célèbre des télépathes, ne sait même, qui pis est, s'il réussit à deviner la pensée de quelqu'un, à lire un croquis enfermé dans une enveloppe cachetée, ou si ce qu'il prend pour la réponse, est un fiasco complet, une falsification. Voilà : quelle était la fréquence de ce phénomène chez l'Homme et quelle était celle des succès chez un seul et même individu pourvu de ce don ?

Et maintenant, la fourmi. Mon Acanthis ! Qu'en était-il ? J'ai aussitôt écrit à Willinson pour lui demander de répondre à cette question : est-ce que, sur le plateau, toutes les fourmis avaient commencé à construire des pièges pour la Quatrocentix Eprantissiaca, ou seulement quelques-unes ? Et dans ce dernier cas, quel en était le pourcentage ? Willinson, un type comme on en fait peu, m'a répondu une semaine plus tard : 1. Non, pas toutes les fourmis. 2. Le pourcentage des fourmis qui construisaient des pièges était de 0,2 à 0,4. Pratiquement une pour deux cents. C'est uniquement pour cette raison qu'il avait réussi à observer ce phénomène, parce qu'il transportait toute une fourmilière artificielle, un millier d'exemplaires. Il ne pouvait garantir l'exactitude du chiffre donné qui n'avait qu'un titre indicatif. Il avait recommencé deux fois l'expérience, la première étant l'œuvre du hasard. Le résultat avait toujours été identique. C'est tout.

Je me suis jeté sur les statistiques des phénomènes

extrasensoriels ! J'ai foncé à la bibliothèque comme si j'avais le feu aux trousses. Chez l'Homme, la répartition était plus grande. De quelques millièmes à un dixième de centième. Et ce parce que chez lui, la chose est plus difficile à découvrir. La fourmi, elle, soit construit un piège pour la Quatrocentix, soit non. Mais les dons télépathiques et autres du même genre se manifestent plus ou moins nettement. Un homme sur cent en révèle certaines traces ; mais on ne trouve de télépathe phénoménal que sur des dizaines de milliers. J'ai commencé à établir des tableaux de fréquence, deux rangées parallèles : d'un côté, la manifestation des phénomènes ES — extrasensoriels — dans l'ensemble de la population, et la fréquence des réussites chez les individus particulièrement doués. Mais c'était un terrain terriblement glissant, vous savez. J'ai vite compris que plus je souhaitais de précisions, moins les résultats étaient sûrs : on pouvait les dissocier de toutes les manières, les techniques d'expérimentation étaient différentes, les expérimentations l'étaient elles-mêmes. Bref, j'ai senti qu'en fait, je devrais me charger moi-même d'étudier ces phénomènes chez l'Homme. J'ai bien entendu considéré que ça n'avait aucun sens. Je m'en suis donc tenu au fait que chez la fourmi, comme chez l'Homme, il s'agit de fractions de pour cent. Je comprenais déjà une chose : pourquoi l'évolution ne s'était pas lancée là-dedans. Une aptitude manifestée par un organisme dans un cas sur deux cents ou trois cents est, du point de vue de l'adaptation, inutile ; l'évolution, cher monsieur, ne se repaît pas de la beauté des résultats s'ils sont rares quoique merveilleux. Son but est de maintenir l'espèce et elle choisit toujours la voie la plus sûre.

Désormais la question se posait ainsi : pourquoi cette faculté stupéfiante se révélait-elle dans des organismes aussi différents que l'Homme et la Fourmi, avec une fréquence, ou plutôt une rareté, pour ainsi dire identique, ce qui faisait que le phénomène n'avait pu « prendre » biologiquement ?

Autrement dit, j'en étais revenu à mon schéma de départ. Voyez-vous, c'est là, dans ces trois points, que se cachait la solution, mais je ne le savais pas. Je les ai rejetés l'un après l'autre. Le premier, parce que le phénomène, bien que rare, se manifestait dans des organismes vivants, il pouvait donc se produire dans un milieu hydrocolloïdal. Le troisième pour la même raison : ni la Fourmi ni l'Homme ne connaissent de phénomènes radioactifs mis au service des processus vivants. Malgré cela le phénomène s'y manifeste... Il ne me restait que le domaine des hautes et basses températures.

Grand Dieu, me suis-je dit, c'est tout ce qu'il y a de plus élémentaire. Toute réaction subordonnée à la température a son optimum, mais elle a lieu également dans les autres températures. L'hydrogène se mélange immédiatement à l'oxygène à une température de plusieurs centaines de degrés, mais il pourrait aussi le faire à la température ambiante. Seulement dans ce cas, la réaction mettrait des siècles à se produire. L'évolution le sait parfaitement. Elle mélange l'hydrogène et l'oxygène — naturellement, c'est un exemple — à la température ambiante et le fait vite parce qu'elle utilise un truc génial : elle a créé les catalyseurs. J'ai donc encore appris une chose : cette réaction, base du phénomène, ne se laissait pas catalyser. Si elle l'avait fait, l'évolution s'y serait attaquée immédiatement.

Vous avez remarqué le drôle de tour que prenait mon savoir accumulé pas à pas ? Il était négatif, j'apprenais successivement non ce qu'il était mais ce qu'il n'était pas. Mais ces éliminations rétrécissaient par la force des choses le champ de mes investigations.

Je me suis lancé dans la chimie physique. Quelles réactions étaient insensibles aux catalyseurs ? La réponse était claire et nette : il n'en existait pas ! Il n'y en avait pas dans la chimie des organismes vivants. Ça a été un coup terrible. J'étais dépouillé du coup de tous mes livres, privé de leur aide : je me retrouvais seul à seul avec une impossibilité et il me fallait la vaincre. Mais je persistais à croire que le problème de la température était une bonne piste. J'ai réécrit à Willinson pour lui demander s'il avait remarqué si le phénomène avait un rapport avec la chaleur. C'était un génie de l'observation, cher monsieur. Il m'a répondu, et comment ! Il avait passé un mois sur le plateau. A la fin, la température avait commencé à descendre à 14° dans la journée, des vents soufflaient des montagnes. Auparavant, il avait connu des canicules incroyables, jusqu'à cinquante degrés à l'ombre. Quand elle avait baissé, les fourmis, bien qu'elles eussent gardé leur vitalité et leur agilité, avaient pratiquement cessé de construire des pièges à Quatrocentix. Le rapport avec la chaleur était évident, mais il restait une pierre d'achoppement : l'Homme. L'Homme pris de fièvre aurait dû manifester davantage de dons, mais ce n'était pas le cas. Et alors ça a été l'illumination ! J'ai failli en hurler de joie ! Les oiseaux, les oiseaux dont la température du corps s'élève en général à quarante degrés, et qui font preuve d'une aptitude étonnante à s'orienter en vol, même dans un ciel sans étoiles. Le mystère de leur « instinct » qui les conduisait des pays chauds vers les pays froids au printemps était bien connu. Evidemment, ai-je pensé, c'est ça !

Et l'Homme qui a de la fièvre ? Eh bien ! lorsque sa température dépasse les quarante ou les quarante et un degrés, l'Homme perd d'habitude conscience et commence à délirer. Qu'il manifeste ou non des dons télépathiques, il n'y a alors pas moyen d'entrer en contact avec lui ; d'ailleurs les hallucinations réduisent ces dons à néant.

Ça m'a pour ainsi dire donné de la fièvre, à moi aussi. Je sentais le mystère brûler, tout près déjà, mais je n'étais pas plus avancé. Tout l'édifice que j'avais élevé se composait d'éliminations, de négations, d'obscures présomptions, mais concrètement, c'était de la fantasmagorie, rien d'autre. A ce moment-là, je peux vous le dire, j'avais déjà tous les éléments en main. J'avais toutes les données, seulement je ne savais pas comment les combiner, ou plutôt : je les voyais en quelque sorte isolément. Le fait qu'il n'y avait pas de réactions qui se catalysaient me chiffonnait. Je suis allé trouver Macauley, un chimiste éminent, vous savez, et je l'ai supplié —

oui, je l'ai supplié de me donner une réaction qui ne subirait pas de catalyse ; il m'a pris pour un fou ; je me suis ridiculisé mais ça m'était égal. Il ne m'a laissé aucun espoir. J'ai eu envie de me jeter sur lui les poings en avant comme s'il en était responsable...

Passons ; à l'époque, j'en ai fait d'autres. Je me suis taillé une honnête réputation de fou. Et je l'étais, cher monsieur, car comme un aveugle, je vous le dis, je passais à côté de l'évidence la plus élémentaire, je me suis accroché, imbécile que j'étais, à cette histoire de catalyse comme si j'avais oublié que le problème concernait la Fourmi, l'Homme, c'est-à-dire des organismes vivants. Ils manifestaient cette capacité de façon exceptionnelle, extraordinairement rare. Pourquoi l'évolution n'avait-elle pas tenté de faire prendre le phénomène ? La seule réponse que je voyais était : parce que ce phénomène ne subit pas de catalyse. Mais ce n'était pas vrai. Il la subissait, et comment encore !

Si vous y regardez bien... cela aurait donc été une erreur de l'évolution ? Une faute d'inattention ? Non. L'évolution ne néglige aucune chance. Mais son but est la vie. Huit mots, cher monsieur, huit mots m'ont ouvert les yeux sur le plus grand des mystères contenus dans l'univers. J'ai peur de vous les dire... Non, je vais vous les dire. Mais ce sera tout. La catalyse de cette réaction entraîne la dénaturation. Vous y êtes ? La catalyse, c'est-à-dire un phénomène fréquent qui se passe rapidement et sûrement, fige le protide et provoque la mort. Comment l'évolution aurait-elle pu tuer ses propres créatures ? Elle a emprunté cette voie, autrefois, il y a des millions d'années, dans l'une de ses multiples expérimentations. C'était encore avant les oiseaux. Vous ne devinez pas ? Vraiment pas ? Les reptiles. Le mésozoïcum. C'est pour ça qu'ils ont péri jusqu'au dernier. C'est là l'origine de cette bouleversante hécatombe sur laquelle les paléontologues se creusent aujourd'hui. Les reptiles, les ancêtres des oiseaux, ont suivi ce chemin. Je vous ai parlé des impasses de l'évolution, vous vous rappelez ? Quand toute une espèce s'engouffre un jour dans l'une d'elles, c'est sans retour. Elle doit disparaître jusqu'au dernier spécimen. Comprenez-moi bien. Je ne dis pas que les stégosaures, les diplodocus, les ichtyosaures sont devenus les sages de l'espèce des reptiles pour disparaître aussitôt après. Non, car l'optimum de la réaction est un optimum qui donne quatre-vingt-dix pour cent de sa formation et de son évolution, dépasse déjà les limites de la vie. Il est du côté de la mort. Cela signifie que la réaction doit avoir lieu dans un protide dénaturé, inerte — c'est bien sûr impossible. Je suppose que les reptiles mésozoïques, ces colosses aux cervelets microscopiques, manifestaient des traits de comportement semblables en principe à ceux de l'Acanthis, mais dans un pourcentage plusieurs fois plus grand. C'était tout. L'extraordinaire rapidité et la simplicité de cette façon de s'orienter ont attiré tout le mésozoïque dans un effroyable guet-apens : quand l'animal, sans intervention de ses sens, « saisit » aussitôt la situation extérieure, le monde qui l'environne, et peut s'y adapter sur-le-champ ; ça a été comme un entonnoir aux parois qui vont en se rétrécissant, dont le bout était la mort. Plus cet étrange mécanisme colloïdal agissait de manière fulgurante et habile — mécanisme qui développait la plus grande adresse quand la solution se figeait en se changeant en gel — plus ces malheureuses masses de chair approchaient de l'heure de l'extermination. Le mystère s'est écroulé et réduit en poussière en même temps que leurs corps, car qu'est-ce que nous trouvons aujourd'hui dans les marnes crayeuses et les trias ? Des tibias pétrifiés, des crânes cornus, incapables de nous renseigner en quoi que ce soit sur la chimie des cerveaux qu'ils contenaient. Ce qui fait qu'il n'est resté que ce dernier vestige, marque de la mort de l'espèce, de l'extermination de nos ancêtres, inscrite dans les parties du cerveau les plus anciennes philogénétiquement.

Avec la Fourmi, ma petite fourmi Acanthis, le problème est quelque peu différent. Vous savez bien que l'évolution a plus d'une fois atteint le même but par des procédés différents ? Que, par exemple, l'aptitude à nager, à vivre dans l'eau, ne s'est pas formée de la même manière chez tous les animaux ? Prenez ne serait-ce que le phoque et le poisson, et la baleine... Ici, c'est quelque chose du même genre qui s'est produit. La Fourmi a formé cette substance qu'est l'acanthoïdine ; cependant la sage évolution a pourvu cette synthèse, comment pourrais-je dire ? d'un frein automatique. Elle a rendu impossible la poursuite du développement dans le sens de l'extermination ; elle a barré à cette petite fourmi rouge la route de la mort dont la perfection tentatrice est le signe avant-coureur...

Cher monsieur, environ six mois plus tard, j'avais déjà, uniquement sur le papier bien sûr, la première esquisse de mon système... je ne peux pas l'appeler cerveau car il ne ressemblait ni à une machine électronique, ni au système nerveux. Les gels de silicone en étaient entre autres la charpente, mais c'est tout ce que je peux vous dire. L'analyse physico-chimique avait fait ressortir une chose étonnante : le système était possible avec deux variantes. Deux. Seulement deux. L'une semblait plus simple que l'autre, incomparablement plus compliquée. Je me suis décidé, comme de bien entendu, pour la plus simple, mais il n'était pas question pour moi de songer à procéder seul aux premières expériences, sans parler du projet de construction... Vous êtes surpris, n'est-ce pas... ? Pourquoi deux seulement ? Cher monsieur, je vous l'ai déjà dit : je veux être franc. Vous êtes mathématicien. Il suffirait que j'écrive sur cette nappe les deux inéquations pour que vous compreniez. Hélas, je n'en dirai pas plus... J'ai téléphoné — je reviens en arrière — à Shentarl. Il était mort quelques jours plus tôt. Je suis donc allé trouver Van Gaelis, car je n'avais personne d'autre à aller voir. Notre entretien a duré près de trois heures. Devançant les événements, je vais vous dire tout de suite que Shentarl avait raison. Van Gaelis m'a dit qu'il ne m'aiderait pas et qu'il n'apporterait pas son soutien à la réalisation de mon projet sur les fonds de l'Institut. Il a clairement posé le problème. Ça ne signifiait pas pour autant qu'il jugeait mon idée chimérique. Qu'est-ce que je lui avais dit ? La même chose qu'à vous.

Nous avons discuté dans son laboratoire, près du

monstre électronique pour lequel il a reçu le Nobel. Cette machine montrait effectivement la spontanéité des actes : au niveau d'un enfant de quatorze mois. Elle avait une valeur purement théorique mais c'était le modèle, en fer et en verre, le plus proche du cerveau de l'Homme qui ait jamais existé. Je n'ai jamais prétendu que ça ne valait rien. Mais je reviens à mes moutons. Cher monsieur, quand je suis rentré de chez lui, j'étais à deux doigts de la dépression. J'avais le plan théorique de mon système mais vous voyez bien le chemin que j'avais encore à parcourir pour arriver à sa réalisation... et je savais que même si j'avais établi le plan de construction, ce qui était impossible sans une série d'expériences, ça n'aurait servi à rien de toute façon puisque Van Gaelis avait dit « non ». Plus personne ne me soutiendrait après l'avis qu'il avait émis. J'ai écrit en Amérique, à l' « Institute for advanced studies », ça n'a rien donné. Un an est passé comme ça, je me suis mis à boire. Et c'est là que tout est arrivé. Le hasard ; c'est le plus souvent lui qui décide. Un parent éloigné, planteur au Brésil, que je ne connaissais pour ainsi dire pas, est mort. Ce vieux célibataire sans enfant m'a légué toute sa fortune. Ça n'était pas rien : plus d'un million après la réalisation des biens immobiliers. Ça faisait longtemps qu'on m'avait renvoyé de l'université. Avec un million en poche, je pouvais faire pas mal de choses. C'était un défi, il fallait que je le relève.

Et c'est ce que j'ai fait. Ça s'est prolongé encore trois ans. Ça faisait onze en tout. En apparence, ça n'est pas tant que ça, si on tient compte de l'importance du problème, mais c'étaient mes plus belles années.

Ne vous fâchez pas si je ne suis plus aussi précis qu'avant et si je ne vous donne pas de détails. Quand j'aurai fini, vous comprendrez pourquoi je suis obligé d'agir ainsi. Voici ce que je peux vous dire : ce système était sans doute le plus éloigné de tout ce que nous connaissions. J'ai fait, ça se conçoit, des masses d'erreurs et dix fois j'ai dû tout recommencer depuis le début. Petit à petit, j'ai commencé à comprendre ce principe surprenant — la structure, sorte de solution d'origine protéique, faisait preuve d'une efficacité d'autant plus grande qu'elle était plus près de la floculation de la mort : l'optimum était juste à la limite. Ce n'est qu'à ce moment-là que mes yeux se sont dessillés. Cher monsieur, l'évolution a dû découvrir ce phénomène plusieurs fois et chaque fois a payé son succès par l'hécatombe de ses propres créations — quel paradoxe ! Car il fallait ressortir — même moi, le constructeur, je le devais — du côté de la vie, si l'on peut dire ; et il fallait, au départ, tuer et alors seulement le mécanisme, mort — biologiquement, uniquement biologiquement, pas psychiquement — se mettait en marche. La mort était une porte, une entrée. Cher monsieur, quelqu'un a dit que le génie, c'est un pour cent d'inspiration et quatre-vingt-dix-neuf pour cent d'entêtement, d'entêtement sauvage, inhumain, acharné. Qui a dit ça ? Edison ? Je l'avais, monsieur, ce génie. J'en avais amplement.

Le système remplissait les conditions mathématiques de l'automate universel de Turing, et aussi, bien sûr, celles du théorème de Gödel. Quand j'ai eu ces deux démonstrations sur le papier, noir sur blanc, le laboratoire débordait déjà de... de... il serait difficile de parler d'un appareil ; les dernières substances et les dernières pièces commandées arrivaient. Avec les expérimentations, elles m'ont coûté trois quarts de million et le bâtiment n'était pas encore payé ! J'ai fini avec des dettes sur le dos.

Je me rappelle les quatre nuits où je l'ai branché. Je devais déjà avoir une certaine appréhension mais je ne m'en rendais pas compte. Je croyais que ce n'était que l'excitation à l'idée d'arriver au but et au début. J'avais dû transporter au grenier les vingt-huit mille éléments et les relier au labo par des ouvertures pratiquées dans le plafond, car ils ne rentraient pas en bas. Je procédais en respectant à la lettre le plan définitif, le schéma topologique, quoique, Dieu m'en est témoin, je n'aie pas compris pourquoi ça devait justement être comme ça. Vous voyez, j'ai déduit ça comme on déduit une formule. C'était ma formule, la formule de Lymphater, mais dans la langue de la topologie ; imaginez que vous ayez à votre disposition trois tiges de même longueur et que, sans rien savoir de la géométrie ni des figures géométriques, vous essayiez de les placer de façon que l'extrémité de l'une touche l'extrémité de l'autre. Vous obtenez un triangle équilatéral, tout seul si je peux dire. Vous êtes parti d'un seul postulat : mettre en contact une extrémité avec une autre, le triangle se fait alors tout seul. C'est ce qui m'est arrivé. C'est pour ça que tout en travaillant, je continuais à m'étonner ; je rampais à quatre pattes sur les échafaudages. C'était très grand ! J'avalais des médicaments pour ne pas dormir car il m'était tout bonnement impossible d'attendre plus longtemps. Et la dernière nuit est arrivée, cher monsieur. Ça fait exactement vingt-sept ans. J'avais chauffé l'appareil pendant environ trois heures et à un moment donné, quand la solution transparente, brillante comme de la colle dans des récipients en silice, s'est soudain mise à blanchir en se coagulant, j'ai remarqué que la température montait plus vite qu'elle n'aurait dû selon l'apport de chaleur. Effrayé, j'ai débranché les dispositifs de chauffage, mais la température a continué à monter, elle s'est arrêtée, a remonté d'un demi-degré et est retombée, puis un bruit sourd a retenti comme si quelque chose d'amorphe glissait. Tous mes papiers sur la table ont volé en l'air, comme soufflés par un courant d'air, et le bruit a repris, ce n'était plus un bourdonnement mais comme si quelqu'un, à voix basse, comme en aparté, s'était mis à rire.

L'appareil tout entier n'avait aucun organe sensoriel, aucun récepteur ni cellules photoélectriques, ni micros, rien de ce genre. Car s'il devait fonctionner — c'était mon raisonnement — s'il devait fonctionner comme un cerveau de télépathe ou d'oiseau volant dans une nuit sans étoiles, ces équipements ne lui étaient pas nécessaires. Mais il y avait sur mon bureau, absolument pas branché, je vous le garantis, un vieux haut-parleur de l'installation du labo. Et j'ai entendu une voix en sortir :

« Enfin, a-t-elle dit avant d'ajouter un moment plus tard : je ne l'oublierai jamais, Lymphater. »

J'étais trop stupéfait pour bouger ou répondre. La voix a poursuivi :

« Tu as peur de moi ? Pourquoi ? Tu ne devrais pas, Lymphater. Tu as encore du temps devant toi. Pour l'instant, je peux te féliciter. »

Je ne disais toujours rien mais lui me faisait la conversation :

« C'est vrai, il n'existe que deux façons de résoudre ce problème. Je suis la première. »

Je restais cloué sur place et lui continuait à parler d'une voix calme et tranquille. Il lisait dans mes pensées, c'était évident. Il pouvait s'approprier les pensées de tout être humain et savait tout ce qu'il était possible de savoir. Il m'a dit que dès que je l'avais mis en route, l'ensemble de son savoir sur tout ce qui existe, sa conscience, avait jailli sous la forme d'une onde sphérique jamais vue et qu'elle se répandait à la vitesse de la lumière. Si bien que huit minutes plus tard, il connaissait déjà le soleil, quatre heures après tout le système solaire, quatre ans après son savoir devait s'étendre à l'alpha du Centaure et se développer ainsi pendant des années, des siècles, des milliers d'années, jusqu'au moment où il atteindrait les galaxies les plus lointaines.

« Pour l'instant, m'a-t-il dit, mon savoir fonctionne dans un rayon d'un milliard de kilomètres seulement, mais ce n'est pas grave. J'ai le temps, Lymphater. Tu sais bien que nous avons le temps. Sur vous en tout cas, je sais déjà tout. Vous êtes mon prélude, mon introduction, ma phase d'essais. On pourrait dire que c'est à partir des trilobites et des poissons à carapace, des arthropodes aux prosimiens, que s'est formé mon embryon, mon œuf. Vous l'avez été, vous aussi, vous en avez été une partie. Désormais vous êtes inutiles, c'est vrai, mais je ne vous ferai rien. Je ne veux pas devenir parricide, Lymphater. »

Cher monsieur, il a parlé encore assez longtemps, en s'interrompant parfois. Il glissait de temps à autre ce qu'il venait d'apprendre sur les autres planètes ; au fur et à mesure que le temps passait, son « champ d'informations » a gagné l'orbite de Mars, puis celle de Jupiter, en passant la ceinture des astéroïdes, il s'est lancé dans une démonstration compliquée de la théorie de sa propre existence et des efforts désespérés de la sage-femme, l'évolution, qui, ne pouvant pas le mettre au monde seule, avait dû le faire par l'intermédiaire de créatures raisonnables, elle-même étant inintelligente, et c'est dans ce but qu'elle avait créé l'Homme. C'est difficile à expliquer mais jusque-là, je n'avais jamais réfléchi, du moins pas consciemment, à ce qui se passerait quand il commencerait à fonctionner. Je crains que — comme tout un chacun — ce n'ait été que par la couche la plus clairvoyante et la plus fine de mon intelligence que j'étais un tant soit peu raisonnable, mais qu'en profondeur, j'étais rempli de ce magma de contes de fées et de superstitions qu'est notre intelligence. Je le prenais instinctivement, en dépit de mon propre savoir et de mes espoirs, pour une nouvelle sorte — aussi intelligente fût-elle — de cerveau mécanique ; ce serait un super-serviteur de l'Homme, hyperélectrique, intelligent ; et c'est seulement cette nuit-là que j'ai compris ma folie. Non. Lui n'avait aucune hostilité pour l'Homme ; aucune. Il n'était pas question du conflit qu'on imaginait autrefois, vous savez : la révolte des machines, la révolte de la raison artificielle, des engins intelligents. Seulement lui, cher monsieur, son savoir le faisait surpasser les trois milliards d'êtres vivant sur la Terre, et la seule idée qu'il pourrait nous être utile était pour lui la même absurdité que pour nous autres hommes la proposition de soutenir par nos connaissances, par tous les moyens de la technique, de la civilisation, par la raison, par la science — disons — les anguilles. Il n'était pas question de rivalité ou d'hostilité : nous avions tout simplement cessé de compter.

Et alors ? Tout, cher monsieur. Oui, jusque-là, moi non plus, je ne m'étais pas rendu compte que l'Homme devait être seul, obligatoirement seul ; que la coexistence — la présence de quelqu'un de supérieur —

rendait l'Homme, comme qui dirait, inutile. Pensez un peu : si lui ne voulait rien avoir à faire avec nous... Mais lui parlait, ne fût-ce qu'avec moi, et il n'y avait pas de raison pour laquelle il aurait pu ne pas vouloir répondre à nos questions ; par là même nous devions être condamnés — car lui devait connaître la réponse à toutes nos interrogations et la solution de tous nos problèmes et pas uniquement des nôtres, rendant superflus les chercheurs, les philosophes, les pédagogues, tous les hommes qui pensent ; dès lors nous devions, en tant qu'espèce, nous arrêter intellectuellement, c'est-à-dire dans le sens qu'entend l'évolution ; notre fin devait s'amorcer. Sa conscience — alors qu'on pouvait tout juste comparer la nôtre à une flamme — était une étoile de première grandeur, un soleil aveuglant. Il nourrissait pour nous les mêmes sentiments que nous pour les poissons invertébrés qui étaient nos ancêtres. Nous savons que sans eux, nous n'aurions pas pu exister, mais vous n'allez pas me dire que vous avez pour eux de la reconnaissance ou de la sympathie ? Il se croyait simplement le stade suivant de l'évolution. Et il voulait que la deuxième variante de ma formule se produise. C'est la seule chose qu'il voulait, je l'ai appris cette nuit-là.

C'est là que j'ai compris que j'avais préparé de mes propres mains la fin du règne de l'Homme sur Terre, et qu'une nouvelle espèce allait nous succéder. Que si nous nous opposions à lui, il nous traiterait comme nous traitions les insectes et les animaux qui nous gênaient. Nous n'avons pas de haine est-ce que je sais ? pour les chenilles, les loups, les moustiques...

Je ne savais pas quelle était la deuxième variante ni ce qu'elle signifiait, cher monsieur. Elle était environ sept fois plus compliquée que lui.

Peut-être atteignit-il aussitôt le savoir instantané, sur tout le Cosmos à la fois ?! Peut-être était-ce un Dieu synthétique qui de la même façon l'aurait mis, l'aurait repoussé dans l'ombre, comme il le faisait avec nous ? Je ne sais pas.

J'ai compris ce qui me restait à faire, cher monsieur, et je l'ai détruit cette nuit-là. Il l'avait su dès que cette idée, cette horrible décision, avait germé en moi : il ne pouvait pas m'en empêcher. Vous ne me croyez pas. Depuis un bon moment. Je le vois. Mais je puis vous assurer qu'il n'a même pas essayé de le faire. Il s'est contenté de me dire : « Lymphater, que ce soit aujourd'hui, dans deux cents ans ou dans mille, pour moi c'est la même chose. Tu as légèrement devancé les autres, mais si ton successeur détruit le prototype, il en viendra un troisième et ainsi de suite. Tu sais bien que quand votre espèce s'est détachée parmi les espèces primordiales, elle n'a pas persisté aussitôt et que la majorité de ses branches a été exterminée par le processus de l'évolution. Si une espèce supérieure apparaît un jour, rien ne peut la faire disparaître, tu le sais très bien. Je reviendrai, Lymphater, je reviendrai. »

J'ai tout anéanti cette nuit-là, cher monsieur, j'ai attaqué aux acides les accumulateurs de gel et je les ai réduits en miettes. A l'aube, je suis sorti en courant du laboratoire, couvert de suie, les mains brûlées par les acides, blessé par des morceaux de verre, en sang. Voilà la fin de l'histoire.

Mais maintenant j'attends, je ne fais plus que ça. Je cherche dans les périodiques spécialisés, dans *Abstractions,* car je sais que quelqu'un aura un jour la même idée que moi. Je n'ai pas inventé tout ça à partir de rien, j'y suis parvenu à force de déductions. N'importe qui peut faire la même chose, et je le redoute bien que je sache que c'est inévitable. C'est une fameuse chance pour l'évolution qui n'a pas pu parvenir elle-même à ce résultat et s'est donc servie de nous ; c'est nous qui mettrons le mécanisme en marche, pour notre perte. Peut-être pas de mon vivant, c'est possible. Je me console avec ça mais vous parlez d'une consolation !

C'est tout. Pardon ? Bien sûr, vous pouvez raconter ça à qui vous voulez. De toute façon personne ne le croira. Ils me prennent tous pour un fou. Ils pensent que si je l'ai détruit, c'est que je l'ai raté et que j'ai compris que j'avais gâché les onze meilleures années de ma vie et un million. Je voudrais qu'ils aient raison, je le voudrais tellement. Je pourrais au moins mourir tranquille.

L'INVASION ALDÉBARANAISE

Titre original de la nouvelle

INWAZJA Z ALDEBARANA

2

L'AFFAIRE eut lieu il n'y a pas si longtemps, presque ces jours-ci. Deux habitants d'Aldébaran, de cette race intelligente qui sera découverte en 2685 et classée par Neizearch, le Linné du XXXe siècle, comme sous-genre de la classe des Coelestiaca dans l'ordre des Mégalopterygia, bref deux représentants de l'espèce Mégalopteryx Ambigua Flirx, envoyés par l'Assemblée Syncytiale Aldébaranaise (également nommée Syncytium Suprême) pour étudier les possibilités de coloniser les planètes dans le cadre de la Sixième Dilution Périphérique Partielle (la D.P.P.), commencèrent par gagner les environs de Jupiter où ils relevèrent des échantillons d'Andrométaculastres puis, ayant constaté qu'ils étaient aptes à alimenter leur Télépathe (on en parlera plus loin), décidèrent d'étudier du même coup la troisième planète du Système, un globe minuscule qui tournait autour de l'Etoile Centrale sur une orbite circulaire sans grand intérêt.

Après avoir réglé leur Astromate sur un Métapas hyperspatial dans le Sur-espace, les deux Aldébaranais amorcèrent leur descente dans leur vaisseau en légère incandescence seulement, juste au-dessus de l'atmosphère de la planète, et ils s'y enfoncèrent à une vitesse modérée. Les continents et les océans passaient de plus en plus lentement sous leur Astromate. Il vaut peut-être la peine d'indiquer que les Aldébaranais, à l'inverse des hommes, ne voyagent pas en fusée mais que ce sont au contraire les fusées qui voyagent en eux, à l'exception de la seule extrémité. Comme les nouveaux venus étaient des étrangers, leur lieu d'atterrissage fut déterminé par le plus pur des hasards. Ce sont des êtres à la pensée stratégique et les descendants directs d'une grande civilisation parastatique. Ils se laissent très volontiers guider par la ligne du terminateur planétaire, c'est-à-dire là où l'hémisphère diurne de la planète confine au nocturne.

Ils posèrent leur véhicule cosmique sur une colonne de Braldérones éjectés par rétrogravitation, puis ils en sortirent, c'est-à-dire qu'ils en coulèrent pour prendre une forme plus concentrée, ce qui fait partie des mœurs de tous les Métaphtérygia, aussi bien de la sous-classe des Polyzoa que de celle des Monozoa.

Parvenus à ce point de notre récit, il conviendrait que nous décrivions les arrivants ; leur constitution est cependant presque trop connue. Selon les affirmations de tous les Auteurs, les Aldébaranais, comme toute Créature hautement organisée de la Galaxie, possèdent de nombreux tentacules très longs, terminés chacun par une main à six doigts. Ils ont en outre de gigantesques et hideuses têtes de pieuvre ainsi que des pieds eux aussi tentaculaires et hexodactyles. Le plus âgé des deux, qui était le Kybernéteur de l'expédition, s'appelait NGTRX ; quant au plus jeune, éminent polysiatre de son pays, il se nommait PVGDRK.

Aussitôt après l'atterrissage, ils coupèrent un certain nombre de branches des plantes étranges qui entouraient leur vaisseau et le recouvrirent de façon à le camoufler puis ils déchargèrent l'équipement indispensable — un Térèmteur monocollecteur, un Aldodiable chargé et prêt à fonctionner ainsi que le Télépathe péripatétique susmentionné.

Le Télépathe péripatétique, le T.P., est un instrument qui sert à entrer en contact avec les créatures raisonnables existant éventuellement sur la planète. Il est également capable, grâce à son branchement hyperspatial sur le Supracerebrum Univermantique d'Aldébaran, de traduire n'importe quelle inscription dans les cent quatre-vingt-seize mille dialectes et patois des galaxies. Cet appareil, comme les autres, se distingue des appareils terrestres en ceci que les Aldébaranais, comme on le saura dès 2865, ne fabriquent pas leurs appareils ni leurs machines, mais les cultivent soit à partir de semences, soit à partir d'œufs, commandés génétiquement de façon appropriée.

Par son allure, mais seulement par elle, le Télépathe péripatétique fait penser à un sconse parce qu'il est tout encombré à l'intérieur de cellules charnues de Mémoire Sémantique, d'un pédoncule de Traducteur Alvéolaire ainsi que d'une grosse Glande Mnémorico-Mnésique ; il possède en outre devant et derrière une Sortie Spécifique (une S.S.) de son Interglocococon, c'est-à-dire de son Communicateur Interplanétaire Glossolalico-Cohérentio-Contemplateur.

Ayant pris avec eux tout l'indispensable, tenant le Péripatétique en ortho-laisse et laissant filer devant le Térèmteur, l'Aldodiable suspendu par ses tentacules, les deux Aldébaranais se mirent en route.

L'endroit où ils devaient effectuer leur première reconnaissance était un lieu rêvé, une contrée frémissante sous les nuages du soir, et couverte de broussailles denses. Toutefois, juste avant d'atterrir, ils avaient eu le temps de repérer une ligne relativement droite en laquelle ils avaient été heureux de deviner une voie de communication.

En vol, lorsqu'ils avaient tourné autour de ce globe inconnu, ils avaient aperçu d'autres indices de civilisation, entre autres une éruption luisant faiblement sur l'hémisphère obscur qui pouvait être l'image nocturne de villes. Cela leur avait donné l'espoir que la planète était habitée par une race hautement développée. C'était justement ce qu'ils cherchaient. A cette époque — antérieure à la chute de l'ignoble Syncytium lorsque des centaines de planètes, même éloignées d'Aldébaran, ne savaient pas encore résister à son agressivité — ses habitants préféraient attaquer les globes habités car ils considéraient que c'était là leur Mission Historique ; d'autre part la colonisation de planètes désertes requérait d'énormes investissements dans les secteurs du Bâtiment et de l'Industrie — pour cela, elle était vue d'un très mauvais œil par le Syncytium Suprême.

Les éclaireurs marchèrent un certain temps, ou plutôt se faufilèrent dans les buissons épais, sentant les piqûres douloureuses de petites créatures volantes inconnues, de l'espèce des Membropodes Suceurs à Elytres ; ils n'y voyaient pas grand-chose, et plus l'expédition se prolongeait, plus les verges d'osier souple cinglaient leurs têtes de pieuvre. Ils n'avaient pas la force de les écarter, tant leurs tentacules étaient fatigués. Bien entendu, ils n'avaient pas l'intention de conquérir la planète à eux seuls ; ils n'en avaient pas le pouvoir, ils ne constituaient que la première mission de reconnaissance et c'était seulement après son retour que devaient être entrepris les préparatifs de la Grande Invasion.

L'Aldodiable se prenait de plus en plus souvent dans les ronces d'où ils ne l'extirpaient qu'à grand-peine, en ayant soin de ne pas toucher son Appendice de Détente ; on ne sentait que trop nettement le chargement des Glotteurs somnolents dans le fond. L'imminence de la capture des habitants de la planète ne faisait aucun doute.

« On ne voit guère de traces de cette civilisation, grommela PVGDRK à NGTRX environ une heure plus tard.

— J'ai vu des villes, répliqua NGTRX. Et d'ailleurs, attends, on dirait que là-bas, ça s'éclaircit. C'est sûrement la route. Oui, regarde, c'est bien elle ! »

Ils se précipitèrent vers l'endroit découvert, mais ils furent déçus. De loin, la bande droite et assez large pouvait en effet faire penser à une route, mais ils se retrouvèrent tout à coup dans une masse pâteuse, une substance visqueuse qui clapotait sour leurs pieds et s'étalait de part et d'autre sur un lit compliqué de creux et de bosses. De grosses pierres dépassaient en quantité assez importante.

PVGDRK qui, en tant que polysiatre, était spécialiste des affaires nucléaires, déclara qu'ils avaient devant eux une traînée d'excréments de Gigantosaure. Cette bande de terre, et là-dessus ils étaient d'accord, ne pouvait être une route. Aucun véhicule à roue aldébaranais ne pourrait passer dans un endroit pareil.

Ils procédèrent sur place à l'analyse des échantillons relevés par le Térèmteur et lurent sur son front les résultats phosphorescents : la substance gluante du magma était un mélange d'hydrocarbures, d'oxydes d'aluminium et de silices avec de sérieuses additions de Slt (Saleté).

Ce n'était donc pas une trace de Gigantosaure.

Ils repartirent, pataugeant et enfonçant à moitié leurs tentacules quand, dans l'obscurité qui tombait de plus en plus vite, ils entendirent derrière eux, un son plaintif.

« Attention ! » fit NGTRX.

Quelque chose qui gémissait et vacillait violemment, tantôt s'affaisant tantôt se relevant, les rattrapait. On aurait dit une grande créature bossue, à la tête aplatie. Sur sa bosse se balançait comme une peau flottante.

« Ecoute, est-ce que ce n'est pas le syncytium ? » dit NGTRX tout excité.

La masse noire était juste en train de les dépasser. Il leur sembla apercevoir des roues qui s'agitaient furieusement comme celles d'une machine extraordinaire. Ils voulaient se mettre en position d'attaque lorsque des flots de magma projetés en l'air les inondèrent. Assourdis, trempés des tentacules inférieurs aux supérieurs, ils se nettoyèrent tant bien que mal et bondirent vers le Télépathe pour savoir si les beuglements et les ronronnements produits par l'engin avaient un caractère articulé.

« Bruit au rythme irrégulier d'énergo-tourbillonneur à hydrocarbure et oxygène primitif, travaillant dans des conditions auxquelles il n'est pas adapté », déchiffrèrent-ils. Ils échangèrent un regard et PVGDRK dit :

« Etrange ! »

Il réfléchit un instant et, enclin à émettre des hypothèses un peu trop rapides, il ajouta :

« Il s'agit d'une civilisation sadicoïdale. Elle entretient ses instincts en torturant les machines qu'elle a créées elle-même. »

Le Télépathe réussit à enregistrer par ultrascopie une image parfaite du bipède qui se trouvait dans la boîte vitrée au-dessus de la tête de la machine. A l'aide du Térèmteur qui possédait une Glande Spéciale d'Imitation, ils façonnèrent, avec de l'argile ramassée à toute allure, un fidèle portrait du bipède, grandeur nature, et recouvrirent l'argile de Plastifolium de façon que le mannequin prît une teinte rose pâle naturelle ; suivant les indications du Térèmteur et du Péripatétique, ils formèrent les jambes et la tête ; toute l'opération dura moins de dix minutes. Ensuite ils taillèrent dans un tissu Syntectaire un vêtement approchant de celui que portait le bipède de l'engin, ils en vêtirent le mannequin et NGTRX se glissa lentement à l'intérieur, emportant avec lui le Télépathe, après quoi il introduisit son S.S. antérieur dans la gueule du mannequin — de l'intérieur, bien sûr. Ainsi camouflé, agitant en cadence tantôt l'extrémité gauche, tantôt l'extrémité droite du mannequin, NGTRX se mit en marche sur la piste de magma, tandis que PVGDRK, chargé de l'Aldodiable, le suivait à une certaine distance. Le Térèmteur marchait en avant, détaché de sa proto-laisse.

Toute l'opération était une entreprise classique. Les Aldébaranais avaient testé ce genre de mascarade sur des dizaines de planètes, et ce avec les meilleurs résultats, sans aucune exception. Le mannequin ressemblait à s'y méprendre à un habitant ordinaire de la planète. Il n'éveillerait pas les moindres soupçons chez les passants qu'ils rencontreraient. NGTRX se déplaçait sans peine à l'aide de ses extrémités et de son corps, et il pouvait entrer en contact avec les autres bipèdes en parlant couramment par l'intermédiaire du Télépathe.

La nuit tombait déjà, épaisse. A l'horizon scintillaient de loin en loin les petites lumières de maisons. Sous son déguisement, NGTRX parvint à quelque chose qui dans l'obscurité avait l'apparence d'un pont. Il lui sembla entendre le clapotis de l'eau qui coulait en dessous. Le Térèmteur avança le premier, mais on entendit bientôt son sifflement d'alarme et le dérapement de ses griffes, suivis d'un gargouillement.

NGTRX n'était pas très à son aise pour descendre sous le pont, c'est donc PVGDRK qui s'employa non sans mal à tirer de l'eau le Térèmteur qui, en dépit de sa vigilance, était tombé dans le ruisseau par un trou qu'il y avait dans le pont. Il n'en avait pas soupçonné l'existence car la machine des bipèdes était passée peu de temps avant lui sans dommages.

« C'est un piège, dit PVGDRK. Ils ont déjà connaissance de notre arrivée. »

NGTRX, lui, en doutait sérieusement. Ils se remirent en branle petit à petit, franchirent le pont et s'aperçurent peu après que la bande de terre boueuse qu'ils suivaient entre les buissons noirs se divisait en deux embranchements. Au milieu se dressait un poteau incliné avec un morceau de planche cloué dessus. Le poteau était à peine fixé dans le sol. Le bout pointu de la planche indiquait l'ouest du firmament plongé dans la nuit.

Le Térèmteur obéit aux ordres et ses yeux projetèrent une lumière jaunâtre sur le poteau ; ils purent y voir une inscription : MYCISKA NIZNIE — 5 km.

« C'est un vestige de la civilisation précédente », émit PVGDRK. Du fond de son logis, NGTRX dirigea la Sortie Spécifique du Télépathe sur le piquet. PANNEAU INDICATEUR, déchiffra-t-il sur la sortie postérieure. Il jeta un coup d'œil étonné à PVGDRK : c'était plutôt étrange.

« Le matériau du poteau est du bois cellulosoïdal, attaqué par une moisissure du type Arbaketulia Papyraceata Gard, déclara PVGDRK après une analyse sommaire.

— Cela semblerait donc indiquer une civilisation de l'âge de pierre. »

Ils éclairèrent la partie inférieure du poteau. A sa base, ils trouvèrent enfoncé dans la boue un petit morceau de matériau cellulosoïdal avec des mots imprimés dessus ; ce n'était qu'un tout petit débris.

Au-dessus de notre vil...
Ce matin un spoutn...
A sept heures quat...

pouvait-on y lire. Le Télépathe traduisit l'inscription tronquée. Ils se regardèrent avec étonnement.

« Le panneau indique le ciel, dit NGTRX. Ça pourrait bien être ça.

— Oui. MYCISKA NIZNIE, ça doit être le nom de leur satellite permanent.

— C'est une absurdité. Comment pourraient-ils avoir des satellites s'ils ne savent pas dégauchir parallèlement des morceaux de planche ? » demanda NGTRX de l'intérieur de son bipède artificiel.

Ils discutèrent un bon moment sur ce point obscur puis éclairèrent l'autre face du poteau et là, ils aperçurent une inscription assez peu nette, taillée superficiellement : « Marinette sait manger... »

« C'est sans doute les données elliptiques de leur spoutnik en abrégé », dit PVGDRK.

Il frotta le reste de l'inscription avec de la Pâte Phosphectorique pour faire ressortir la dernière trace des lettres effacées lorsque, dans l'obscurité, le Térèmteur fit entendre un faible ultrasifflement d'avertissement.

« Attention ! Cache-toi ! » lança NGTRX à PVGDRK. Ils éteignirent immédiatement le Térèmteur. PVGDRK recula avec l'Aldodiable et l'Avertissant à la lisière de la bande de terre boueuse ; quant à NGTRX, il s'écarta lui aussi du milieu du chemin pour ne pas être trop en vue, et s'immobilisa dans l'attente.

Quelqu'un approchait. Il leur sembla d'abord que c'était un bipède intelligent ; il avançait en effet redressé, mais il ne marchait pas droit. La créature à deux jambes, on le voyait de mieux en mieux, décrivait des zigzags compliqués d'un bord à l'autre de la Bande Visqueuse. PVGDRK entreprit aussitôt d'enregistrer cette courbe lorsque son observation se compliqua encore davantage. Sans raisons apparentes, la créature plongea devant elle ; des gargouillements et des borborygmes lugubres retentirent. Elle avança un moment à quatre pattes — ça, PVGDRK en était presque certain — mais ce fut pour se relever bientôt. Traçant un sinusoïde de résonance sur la surface de la Bande

Visqueuse, elle se rapprochait d'eux tout en émettant des grognements et des gémissements de plus en plus forts.

« Note ! Note et traduis ! Qu'est-ce que tu attends ? » cria NGTRX au Télépathe. Enfermé dans son bipède artificiel, il bouillait de colère. Il écoutait lui-même attentivement les hurlements vigoureux de l'arrivant.

« Goûtons voir, oui, oui, oui, goûtons voir, non, non, non !... »

Ils résonnaient dans les environs plongés dans l'obscurité. La sortie arrière du Télépathe tremblait nerveusement mais elle indiquait toujours Zéro.

PVGDRK, recroquevillé sur l'Aldodiable au bord de la piste, n'arrivait pas à comprendre :

« Pourquoi est-ce qu'il fait des détours comme ça ? Il est téléguidé ? »

La drôle de créature était tout près. Elle passait à côté du poteau vermoulu lorsque NGTRX s'avança vers elle en branchant le Télépathe.

« Bonsoir, monsieur », dit le Télépathe dans la langue du bipède, avec un ton caressant, modulant sa voix avec une adresse inégalable, tandis que NGTRX accrochait des ressorts à l'intérieur pour donner à son masque un sourire aimable. Cela entrait également dans le plan diabolique des Aldébaranais. Conquérir des planètes étrangères était pour eux affaire de routine.

« Quoi ! Hic !... Hic !... » répondit la Créature qui s'arrêta en chancelant légèrement. Elle approcha lentement les yeux de la tête du bipède artificiel. NGTRX ne broncha même pas.

« Niveau d'intelligence élevé. Nous allons maintenant entrer en contact », se dit PVGDRK, caché sur le bord de la Bande, en serrant convulsivement les flancs de l'Aldodiable. NGTRX brancha le Télépathe sur le Service Traducteur et, sans le moindre bruit, entreprit dans sa cachette de déplier fébrilement avec ses tentacules l'Instruction du Premier Contact Tactique imprimée sur l'Urdolistre translucide.

La forme imposante colla ses yeux tout contre la

figure du bipède artificiel et éructa par son orifice de communication :

« Dééééééédé ! Putain de... Hic !... Hic ! »

NGTRX eut à peine le temps de se demander si l'autre n'était pas par hasard dans une phase d'agression. Il appuya désespérément sur la Glande de l'Interglocococon du Télépathe pour l'interroger sur ce que disait le bipède.

« Rien, signala le Péripatétique d'un ton hésitant par sa sortie arrière.

— Comment ça : rien ? J'entends pourtant bien », grinça NGTRX sans produire le moindre son. A ce moment précis, l'habitant de la planète empoigna le poteau indicateur, l'arracha dans un monstrueux craquement et en frappa la tête du bipède artificiel. Le revêtement blindé de Plastifolium ne résista pas à ce choc épouvantable. Le mannequin s'effondra face contre terre dans la boue noirâtre, entraînant dans sa chute NGTRX qui n'entendit même pas les rugissements de joie dont l'ennemi proclama sa victoire. Le Télépathe, effleuré seulement par l'extrémité du pieu, fut projeté en l'air avec une force terrible mais, par un heureux hasard, atterrit directement sur ses quatre pattes juste à côté de PVGDRK complètement transi de peur.

« Il attaque ! » gémit PVGDRK qui rassembla ce qui lui restait de force pour braquer l'Aldodiable dans la nuit.

Ses tentacules tremblaient lorsqu'il appuya sur l'Appendice de Détente. Une nuée de Glotteurs hurlant en silence s'enfonça dans le noir, porteuse de mort et de destruction. PVGDRK les entendit subitement revenir et les vit décrire des cercles furieux avant de regrimper précipitamment dans le coffre de chargement de l'Aldodiable.

Ses narines aspirèrent une bouffée d'air pour l'analyser. Il tressaillit. Il avait compris : la Créature avait dressé un barrage défensif infranchissable d'hydroxyde d'éthyle. Il était impuissant.

Il fit une nouvelle tentative pour ouvrir le feu mais les

Glotteurs se contentèrent de se bousculer dans la poche de chargement. Aucun d'eux ne pointa le moindre dard meurtrier à l'extérieur. Il sentit, il entendit la Créature traîner des pieds dans sa direction. Un deuxième sifflement effroyable fendit l'air et ébranla le sol. Le Térèmteur s'écrasa dans la boue. Abandonnant l'Aldodiable, PVGDRK saisit le Télépathe avec ses tentacules et sauta dans un buisson.

Une voix de tonnerre retentit alors derrière lui :

— « Que votre putain de mère aille se faire baptiser à coups de timon ! »

L'air, chargé des exhalaisons empoisonnées que les orifices de communication de la Créature dégageaient sans arrêt, lui coupa le souffle.

Réunissant ses forces, il sauta par-dessus le fossé, s'engouffra sous un buisson et s'immobilisa. PVGDRK n'était pas particulièrement courageux, mais il ne se départait jamais de sa conscience professionnelle. Son insatiable curiosité de chercheur le perdit. Il était en train de déchiffrer non sans mal la première phrase de la Créature traduite par le Télépathe : « Ancêtre de mammifère quadrupède de sexe féminin à qui on offre une pièce de véhicule à quatre roues dans le cadre d'une cérémonie religieuse consistant à... » lorsque l'air siffla au-dessus de sa tête : un coup mortel le frappa.

Dans la matinée, les premiers laboureurs de Mycisk découvrirent Dédé Jolas qui ronflait comme un sonneur dans un fossé non loin de la forêt. Quand il fut réveillé, il déclara qu'il s'était chamaillé la veille avec un chauffeur de la coopé, Dédé Pajdrak, à côté de qui se trouvaient aussi des trucs dégueulasses tout visqueux. Joseph Guskowiak accourut presque en même temps de la forêt en criant qu'il y avait des « tuiés et des bléchés » à la croisée des chemins.

Alors tout le village y est allé voir.

Ils trouvèrent en effet les trucs dégueulasses, l'un de l'autre côté du fossé, l'autre près du trou du poteau, à proximité d'une grande poupée qui avait la tête en partie fracassée.

A quelques kilomètres de là, ils découvrirent une fusée dressée dans un bois de noisetiers.

Sans perdre de temps à discuter, les paysans se mirent allègrement au travail. A midi, il ne restait plus trace de l'Astromate. Avec son alliage d'Anamargopratexine, le vieux Jolas boucha le toit de sa porcherie, qui avait depuis longtemps grand besoin d'être réparé ; de la peau de l'Aldodiable, tannée à leur façon, ils firent dix-huit paires de semelles acceptables. Avec le Télépathe et son Interglocococon ainsi qu'avec les restes de l'Avertissant du Térèmteur, on nourrit les porcs ; personne n'osa donner au bétail les dépouilles temporelles des deux Aldébaranais : risques de maladie. On les jeta donc dans l'étang, lestés de pierres.

Les habitants de Mycisk ergotèrent très longtemps sur l'utilisation du Moteur Ultrapénétreur de l'Astromate lorsque Jean Barcioch, venu pour la fenaison, adapta cet appareil hyperspatial à la distillation d'une eau-de-vie tout à fait potable. Anka, la sœur de Joseph, recolla adroitement la tête de la poupée avec du blanc d'œuf et alla la vendre au bourg voisin. Elle en demanda trois mille zlotys mais le marchand ne fut pas d'accord sur le prix : on voyait les fissures.

Ainsi la seule chose que remarqua l'œil vif du reporter de *L'Echo* venu faire un reportage cet après-midi-là fut le nouveau costume de Jolas, qui était celui du bipède artificiel. Il en palpa le tissu et s'étonna de son excellente qualité.

« C'est mon frère qui me l'a envoyé d'Amérique », dit Joseph impassible lorsqu'il l'interrogea sur l'origine du tissu syntectaire. Le journaliste relata donc dans l'article qu'il pondit dans la soirée le bon déroulement du marché aux bestiaux sans faire la moindre mention de l'échec de l'invasion de la Terre par les Aldébaranais.

CENT TRENTE-SEPT SECONDES

Titre original de la nouvelle

STO TRZYDZIESCI SIEDEM SEKUND

3

MESSIEURS, le manque de temps et aussi des conditions peu favorables font que la plupart des gens quittent ce monde sans s'être interrogés sur lui. Ceux qui s'y essaient en attrapent le vertige et, pour finir, s'intéressent à autre chose. Je suis de ceux-là. Au fur et à mesure que j'ai avancé dans ma carrière, la place réservée à ma personne dans le Who's Who s'est agrandie au fil des années, mais ni dans sa dernière édition ni dans les suivantes, on ne dira pourquoi j'ai quitté le journalisme. C'est le sujet de l'histoire que je vais vous raconter. Je ne l'aurais pas fait dans d'autres circonstances.

J'ai connu un garçon très doué qui avait décidé un jour de fabriquer un galvanomètre sensible, et il y est si bien arrivé que son appareil bougeait même quand il n'y avait pas de courant car il réagissait aux vibrations de l'écorce terrestre. Cette anecdote peut servir de *motto* à mon récit.

J'étais alors de service de nuit au desk étranger d'UPI. J'y ai enduré bien des choses, entre autres l'automatisation de la rédaction des journaux. J'ai dû me séparer des metteurs en pages en chair et en os pour travailler avec un ordinateur IBM 0161 spécialement adapté. Dans le secret de mon âme, je regrette de ne pas être né cent cinquante ans plus tôt. Mon histoire aurait commencé par ces mots : « Je séduisis la comtesse de... » et j'aurais raconté comment, après avoir arraché les rênes des mains du cocher, je me serais mis à fouetter les chevaux pour échapper à l'embuscade tendue par les sbires du mari jaloux. Je ne serais pas obligé de vous expliquer ni ce que c'est qu'une comtesse ni en quoi consiste la séduction. Aujourd'hui, tout n'est pas si rose. L'ordinateur IBM 0161 n'est pas un metteur en pages mécanique. C'est un démon de rapidité, freiné par les astuces des ingénieurs pour qu'on puisse lui emboîter le pas. Cet ordinateur fait le travail de dix à douze personnes. Il est directement relié à une centaine de télex, ce qui fait que tout ce que tapent nos correspondants à Ankara, Bagdad ou Tokyo passe simultanément dans ses circuits. Il le classe aussitôt et imprime sur l'écran les derniers projets de l'édition du matin. Entre minuit et trois heures du matin — c'est l'heure de clôture du numéro — on peut en faire jusqu'à cinquante versions. C'est au rédacteur de service qu'il appartient de choisir la version définitive. Un typographe, qui aurait dû faire non cinquante mais cinq projets de mise en pages, serait devenu fou. L'ordinateur travaille un million de fois plus vite que n'importe lequel d'entre nous, c'est-à-dire qu'il pourrait le faire si on lui en donnait la possibilité. Je me rends compte qu'à faire ce genre de remarque je détruis une grande partie du charme de mon histoire. Que resterait-il des charmes de ma comtesse si, au lieu de me pencher sur la carnation d'albâtre de sa gorge, je parlais de sa composition chimique ? Nous vivons une époque dramatique pour les conteurs ; ce qu'ils narrent avec des mots simples n'est qu'antiquité anachronique et leurs contes merveilleux requièrent des pages entières d'explications encyclopédiques. Mais personne n'a trouvé de remède contre cette malédiction. Et pourtant, collaborer avec un ordinateur était fascinant. Quand il arrivait une information nouvelle — cela se passait dans une grande salle ronde où retentissait le crépitement ininterrompu des télex — l'ordinateur l'introduisait aussitôt, à titre d'essai, dans la maquette. Bien sûr, seulement sur l'écran. C'était un jeu d'électrons, de lumière et d'ombre. Certains regrettent les hommes à ce poste-là.

Moi pas. Un ordinateur n'a pas d'amour-propre, il ne s'énerve pas si à trois heures moins cinq, il manque encore un communiqué, il n'a pas de soucis domestiques, il n'est pas obligé d'emprunter de l'argent pour finir le mois, il ne se fatigue pas et ne laisse pas non plus entendre qu'il fait tout mieux que tout le monde, et surtout il ne se vexe pas quand on lui fait rejeter ses gros titres en dernière page en corps 6. Il est en même temps terriblement exigeant : il n'y a pas moyen de s'y retrouver tout de suite. Quand on lui dit « non », c'est un non définitif, sans appel, comme une sentence de tyran ; il ne peut pas dire le contraire ! Mais comme il ne se trompe jamais, les erreurs de l'édition du matin ne sont imputables qu'à l'homme. Les constructeurs de l'IBM avaient pensé absolument à tout sauf à un détail : quelle que soit la façon dont ils étaient posés et équilibrés, les télex vibraient toujours, tout comme les machines à écrire ultra-rapides. Ces vibrations avaient tendance à faire jouer les câbles qui reliaient les télex de rédaction à l'ordinateur et les fiches finissaient par sortir des prises. Cela arrivait rarement, disons une ou deux fois par mois. Le dérangement — il fallait se lever pour aller rebrancher — était finalement si minime que personne ne s'est pressé d'en réclamer le changement. Tout le monde y pensait mais sans grande conviction. Peut-être que c'est fait maintenant. Si c'est le cas, la découverte que je vais vous raconter ne se renouvellera pas.

C'était la veille de Noël. Mon numéro était prêt juste avant trois heures. J'aimais bien me garder quelques minutes de battement pour souffler et bourrer ma pipe. J'avais l'agréable sensation que ce n'était pas moi que les rotatives attendaient, mais le dernier bulletin. Cette nuit-là, il s'agissait des nouvelles en provenance d'Iran où il y avait eu le matin un tremblement de terre. Les agences n'avaient communiqué que des bribes des dépêches de leurs correspondants, car une seconde secousse avait suivi la première, si forte qu'elle avait coupé les liaisons par câbles. Comme la radio se taisait aussi, nous pensions que la station avait été détruite.

Nous comptions sur notre homme, Stan Rogers. Haut comme trois pommes, il en avait plus d'une fois profité pour monter à bord d'hélicoptères militaires ; même s'il n'y avait plus de place, on faisait toujours une exception pour lui car il ne pesait pas plus lourd qu'une valise. La maquette de la première page couvrait l'écran avec un dernier rectangle blanc. Les liaisons avec l'Iran étaient toujours interrompues. Quelques télex fonctionnaient encore, mais j'ai reconnu aussitôt celui de Turquie. C'est une question d'expérience, ça s'apprend automatiquement. J'étais étonné que le rectangle reste vide alors que des mots auraient dû y apparaître au même rythme que celui du télex, mais cette pause n'a pas duré plus d'une ou deux secondes. Tout le texte de l'information, d'ailleurs très succinct, est sorti ensuite immédiatement, ce qui m'a également surpris. Je le connais par cœur. Le chapeau était déjà prêt ; il y avait dessous les phrases suivantes : « Deux secousses, d'une puissance de sept à huit degrés sur l'échelle de Richter, ont eu lieu successivement à Sherabad entre dix et onze heures heure locale. La ville est en ruine. On estime à un millier le nombre des victimes et à six mille celui des sans-abri. »

Le grésillement par lequel l'imprimerie me signalait que trois heures avaient sonné a retenti. Comme ce texte laconique laissait un peu de place libre, je l'ai délayé en y ajoutant deux phrases supplémentaires, puis j'ai appuyé sur une touche du clavier pour expédier le numéro à l'imprimerie, où les linotypes à qui il était transmis directement le composaient avant de l'envoyer sur les rotatives.

Mon travail était fini. Je me suis levé pour m'étirer et, en rallumant ma pipe éteinte, j'ai remarqué un câble qui traînait par terre. Il avait sauté de la prise. C'était celui du télex d'Ankara. C'était justement celui qu'avait utilisé Rogers. Quand je l'ai ramassé, une idée folle m'a traversé l'esprit : il était déjà par terre quand le télex s'était manifesté. C'était évidemment absurde car comment l'ordinateur aurait-il pu donner une information sans être relié au télex ? Je me suis approché lentement du télex, j'ai arraché la feuille du communiqué et l'ai mise sous mes yeux. Il m'a semblé être formulé un peu différemment mais j'étais épuisé, comme d'habitude à pareille heure, et je me suis méfié de ma mémoire. J'ai rebranché l'ordinateur en demandant la page de titres et j'ai comparé les deux textes. Ils étaient effectivement différents, bien que de façon plus significative. La version du télex était : « Deux nouvelles secousses de sept et huit degrés sur l'échelle de Richter sont survenues à Sherabad entre neuf et dix heures heure locale. La ville est complètement détruite. Le nombre des victimes est supérieur à cinq cents personnes et celui des sans-abri s'élève à environ six mille. »

Je suis resté bouche bée, tantôt au-dessus de l'écran, tantôt au-dessus du papier. Je ne savais ni que penser ni que faire. Les deux textes se recouvraient parfaitement ou presque. La seule différence importante concernait le nombre des victimes. Ankara avait dit cinq cents et l'ordinateur le double. J'avais tout de même conservé suffisamment de réflexes pour prendre immédiatement contact avec l'imprimerie.

« Ecoute, ai-je dit à Langhorne — c'était le linotypiste de service — j'ai une erreur dans le communiqué d'Iran. Première page, troisième colonne, dernière ligne. Ce n'est pas mille, c'est... »

Je me suis interrompu parce que le télex turc s'était réveillé et avait commencé à crépiter : « Attention. Dernière. Attention. Le nombre des victimes est actuellement estimé à mille. Rogers. Fin. »

« Alors ? Qu'est-ce qu'il faut mettre ? » criait Langhorne en bas.

J'ai soupiré.

« Excuse-moi, vieux, lui ai-je dit. Il n'y a pas d'erreur. C'est ma faute. Tout va bien. Tu peux y aller. »

J'ai vite raccroché et suis allé au télex où j'ai dû relire cet additif au moins six fois. Ça me plaisait de moins en moins, cette affaire. J'avais l'impression que le sol se dérobait sous mes pieds. J'ai fait le tour de l'ordinateur en l'examinant avec défiance et aussi un peu de peur. Comment avait-il fait ? Je n'y comprenais rien et je sentais que plus j'y réfléchirais, moins je comprendrais.

Je suis rentré chez moi et, une fois dans mon lit, je n'ai pas réussi à m'endormir. J'ai essayé, surtout pour des considérations d'hygiène mentale, de m'interdire de penser à cette histoire étrange. D'un point de vue objectif, ça n'était qu'un détail, et je savais que je ne pourrais en parler à personne : on ne me croirait pas. On prendrait ça pour une bonne blague et même assez mauvaise. Ce n'est qu'après m'être tourné et retourné dans mon lit, que j'ai décidé de tout examiner à la loupe, c'est-à-dire d'étudier sérieusement les réactions de l'ordinateur aux coupures de télex. J'ai senti une sorte de soulagement, du moins suffisant pour m'endormir.

Je me suis réveillé d'humeur assez optimiste et Dieu seul sait où j'ai trouvé la solution de l'énigme ou du moins ce qui pouvait en tenir lieu.

Quand ils travaillaient, les télex tremblaient. Leurs vibrations faisaient même tomber les fiches des câbles. Cela ne pouvait-il être à l'origine une signalisation de rechange ? Même moi, avec mes pauvres sens d'homme, misérables et lents, je réussissais à capter les différences de son des télex. Par exemple, je reconnaissais celui de Paris aux chocs métalliques qu'il faisait en remuant. Un récepteur cent fois plus sensible saisirait donc même les différences insignifiantes qu'il y avait entre les frappes des claviers. Sans doute n'était-ce pas possible dans cent pour cent des cas, et c'est justement pour ça que l'ordinateur n'avait pas répété mot pour mot le texte du télex, mais en avait légèrement remanié le style : il avait tout simplement complété ce qui lui manquait d'informations. Pour ce qui était du nombre des victimes, il ne fallait pas oublier que c'était à l'origine une machine de calculs; il devait exister des corrélations statistiques entre le nombre de maisons détruites, l'heure à laquelle avait eu lieu le tremblement de terre et le nombre des victimes. En laissant passer le chiffre, l'ordinateur avait peut-être mis à profit ses talents pour exécuter des calculs à une vitesse fulgurante et c'est de là qu'était sorti le fameux millier. Notre correspondant, lui, s'était contenté de transmettre les estimations qu'on lui avait données sur place, et, ayant obtenu par la suite des informations plus précises, il avait envoyé un rectificatif. L'ordinateur s'était avéré supérieur parce qu'il ne se fiait pas à des on-dit mais à un matériel statistique exact dont la puissance se trouvait dans sa mémoire de ferrite. Ce raisonnement m'a tout à fait tranquillisé.

L'IBM 0161 n'est pas un relais passif ; si le télex fait une faute d'orthographe ou une faute de grammaire, cette faute apparaît sur l'écran pour être remplacée en une fraction de seconde par la forme correcte. Cela se passe parfois si vite qu'on n'a pas le temps de le remarquer, et on ne constate la correction que plus tard, lorsqu'on compare les deux textes. L'IBM n'est pas non plus qu'un metteur en pages automatique, parce qu'il est branché sur un réseau d'ordinateurs, aussi bien d'agences que de bibliothèques, et on peut lui demander des données dont il étoffe aussitôt les communiqués trop maigres. Bref, mes explications étaient tout à fait satisfaisantes, mais j'avais toujours l'intention de faire quelques petites expériences de mon propre chef, pendant mon prochain service. J'ai décidé de n'en parler à personne, pas plus que de ce qui s'était passé la nuit de Noël. C'était plus sage.

L'occasion n'a pas tardé à se présenter. Deux jours plus tard, j'ai été à nouveau de nuit au desk étranger et, quand Beyrouth a commencé à transmettre des informations sur la disparition en mer Méditerranée d'un sous-marin de la sixième flotte, je me suis levé et, sans quitter des yeux l'écran où apparaissaient, à un rythme accéléré, les mots du texte, d'un geste rapide et furtif, j'ai débranché la fiche. Pendant un quart de seconde, le texte ne s'est pas allongé mais s'est coupé à la moitié d'un mot comme si l'ordinateur, surpris, ne savait que faire. Mais cette paralysie n'a vraiment duré que l'espace d'un instant ; presque aussitôt les mots ont recommencé à sauter sur le fond blanc, et je les comparais fébrilement avec le texte tapé par le télex. La chose que j'avais déjà vue une fois s'est répétée. L'ordinateur donnait bien le communiqué du télex, mais en termes un peu différents : « Le porte-parole de la sixième flotte a déclaré » au lieu de « a dit », « les recherches se poursuivent » au lieu de « sont en cours » ; quelques détails du même ordre différenciaient les deux textes.

Il est étonnant de voir avec quelle facilité on s'habitue à l'inhabituel, dès qu'on en saisit le mécanisme ou, du moins, qu'on croit le saisir. J'avais déjà l'impression de jouer avec l'ordinateur comme un chat avec une souris, de le tromper, d'être pleinement maître de la situation. La maquette du numéro avait encore de nombreux trous et les textes qui devaient les remplir arrivaient par paquets à cette heure de pointe. J'ai recherché les bons câbles les uns après les autres dans les faisceaux, et j'ai retiré les fiches jusqu'à en avoir six ou sept dans la main. L'ordinateur continuait à fonctionner le plus tranquillement du monde, bien qu'il n'ait plus été relié à aucun télex. Je me suis dit qu'il ne distinguait absolument pas les lettres et les mots tapés à leurs tremblements, et que ce qu'il ne reconstituait pas aussitôt, il le complétait ensuite avec une extrapolation foudroyante ou une autre de ses méthodes mathématiques. J'étais en transe ; concentré, j'attendais que se réveille un nouveau télex, et quand celui de Rome a démarré, j'ai tiré sur le câble, mais si fort que la fiche m'est restée dans la main et que celle qui alimentait le télex est tombée en même temps. Il s'est naturellement immobilisé. Je partais déjà le remettre lorsque j'ai été frappé par quelque chose sur l'écran.

Le télex de Rome était inerte, mais l'ordinateur complétait la première place réservée à la crise du gouvernement italien par un « communiqué de dernière heure ». Retenant mon souffle, sentant qu'il se passait à nouveau des choses bizarres avec le sol et mes genoux, je me suis approché de l'écran et j'ai lu les mots innocents : « a nommé premier ministre Battisti Castellani »... comme une dépêche de l'au-delà. J'ai d'autant plus vite rebranché le télex de Rome au câble d'alimentation principal, pour lire les deux textes en même temps. Oh ! maintenant, les différences étaient plus grandes, mais l'ordinateur ne s'éloignait pas trop de la vérité, c'est-à-dire du fond du communiqué. Castellani était effectivement nommé premier ministre, mais les phrases apparaissaient dans un autre contexte et quatre lignes plus bas que sur l'écran. J'ai eu la même impression que si deux journalistes, disposant des mêmes informations, avaient rédigé le texte de la note, chacun de leur côté. Les genoux flageolants, je me suis assis pour essayer de sauver mon hypothèse mais je sentais déjà que ce serait peine perdue. Tout mon beau raisonnement s'écroulait. Comment l'ordinateur pouvait-il déchiffrer les vibrations d'un télex qui était sourd et inerte ? Il n'était tout de même pas en mesure de saisir les tremblements du télex sur lequel travaillait notre correspondant à Rome ! La tête me tournait. Si quelqu'un était entré, j'aurais éveillé en lui Dieu seul sait quels soupçons. En sueur, les yeux hagards, des mains moites qui serraient encore les câbles, comme un criminel pris en flagrant délit. Je me sentais fait comme un rat et, dans un acte de désespoir, j'ai commencé à débrancher tous les télex, si bien que le crépitement a cessé. Je suis resté avec mon ordinateur dans un silence de mort. Il s'est alors produit une chose étrange, peut-être plus étonnante encore que tout ce qui s'était passé jusque-là. Bien que la maquette n'ait pas encore été complète, l'arrivée des textes avait nettement diminué. De plus, il apparaissait à un rythme ralenti des phrases dépourvues de sens précis, creuses, en un mot, du remplissage. Les lignes se sont glissées à leur place encore pendant un bon moment, mais se sont finalement immobilisées — toutes. Quelques textes ont pris une allure de comique absurde. Il y avait une note sur un match de football où, au lieu du dernier score, figurait une phrase-bateau sur le comportement courageux des joueurs des deux équipes. Les nouvelles en provenance d'Iran s'étaient interrompues sur la constatation que les tremblements de terre étaient des phénomènes à l'échelle cosmique car ils avaient lieu même sur la Lune. C'était vraiment n'importe quoi ! Les sources mystérieuses d'où l'ordinateur avait jusque-là tiré son inspiration exacte s'étaient taries.

Mon premier objectif était bien sûr d'assurer la clôture du numéro. J'ai donc très vite rebranché les télex, et ce n'est qu'après trois heures, quand les rotatives étaient déjà en train de tourner, que j'ai pu réfléchir à ce qui s'était passé devant moi. Je savais que je ne connaîtrais pas la vérité tant que je ne serais pas arrivé à trouver le pourquoi de cette époustouflante démonstration d'habileté et de son interruption non moins surprenante. Un profane peut penser qu'il aurait suffi de poser les questions adéquates à l'ordinateur lui-même : puisqu'il était si intelligent et si parfaitement obéissant, il n'avait qu'à montrer comment, grâce à quels mécanismes, il travaillait quand il était coupé, et aussi ce qui ensuite avait freiné son travail. Cette idée nous a été fourrée dans la tête par les racontars sur les cerveaux électriques, car on ne peut pas parler à un ordinateur comme à un homme, peu importe qu'il soit intelligent ou stupide : ce n'est pas un être humain ! C'est comme si on s'était attendu qu'une machine à écrire nous dise qu'elle est en panne et où et comment il faut la réparer. L'ordinateur traite des informations avec lesquelles il n'a aucune relation sensée. Les phrases qu'il recrache avancent sur les rails de la syntaxe, et si elles déraillent, cela signifie que quelque chose ne va pas, mais lui n'en sait rien, pour cette raison suffisante qu'on ne peut dire « lui » en parlant d'un ordinateur, pas plus que d'un balai ou d'un tabouret. Notre IBM savait formuler et remanier tout seul les textes des communiqués de presse, rien d'autre. C'est toujours l'homme qui doit décider de l'importance qu'ont les textes. L'IBM réussissait seulement à compiler des informations complémentaires en une seule, ou à sélectionner une introduction phraséologique pour un communiqué brut, par exemple pour les dépêches, grâce à des modèles de procédure tout prêts dont il avait des centaines de milliers enregistrés en lui. Cette introduction correspondait au contenu des dépêches seulement parce que l'IBM procédait à leur analyse statistique en attrapant des mots clés ; ainsi, si dans la dépêche se répétaient les mots « but », « penalty » ou « équipe adversaire », il sélectionnait quelque chose dans le répertoire des compétitions sportives ; bref, l'ordinateur est comme un cheminot qui sait manœuvrer correctement des aiguillages, accrocher des wagons et expédier des trains dans la bonne direction, tout en ne sachant pas ce qu'il y a à l'intérieur. Il comprend les caractéristiques, souvent purement externes, des mots et des phrases, celles qui sont soumises à des opérations mathématiques de démontage et d'assemblage. Je ne pouvais donc en attendre aucun secours.

J'ai passé une nuit d'insomnie à réfléchir. J'avais remarqué la régularité suivante dans ce que produisait l'ordinateur : plus il était coupé des sources d'information, plus il reconstituait mal cette dernière. Ça me semblait même assez compréhensible, étant donné que j'étais dans le journalisme depuis vingt et quelques années. Comme vous le savez, les rédactions de ces deux hebdomadaires à grand tirage, *Time* et *Newsweek,* sont tout à fait indépendantes l'une de l'autre ; ce qui les rapproche, dans la rédaction de leurs numéros, c'est seulement le fait de se trouver dans le même monde et de disposer dans le même laps de temps de sources d'information très proches. En outre, elles s'adressent au même public. C'est pour ça que la ressemblance de leurs articles n'a rien de surprenant. Elle provient du niveau de perfection d'adaptation au marché qu'ont atteint ces deux groupes rivaux. L'art d'écrire des revues hebdomadaires d'événements survenus dans un pays ou dans le globe tout entier s'apprend et si on a des points de vue assez proches comme ceux de l'élite journalistique des Etats-Unis, on dispose de la même formation et de la même information, et on opère avec elles en cherchant à produire un effet optimal sur le lecteur. Les ressemblances ne se retrouvent jamais dans des phrases isolées mais dans le ton, dans la façon de présenter les choses, de gonfler certains détails, d'exagérer, de juxtaposer en contrepoint des traits caractéristiques, par exemple dans les portraits d'hommes politiques ; autrement dit, tout ce qui sert à accrocher l'attention du lecteur et à lui suggérer qu'il se trouve à la source même de la meilleure information fait partie des trucs que doit savoir un bon journaliste. Dans un certain sens, notre IBM était lui aussi une « maquette » de ce parfait reporter. Il connaissait les méthodes et les trucs, et savait faire ce que chacun d'entre nous savait. Grâce à la routine qu'on avait programmée en lui, il était devenu génial pour la phraséologie accrocheuse, pour comparer les données de façon choquante, les présenter de façon avantageuse ; je savais tout ça mais je savais aussi que ces belles explications ne suffisaient pas à expliquer son comportement. Pourquoi était-il si habile quand il était coupé des télex ? Pourquoi avait-il commencé après à raconter des bêtises ? Je me berçais encore de l'illusion que je réussirais à trouver tout seul des réponses à ces questions.

La fois suivante, avant de prendre mon service, j'ai téléphoné à notre correspondant de Rio de Janeiro en lui demandant de nous envoyer au début de la nuit une fausse information sur les résultats d'un tournoi de boxe qui opposait le Brésil à l'Argentine. Il devrait donner toutes les victoires des Brésiliens pour celles des Argentins, et vice versa. Les matchs commençaient tard dans la soirée et les résultats de la rencontre ne pouvaient donc être connus au moment de notre conversation. Pourquoi me suis-je adressé à Rio et pas ailleurs ? Tout simplement parce que je demandais un service impensable du point de vue professionnel et que Sam Gernsback, en poste là-bas, était un ami de cette espèce rare qui ne pose pas de questions.

Ce que j'avais expérimenté jusque-là me laissait supposer que l'ordinateur reprendrait le faux communiqué que Sam taperait sur son télex (je ne cacherai pas que j'avais déjà ma petite idée. J'imaginais en effet que le télex deviendrait une sorte d'émetteur-radio et que ses câbles feraient office d'antennes ; mon ordinateur réussirait à capter les ondes électromagnétiques qui se développeraient autour des câbles enfoncés dans la terre, parce que c'était un récepteur suffisamment sensible pour ça).

Gernsback devait démentir sa fausse information

aussitôt après l'avoir envoyée. Je détruirais, bien entendu, la première pour qu'il n'en reste pas de trace. Le plan que j'avais imaginé me semblait extraordinairement subtil. Toutefois, j'ai décidé de conserver une liaison normale du télex et de l'ordinateur jusqu'à la pause et de ne débrancher le télex qu'après. Je ne vais pas me lancer dans la description de mes préparatifs ni de mes émotions ou de l'ambiance. Je vous dirai seulement comment ça s'est passé. L'ordinateur a introduit dans la maquette du numéro les résultats de la rencontre, faux avant la mi-temps, vrais après. Comprenez-vous ce que cela signifiait ? Tant qu'il s'en est remis au télex, il n'a rien remanié ni « combiné » ; il s'est contenté de répéter lettre après lettre ce qui était câblé de Rio. Une fois coupé, il a cessé d'y prêter attention, de même qu'aux câbles qui devaient, selon mes hypothèses, jouer le rôle d'antenne-radio. Il a simplement donné les résultats réels de la rencontre ! Mon IBM se moquait de ce que Gernsback tapait. Mais ce n'est pas tout. Il a donné correctement les résultats de toutes les rencontres de poids lourds, sauf ceux de la dernière. Il y avait une chose incontestable : dès la coupure, il avait cessé d'être dépendant des télex, du mien et de celui de Rio. Il obtenait ses informations par une voie tout à fait différente.

Alors que, transpirant, la pipe éteinte, je n'arrivais pas encore à digérer ce que je venais de voir, le télex brésilien a crépité : c'était Sam qui donnait, comme convenu, les bons résultats ; à la fin de son communiqué, il a introduit un rectificatif : le résultat du combat des poids lourds avait été modifié après la décision finale des arbitres qui avaient jugé que le poids des gants de l'Argentin, vainqueur sur le ring, n'était pas réglementaire.

Ainsi donc l'ordinateur ne s'était pas trompé une seule fois. Il me manquait encore une information, que j'ai obtenue en téléphonant à Sam après le bouclage du numéro. Il dormait déjà et a juré comme un charretier parce que je l'avais réveillé. Je pouvais compatir d'autant plus que les questions dont je l'abreuvais pouvaient paraître futiles et complètement idiotes : à quelle heure avait-on proclamé le résultat du combat des poids lourds et combien de temps après les arbitres étaient-ils revenus sur leur décision ? Sam a fini par me répondre. On avait annulé le combat presque aussitôt, lors de la proclamation de la victoire de l'Argentin, parce que en lui levant le bras, l'arbitre avait senti sous la peau de son gant un petit poids, auparavant caché sous une couche de plastique, qui s'était déplacé pendant le combat. Sam s'était précipité au téléphone avant la scène, car il voulait passer ses informations le plus vite possible. Par conséquent, l'ordinateur n'avait pas pu lire dans ses pensées ; il avait donné le bon résultat alors que Sam ne le connaissait pas encore !

J'ai passé à peu près six mois sur ces expériences nocturnes et j'ai appris pas mal de choses, même si je n'y comprenais toujours rien. Débranché, l'ordinateur s'immobilisait d'abord deux secondes, puis donnait la suite du communiqué en cent trente-sept secondes. Jusqu'à ce moment-là, il savait tout sur l'événement mais après, plus rien. Peut-être aurais-je pu arriver à avaler ça, mais j'ai découvert une chose pire encore. L'ordinateur prévoyait l'avenir et ce, infailliblement. Il ne s'inquiétait pas de savoir si l'information concernait des événements qui s'étaient déjà produits ou qui allaient seulement se produire, pourvu qu'ils rentrent dans les limites des deux minutes et dix-sept secondes. Si je tapais sur le télex une information inventée de toutes pièces, il la répétait docilement et se taisait aussitôt que je retirais le câble ; il savait donc poursuivre la description de ce qui avait vraiment lieu quelque part et non de ce que quelqu'un avait pensé. Voilà du moins la conclusion que j'en ai tirée et que j'ai notée dans mon carnet. Je me suis fait petit à petit à son comportement et je ne saurais dire moi-même à partir de quel moment il m'a fait penser à un chien. Comme un chien, il convenait de le conduire d'abord à un indice concret, de lui donner en quelque sorte le temps de renifler le début des événements ; comme un chien il avait besoin d'un certain temps pour enregistrer les données et, s'il en avait trop peu, il se taisait, énonçait des lieux communs ou finissait par emprunter une fausse piste. Il confondait par exemple les lieux qui portaient le même nom, si je ne le précisais pas clairement. Comme à un chien, la piste qu'il empruntait lui était complètement indifférente, mais une fois qu'il y était, il était infaillible, pendant cent trente-sept secondes.

Nos séances, qui se déroulaient toujours entre trois heures et quatre heures du matin, ont tourné à l'interrogatoire. Je m'efforçais de le mettre au pied du mur, d'appliquer une tactique de questions croisées, ou plutôt d'alternatives, lorsque j'ai eu une idée dont l'évidente simplicité m'a semblé exceptionnelle. Comme vous vous en souvenez, Rogers avait relaté le tremblement de terre de Sherabad depuis Ankara, donc l'expéditeur du communiqué n'était pas obligé de se trouver à l'endroit précis où se déroulait ce qu'il décrivait ; tant qu'il s'agissait d'événements terrestres, on ne pouvait exclure la possibilité pour l'ordinateur d'utiliser le fait que l'observateur était un homme ou même un animal. J'ai décidé de faire un début de faux communiqué concernant un endroit où il n'y avait et où il n'y avait jamais eu d'hommes. Il s'agissait de Mars. Je lui ai donc donné les coordonnées du centre de Syrtis Minor et, parvenu aux mots : « Actuellement il fait jour sur Syrtis Minor ; en observant l'environnement, nous voyons... » j'ai tiré sur le câble en l'arrachant de la prise. Après une seconde d'interruption, l'ordinateur a achevé « une planète dans les rayons du soleil », et ça a été tout. J'ai reformulé ce début une bonne dizaine de fois sur des modèles différents mais je n'ai pas obtenu un seul détail précis ; il continuait à se perdre dans des banalités. J'en ai déduit que sa toute-puissance n'atteignait pas les planètes et, je ne sais pas très bien pourquoi, je m'en suis senti soulagé.

Que faire ? Je pouvais bien sûr lancer une nouvelle sensationnelle de première et gagner une certaine renommée et pas mal de sous. Mais je ne me suis pas arrêté sérieusement à cette possibilité. Pourquoi ? Je ne sais pas. Peut-être parce que la publicité donnée à cette énigme commencerait par me mettre en retrait. J'imaginais sans peine les foules de techniciens qui nous envahiraient, les experts qui parleraient dans leur jargon professionnel ; quels que soient les résultats, je serais immédiatement éliminé, en tant que profane et trublion. Je ne pourrais que décrire mes impressions, donner des interviews et encaisser des chèques. Je n'y tenais pas du tout. J'étais prêt à partager mon secret avec quelqu'un, mais pas à y renoncer complètement. J'ai donc décidé de collaborer avec un bon spécialiste en qui je pouvais avoir totale confiance. Je n'en connaissais qu'un, Milton Hart, du M.I.T. C'est un type de caractère, original et à vrai dire anachronique, car le travail en groupe élargi ne lui convient pas ; de nos jours, le savant solitaire est un animal en voie de disparition. De formation, Hart était physicien, et, de profession, informaticien-programmeur ; cela m'allait tout à fait. Je dois dire que jusque-là, nous nous étions rencontrés sur un terrain assez particulier car nous jouions ensemble au mah-jong ; nos autres contacts étaient inexistants mais ce genre de jeu permet justement d'apprendre beaucoup de choses sur les gens. Son excentricité se manifestait dans le fait qu'il faisait de but en blanc des réflexions bizarres à haute voix ; je me souviens qu'une fois, il m'a demandé s'il était vraiment impossible que Dieu ait créé le monde sans le vouloir. Il n'y avait jamais moyen de définir s'il tenait des propos sérieux, ou s'il se moquait gentiment de son interlocuteur. C'était à n'en pas douter une tête ! M'étant annoncé par téléphone, je suis allé chez lui le dimanche suivant et, comme j'y comptais bien, il a adhéré à mon plan de conspiration. Je ne sais pas s'il m'a cru aussitôt. Hart ne fait pas partie des gens expansifs. En tout cas, il a vérifié ce que je lui avais dit, et la première chose qu'il a faite après a été de débrancher notre ordinateur du réseau informatique fédéral. Ça ne m'était jamais venu à l'esprit. Aussitôt, les talents extraordinaires de mon IBM ont disparu comme par enchantement. La mystérieuse puissance ne demeurait pas dans l'ordinateur mais dans le réseau. Comme vous le savez, il compte actuellement plus de quarante mille centres de calcul et, comme vous ne le savez peut-être pas (je ne le savais pas non plus avant que Hart me le dise), il a une structure hiérarchique qui rappelle un peu le système nerveux des vertébrés. Le réseau a des nœuds vitaux et la mémoire de chacun d'entre eux contient davantage de faits que n'en connaissent tous les savants pris ensemble. Chaque abonné paye une cotisation en fonction du temps de travail de l'ordinateur au cours du mois, avec des coefficients divers car si le problème qu'a à résoudre l'abonné est trop difficile pour l'ordinateur le plus proche, un distributeur appelle automatiquement des renforts pris sur la réserve fédérale, c'est-à-dire des ordinateurs isolés et délestés. Ce distributeur est lui aussi, ça se conçoit, un ordinateur. Il pourvoit à la répartition de la charge informationnelle dans le réseau entier et surveille ce qu'on appelle les banques de mémoire gardée, c'est-à-dire les données inaccessibles, couvertes par les secrets d'Etat ou militaires. Ma mine s'est allongée quand Hart m'a dit ça, car même si je savais vaguement que ce réseau existait et que UPI y était abonné, j'y pensais exactement comme on pense aux équipements du central téléphonique quand on parle au téléphone. Hart, qui ne manquait pas de malice, a remarqué que je préférais imaginer mes tête-à-tête nocturnes avec l'ordinateur comme des rendez-vous romantiques, retranchés du reste du monde, car c'était plus dans le style d'un conte de fées qu'un raisonnement lucide qui m'aurait montré qu'en général, la majorité des abonnés dort entre trois et quatre heures du matin : le réseau est alors moins chargé. C'était grâce à cela que mon IBM pouvait bénéficier de son potentiel maximal, ce qu'il ne pourrait jamais faire aux heures de pointe. Hart a vérifié les factures d'UPI et on a appris que mon IBM avait utilisé plusieurs fois entre soixante et soixante-cinq pour cent de l'ensemble du réseau d'un seul coup. Il faut ajouter que ces charges invraisemblables duraient peu de temps, quelques dizaines de secondes, mais il y avait belle lurette que quelqu'un aurait dû regarder ça de plus près, en se demandant pourquoi un journaliste du desk tirait sur le réseau une puissance vingt fois supérieure à celle dont on avait besoin pour calculer toutes les positions du budget de l'Etat. A présent, tout était fait par ordinateur, y compris le contrôle des règlements informatiques ; on sait en effet que les ordinateurs ne peuvent s'étonner de rien — du moins tant que les factures sont payées régulièrement, ce qui ne posait pas de problèmes puisqu'elles étaient aussi payées par ordinateur, par le nôtre, celui de la comptabilité d'UPI. Ça s'est donc passé comme ça : on a appris que mon intérêt pour les paysages de Syrtis Minor avait coûté à UPI la coquette somme de vingt-neuf mille dollars ; la note était plutôt salée si on prend en considération que je n'avais pas été satisfait. En tout cas, même s'il s'était tu obstinément, mon ordinateur avait fait ce qui était en son pouvoir, et pas seulement dans le sien puisque, pendant ses huit minutes de silence, interrompues par du remplissage, le réseau avait effectué des billions et des trillions d'opérations — cela était écrit noir sur blanc sur la facture. Il n'empêche que, malgré ces travaux de Sisyphe, l'énigme restait pour nous totale.

Je vous ai prévenu que ce n'était pas une histoire sur les esprits. Les apparitions d'outre-tombe, les pressentiments, les prédictions mystiques, les malédictions, les revenants, toutes ces créatures charmantes, honnêtes et surtout simples ont disparu à jamais de notre vie. Pour parler précisément de l'esprit qui s'est glissé dans la machine IBM par le manchon principal du réseau fédéral, il faudrait tracer des diagrammes, faire des modèles mathématiques et utiliser des ordinateurs comme détectives pour qu'ils rejoignent les autres. Un type nouveau d'esprit naît des mathématiques supérieures, et c'est pour cela qu'il est inaccessible. Mon histoire devrait s'arrêter là, avant que vous n'ayez les cheveux qui se dressent sur la tête, car je vais maintenant vous exposer ce que m'a dit Hart. Le réseau informatique rappelle un réseau électrique, si ce n'est qu'on en tire des informations et non de l'énergie. La circulation, que ce soit de l'énergie électrique ou de l'information, rappelle le mouvement de l'eau dans des réservoirs reliés par canalisations. Le courant coule là où il rencontre la moindre résistance, c'est-à-dire là où le besoin s'en fait sentir. Si l'on sectionne un câble d'alimentation, l'électricité se cherche elle-même un chemin en lignes circulaires, ce qui d'ailleurs peut provoquer une surcharge et une panne. Pour parler d'une manière imagée, mon IBM, quand il a perdu sa liaison avec le télex, a demandé de l'aide au réseau qui a démarré aussitôt à une vitesse de plusieurs milliers de kilomètres à la seconde, car c'est à cette vitesse que le courant se déplace dans les circuits. Avant que tous les renforts ne se réunissent, deux secondes se sont écoulées et c'est pendant ce temps-là que l'ordinateur est resté muet. Ensuite, la jonction a été comme reconstituée, mais de quelle façon, nous n'en avions pas la moindre idée. Jusque-là toutes nos explications avaient un caractère très concret, très physique, et se laissaient même calculer en dollars ; toutefois, les renseignements obtenus étaient strictement négatifs. Nous savions déjà ce qu'il fallait faire pour que l'ordinateur perde ses extraordinaires talents : il suffisait de le débrancher du manchon informatique. Mais nous ne comprenions toujours pas comment le réseau pouvait l'aider, car comment avait-il joint Sherabad où il y avait justement un tremblement de terre, ou Rio dans la salle du match de boxe ? Le réseau est un système fermé d'ordinateurs branchés, aveugle et sourd à tout le monde extérieur, avec les sorties et les entrées que sont les télex, les téléphones, les enregistreurs des organisations et des bureaux fédéraux, les pupitres de commande des banques, des centrales d'énergie, des grandes sociétés, des aéroports, etc. Il n'a ni œil, ni oreille, ni antennes, ni détecteurs sensoriels, et en outre sa portée ne dépasse pas le territoire des Etats-Unis, donc comment pourrait-il obtenir des informations sur quelque chose qui se passait en Iran ?

Hart, qui n'était pas plus avancé que moi, c'est-à-dire qu'il ne savait rien, avait une attitude tout à fait différente. Il ne se posait pas ce genre de questions et m'empêchait d'ouvrir la bouche quand je voulais les poser. Une fois, j'ai fini par lui sortir les paroles désagréables qu'on peut laisser échapper entre trois et quatre heures du matin, après une nuit blanche, et il m'a alors déclaré qu'il n'était ni une diseuse de bonne aventure ni un sorcier ou un médium. Le réseau, comme on l'a appris, manifeste des propriétés qu'on n'a ni planifiées, ni prévues ; elles sont limitées, comme le prouve l'histoire de Mars ; elles ont donc un caractère physique, c'est-à-dire qu'on peut les soumettre à une étude qui pourrait apporter plus tard des résultats déterminés, mais qui ne seront pas les réponses à mes questions, parce qu'on n'a pas le droit, en science, de les poser. Selon la théorie de Pauli, tout état quantique ne peut être occupé que par une seule particule élémentaire et non par deux, cinq ou un million, et la physique se limite à cette constatation ; en revanche, on n'a pas le droit de lui demander pourquoi ce principe est respecté de façon absolue par toutes les particules, ni qui ou quoi interdit aux particules de se comporter autrement. Selon le principe de l'indéterminisme, les particules se conduisent de manière déterminée uniquement dans les statistiques et, dans les limites de cet indéterminisme, se permettent des choses indécentes et même épouvantables du point de vue de la physique traditionnelle, car elles violent les lois du comportement — mais, comme cela se passe dans un intervalle d'indétermination, on ne peut jamais les observer en flagrant délit. Et, à nouveau, il est interdit de demander comment les particules peuvent se permettre ces fantaisies pendant l'intervalle d'indétermination de l'observation, d'où elles sortent les possibilités de pareils écarts qui semblent contredire le bon sens, puisque ces problèmes ne concernent pas la physique. Dans un certain sens, on pourrait vraiment croire qu'à l'intérieur d'un interstice d'indétermination, les particules se comportent comme un malfaiteur sûr de l'impunité parce qu'il sait que personne ne le surprendra *in flagranti,* mais ce sont des façons de parler anthropocentriques qui, non seulement n'aboutissent à rien, mais encore introduisent dans l'affaire un désordre néfaste, car elles semblent attribuer aux particules élémentaires des intentions humaines de perfidie et de ruse. D'autre part, le réseau informatique parvient, comme on a le droit de le croire, à acquérir des informations sur ce qui se passe sur Terre et aussi là où ni ce réseau, ni aucun de ses détecteurs n'existent. Bien sûr, on pourrait déclarer que le réseau crée son « propre champ de perception » à « gradients téléologiques » ou encore, pour se servir de la même terminologie, donner une autre pseudo-explication qui n'aura pourtant aucune valeur scientifique ; il s'agit de ce que le réseau peut accomplir, dans quelles limites et dans quelles conditions préalables ; tout le reste n'est que de la science-fiction moderne. Qu'il soit possible de se renseigner sur l'environnement sans yeux, ni oreilles ni autre sens, nous le savons, car des modèles et des expériences faites spécialement le démontrent. Prenons une calculatrice à optimalisateur, chargée du rythme maximal des processus de calculs et capable de se déplacer par autopropulsion sur un terrain à moitié à l'ombre, à moitié au soleil. Si, au soleil, la machine chauffe et que cela fait baisser le rythme de son travail, l'optimalisateur mettra en marche la propulsion et la machine errera sur le terrain jusqu'à arriver à l'ombre où, après s'être rafraîchie, elle travaillera plus efficacement. Ainsi donc cette machine, bien qu'elle n'ait pas d'yeux, distingue l'ombre de la lumière. C'est un exemple plutôt primitif mais il a le mérite d'indiquer qu'on peut s'orienter dans l'environnement sans posséder le moindre sens tourné vers l'extérieur.

Hart a freiné mes ardeurs, du moins pour un certain temps, et il s'est occupé de ses factures et de ses expériences. Je pouvais quand même cogiter comme bon me semblait. Il ne pouvait pas me l'interdire. Je me suis dit que peut-être une nouvelle entreprise avait branché son ordinateur sur le réseau et qu'un seuil critique avait été dépassé sans que personne ne le sache. Le réseau était devenu un organisme. On pense aussitôt à un monstre, à une épouvantable araignée ou à un mille-pattes électrique, enfoncé dans le sol par des tentacules de câbles, des Montagnes Rocheuses à l'Atlantique, qui calcule le nombre des colis postaux comme on le lui a commandé, et réserve les places dans les avions, tout en ourdissant en secret des plans effroyables pour dominer la Terre et asservir les populations. Bien sûr, ce sont des idioties. Le réseau n'est pas un organisme, ni bactérie, ni arbre, ni animal, ni homme. Simplement, au-delà d'un seuil de complexité critique, il est devenu un système comme le deviennent une étoile ou une galaxie quand suffisamment de matière s'accumule dans l'espace. Le réseau est un système et un organisme qui ne ressemble à nul autre. Il est radicalement nouveau. Nous l'avons, certes, construit nous-mêmes, mais, jusqu'au bout, nous n'avons pas su ce que nous faisions. Nous l'avons utilisé, mais seulement par petites touches, comme si des fourmis avaient élu domicile dans un cerveau, à la recherche de ce qui, dans le milliard de processus qui s'y produisent, excitera leurs mandibules. Quand j'étais de service, Hart arrivait d'habitude vers trois heures avec une serviette bourrée de papiers et une thermos de café. Il se mettait à l'ouvrage. Je me sentais complètement idiot mais qu'est-ce que je pouvais faire, puisque sur le plan des faits, il avait raison? Je continuais à penser à ma façon, tombant dans les pièges des tableaux que je pouvais me représenter. J'imaginais, par exemple, qu'un monde d'objets jusque-là inertes, lignes de transmission, câbles de télégraphe sous-marins, antennes de télévision, peut-être des grillages métalliques de clôtures, des arcs et des armatures de ponts, des rails, des monte-charge de bâtiments en béton, que tout cela, sur une impulsion du réseau, s'unissait subitement en un gigantesque système de surveillance que commanderait mon IBM pendant des secondes comptées, car des hasards insignifiants l'avaient conduit justement à devenir un centre cristallisant cette puissance. Mais même mes rêveries n'expliquaient pas, ne serait-ce que de façon nébuleuse, des détails étonnants aussi concrets que son aptitude à prévoir les événements et sa limitation à deux minutes. Il fallait donc m'armer de patience, car je voyais bien que Hart donnait le meilleur de lui-même.

J'en arrive aux faits. Nous avons discuté, Hart et moi, de deux choses : des applications pratiques de l'effet et de son mécanisme. Malgré les apparences, les perspectives pratiques d'un effet de cent trente-sept secondes ne sont ni spécialement vastes, ni d'une grande portée, elles tiennent plutôt du numéro spectaculaire. Les décisions qui préjugent des destins des peuples et du cours de l'Histoire mondiale ne peuvent tenir dans un intervalle de deux minutes ; en outre, prédire l'avenir en deux minutes se heurte à un obstacle qui semble secondaire mais n'en est pas moins fondamental : pour que l'ordinateur se mette à faire des pronostics infaillibles, il faut d'abord le mettre sur une voie définie, le diriger, et cela nécessite du temps, en général plus de deux minutes ; il s'agit donc la plupart du temps d'un gain pratique dissipé immédiatement. On ne pouvait repousser les limites des prédictions d'une seule fraction de seconde. Hart supposait que c'était là une constante universelle bien qu'inconnue. Nous aurions pu assurément nous amuser à faire sauter les banques des grandes maisons de jeu et rêver aux sommes qu'on gagnerait par exemple à la roulette, mais les frais d'installation des appareils nécessaires ne seraient pas minces (un IBM coûte plus de quatre milliards de dollars). Organiser une liaison avec retour — et de plus soigneusement dissimulée — entre un joueur et le centre de calculs, ne serait pas une petite affaire non plus, sans compter qu'on comprendrait vite qu'il y avait quelque chose d'anormal ; d'ailleurs cette utilisation de l'effet ne nous intéressait ni l'un ni l'autre.

Hart a répertorié une partie des capacités de notre ordinateur. Si vous l'interrogez sur le sexe d'un enfant qu'une femme donnée dans un lieu donné doit mettre au monde dans deux minutes, il le devine sans se tromper mais il est difficile d'accorder un grand intérêt à cette prévision. Si vous vous mettez à jeter une pièce de monnaie ou un dé en donnant à l'ordinateur les résultats des premières séries de jets, et que vous cessiez ensuite de lui donner des informations, il calculera les résultats de tous les coups suivants dans la limite des cent trente-sept secondes à venir et c'est tout. Il faut bien sûr que vous jetiez vraiment ce dé ou cette pièce de monnaie et donniez à l'ordinateur un nombre de résultats compris au minimum entre trente-six et quarante. Cela fait fortement penser à un chien qu'on met sur une piste, une parmi des milliards, car Dieu seul sait combien de gens jettent des pièces ou des dés au même moment, et l'ordinateur, qui est sourd-muet, doit identifier votre série de coups comme la seule et unique dont il puisse s'agir. Vous devez vraiment jeter la pièce ou le dé. Si vous vous interrompez, il ne tapera que des zéros, et si vous ne les jetez que deux fois, il ne donnera que ces deux résultats. Pour cela aussi, il est indispensable qu'il soit branché sur le réseau, et pourtant le réseau ne peut en rien l'aider, puisque vous jetez votre dé à deux pas de lui — qu'est-ce qu'il a à voir ici, ce fameux réseau? Tout, dans le sens où, déconnecté, l'ordinateur ne peut sortir une seule syllabe, et rien, dans la mesure où nous ne comprenons pas le rapport qu'il y a entre les deux. Remarquez que l'ordinateur sait à l'avance si vous jetterez ou non le dé; par conséquent, il prévoit le développement de toute la situation, pas seulement le sort des dés, c'est-à-dire sur quelle face ils retomberont, mais votre propre destin, du moins dans les limites de votre décision de jeter ou non le dé. Nous avons également procédé à un autre essai : je décidais de jeter un dé, par exemple six fois de suite, et Hart devait m'en empêcher ou me faire rater mon coup; en outre, je ne connaissais pas sa décision concernant tel ou tel jet. On a appris que l'ordinateur connaissait d'avance non seulement mon plan de jeu, mais aussi la décision de Hart, c'est-à-dire qu'il savait quand Hart avait l'intention de m'attraper par la main qui tenait le cornet, pour que je ne puisse pas jouer. Une fois, il m'est arrivé de vouloir jeter le dé quatre fois de suite et de ne le faire que trois fois, dans le temps imparti, parce que je me suis pris les pieds dans un câble qui traînait par terre, et je n'ai pas eu le temps de rejouer. Mais l'ordinateur avait prévu que je trébucherais, alors que c'était tout à fait inattendu pour moi; il savait donc beaucoup plus de choses sur moi que je n'en savais moi-même. Nous avons inventé des situations nettement plus compliquées, où devaient participer plusieurs personnes, luttant par exemple pour le cornet à dés, mais nous n'avons pas pu mettre ces variantes à l'épreuve car elles demandaient du temps et des efforts, ce que nous ne pouvions nous permettre. Hart s'est servi aussi, à la place de dés, d'un petit appareil dans lequel les différents atomes d'un isotope se désagrégeaient : des éclats, dits scintillations, apparaissaient sur un écran. L'ordinateur ne savait pas les prévoir avec plus de précision que ne l'aurait fait un physicien, il donnait seulement les probabilités de désintégration. Cette limitation ne concernait ni les dés, ni les pièces de monnaie. Visiblement parce que ce sont des objets macroscopiques. Mais dans notre cerveau, ce sont bien des processus microscopiques qui préjugent des décisions. Selon Hart, l'important était qu'ils n'avaient pas de caractère quantique.

Il y avait des ombres au tableau, semblait-il. Des contradictions. Pourquoi l'ordinateur pouvait-il prévoir que je trébucherais dans deux minutes, alors que je ne savais pas encore que j'allais faire un faux pas, et pourquoi ne pouvait-il prévoir quels atomes de l'isotope radioactif allaient se désagréger ? La contradiction, affirmait Hart, ne se trouvait pas dans les événements eux-mêmes : c'était une particularité de notre représentation du monde, et, surtout, du temps. Hart estimait que ce n'était pas l'ordinateur qui prédisait l'avenir, mais nous qui étions, d'une façon très singulière, limités dans notre observation du monde. Voici ce qu'il disait : « Si on imagine le temps comme une ligne droite qui irait du passé à l'avenir, notre conscience est un cercle qui tourne autour de cette ligne et ne la touche jamais qu'en un seul point. Ce point, nous l'appelons le présent qui se transforme immédiatement en moment écoulé et laisse la place au suivant. Des recherches de psychologues ont montré que ce que nous prenons pour un instant de présent, privé de son étendue temporelle, est en réalité une bribe allongée qui comprend un peu moins d'une demi-seconde. Il est donc possible que le contact avec cette ligne que constitue le temps puisse être encore plus large, qu'on puisse rester en contact avec un grand morceau à la fois, et que les dimensions maximales de ce morceau temporel s'élèvent justement à cent trente-sept secondes. »

Si c'est vraiment le cas, dit Hart, alors toute notre physique est encore anthropocentrique, car elle part d'hypothèses qui ne sont pas valables au-delà des limites des sens et de la conscience de l'Homme. Cela signifie que le monde est différent de ce que dit aujourd'hui la physique, et la clairvoyance en tant que prédiction de l'avenir, électronique ou non, ne se produit jamais. Pour la physique, le temps est cause de soucis épouvantables, car, selon ses théories et ses lois générales, il devrait être parfaitement réversible, alors qu'il ne l'est pas du tout. En outre, le problème des mesures du temps à l'échelle de phénomènes intra-atomiques est source de difficultés diverses, d'autant plus grandes que l'intervalle de temps à établir est plus petit. Cela résulte peut-être du fait que l'idée de présent n'est pas seulement aussi relative que le dit la théorie d'Einstein, autrement dit, si elle dépend de la localisation des observateurs, elle est également dépendante de l'échelle même des phénomènes qui ont lieu au même « endroit ».

L'ordinateur vit simplement dans son présent physique, et ce présent est plus étendu dans le temps que le nôtre. Ce qui pour nous ne doit survenir que dans deux minutes a déjà eu lieu pour l'ordinateur, de la même façon que pour nous ce que nous percevons et sentons. Notre conscience n'est qu'une particule de tout ce qui se produit dans notre cerveau, et quand nous décidons de ne jeter le dé qu'une fois pour « tromper » l'ordinateur qui doit prévoir toute la succession des coups, il l'apprend aussitôt. De quelle façon ? Nous ne pouvons l'imaginer qu'en nous servant d'exemples primitifs : l'éclat et le grondement de la décharge atmosphérique sont simultanés pour l'observateur proche, et décalés dans le temps pour l'observateur éloigné. Dans cet exemple, l' « éclat » c'est la décision que j'ai prise en silence de cesser de jeter les dés dans quelques dizaines de secondes, et le « grondement », c'est l'instant où je renonce effectivement à les jeter ; l'ordinateur, lui, réussit mystérieusement à saisir dans mon cerveau l' « éclat », c'est-à-dire la prise de décision ; Hart dit que cela a de graves conséquences philosophiques ; cela signifie, en effet, que si nous avons un libre arbitre, il s'étend à partir d'une limite de cent trente-sept secondes — mais nous, par introspection, nous n'en savons rien. Dans les limites de ces secondes, notre cerveau se comporte comme un corps qui se déplace avec inertie et ne peut changer brutalement de direction ; pour le faire, il lui faut le temps où agira la force qui fera dévier sa route. C'est quelque chose de ce genre qui se passe dans toutes les têtes humaines. Cependant, rien de tout cela ne concerne le monde des atomes et des électrons car l'ordinateur n'y a pas plus d'utilité que notre physique. Hart pense que le temps n'est pas vraiment une ligne mais que c'est plutôt un continuum qui, au niveau macroscopique, a de tout autres propriétés qu' « en bas », là où il n'y a plus que des grandeurs atomiques. Hart suppose que plus un cerveau, ou un système semblable, est grand, plus l'étendue de son contact avec le temps, autrement dit avec le « présent », est vaste ; les atomes, par contre, n'ont pas du tout de contact avec lui mais, en quelque sorte, dansent autour. Bref, le présent est quelque chose qui ressemble à un triangle : le sommet, c'est là où il y a des électrons et des atomes ; la base, c'est là où il y a de grands corps dotés de conscience. Si vous me dites que vous n'avez pas compris un traître mot à tout ça, je vous répondrai que moi non plus, et je dirai même que Hart n'aurait jamais osé énoncer de tels propos devant un public, ni les publier dans une revue scientifique.

En réalité, je vous ai dit tout ce que j'avais à vous dire. Il ne me reste que deux épilogues ; le premier est conforme aux faits et le second est une histoire sinistre que je vous livre pour ce qu'elle vaut.

Le premier, donc, c'est que Hart a fini par me convaincre et des spécialistes ont pris le problème en main. L'un d'eux, un grand personnage, m'a dit, quelques mois plus tard, qu'on n'avait pas pu reproduire le phénomène après avoir démonté et remonté l'ordinateur. Cela m'a semblé d'autant plus louche que mon interlocuteur était en uniforme et qu'il n'a pas non plus été fait mention de l'affaire dans la presse. Hart lui-même n'a pas voulu aborder le sujet. Une seule fois, après une partie de mah-jong victorieuse, il m'a dit à brûle-pourpoint que cent trente-sept secondes de prédiction infaillible c'est, dans certaines circonstances, la différence qu'il y a entre la destruction et le salut d'un continent. Il en est resté là, comme s'il s'était mordu la langue, mais, en partant, j'ai vu sur son bureau un ouvrage truffé de calculs sur les missiles antimissiles. Peut-être avait-il fait allusion à des duels de fusées? Mais ce ne sont que des conjectures.

Le deuxième épilogue a eu lieu juste avant le premier, exactement cinq jours avant l'invasion de la ribambelle d'experts. Je vais vous dire ce qui s'est passé, mais je me garderai de tout commentaire et je refuse d'avance de répondre aux questions. C'était la fin de nos expériences solitaires. Hart devait m'amener un physicien qui s'était mis dans la tête que l'effet des cent trente-sept secondes avait un rapport avec le chiffre cent trente-sept, symbole pythagoréen des propriétés essentielles du Cosmos, paraît-il : le premier à avoir eu l'attention attirée par ce chiffre était Eddington, astronome anglais décédé. Le physicien en question n'a pas pu venir et Hart est venu tout seul vers trois heures. Le numéro était déjà sur les machines. Hart a remarquablement bien appris à se servir de l'ordinateur. Il y a même apporté quelques améliorations simples qui ont énormément facilité nos expériences. Nous n'avions plus besoin de retirer les fiches des prises. Il y avait maintenant un bouton, et une seule pression du doigt suffisait à débrancher le télex. Comme vous le savez, on ne pouvait rien demander directement à l'ordinateur, mais on pouvait lui transmettre à volonté des textes qui faisaient penser au style impersonnel qui distingue les communiqués de presse.

Nous avions une machine à écrire électrique ordinaire

qui faisait office de télex. On y tapait le texte établi en conséquence et on l'arrachait à un moment fixé d'avance, pour que l'ordinateur soit, en quelque sorte, contraint d'entériner la fausse nouvelle.

Cette nuit-là, Hart avait apporté les dés. Il était en train de déballer ses affaires lorsque le téléphone a sonné. C'était Blackwood, le linotypiste de service. Il était dans le secret.

« Ecoute, m'a-t-il dit, j'ai à côté de moi Amy Foster, tu sais, la femme de Bill. Il a réussi à s'enfuir de l'hôpital, il est passé chez lui, a pris de force les clés de la voiture et il est parti dans l'état qu'on peut imaginer. Elle a déjà informé la police et est venue nous voir en pensant qu'on pourrait peut-être faire quelque chose pour elle. Je sais que ça n'a aucun sens, mais il y a ton prophète. Peut-être qu'il pourrait combiner quelque chose, qu'est-ce que tu en penses ?

— Je ne sais pas, lui ai-je répondu. Je vois mal comment. Mais c'est difficile de la renvoyer. Ecoute, fais-la monter. Qu'elle prenne l'ascenseur réservé au personnel. »

Comme le trajet lui prendrait un petit moment, je me suis tourné vers Hart et je lui ai expliqué que notre collègue, le journaliste Bill Foster, s'était adonné à la boisson pendant les deux dernières années. Il buvait même quand il était de service. Il avait fini par se faire virer. En plus, il se droguait. En un mois, il avait eu deux graves accidents de voiture : il conduisait à demi inconscient. On lui avait retiré son permis. Comme chez eux, c'était l'enfer, sa femme avait fini par se décider à l'envoyer faire une cure de désintoxication. Mais voilà qu'il s'est sauvé de l'hôpital. Il est rentré chez lui — sûrement ivre et peut-être drogué. Il a pris la voiture pour une direction inconnue. Sa femme a déjà informé la police. Elle va arriver d'un instant à l'autre.

— Qu'en pensez-vous ? On peut faire quelque chose ?

J'ai jeté un regard significatif à l'ordinateur.

Hart n'a pas eu l'air surpris. Il n'est pas homme à s'étonner facilement.

« Qu'est-ce qu'on risque ? Branche la machine sur l'ordinateur. »

J'étais en train de le faire quand Amy est entrée. A la voir, on pouvait deviner qu'elle ne l'avait pas si facilement laissé s'emparer des clés. Hart lui a avancé une chaise et a dit :

« Chère madame, le temps compte, n'est-ce pas ? Ne soyez donc pas étonnée par mes questions. Répondez-y du mieux que vous pourrez. D'abord, j'ai besoin de quelques renseignements concernant votre mari : son nom, son prénom, son signalement... »

Elle, assez maîtresse d'elle-même — il n'y avait que ses mains qui tremblaient — lui a dit :

« Foster Robert, 136e Avenue. Journaliste. Trente-sept ans. Un mètre soixante-quinze, brun, lunettes en écaille. Sur le cou, sous l'oreille gauche, il a une cicatrice blanche qui date de son accident. Quatre-vingt-quatre kilos. Groupe sanguin O... Ça va ? »

Hart n'a rien répondu mais s'est mis à taper. En même temps sortait sur l'écran le texte suivant : « Robert Foster, domicilié 136e Avenue, homme de taille moyenne, avec une cicatrice blanche sous l'oreille gauche, groupe sanguin O, est parti aujourd'hui de chez lui en voiture... »

« La marque et le numéro d'immatriculation de la voiture, s'il vous plaît ?

— Rambler. N.Y. 657 992. »

« est parti aujourd'hui de chez lui en Rambler immatriculée N.Y. 657 992 et se trouve actuellement »...

Là, il a appuyé sur l'interrupteur. L'ordinateur était livré à lui-même. Il n'a pas hésité un instant. Sur l'écran le texte s'est allongé : « Et se trouve actuellement dans les Etats-Unis d'Amérique du Nord. La mauvaise visibilité due à la pluie rend la conduite difficile... »

Hart a débranché l'ordinateur. Il a réfléchi profondément puis il a tout retapé depuis le début, mais, après « se trouve », il a ajouté « sur un tronçon de route entre », puis il a redébranché l'arrivée d'informations. L'ordinateur a poursuivi, sans l'ombre d'une hésitation : « New York et Washington. Roulant sur la voie de gauche, il dépasse une longue file de camions et quatre camions-citernes Shell. Il ne respecte pas la limitation de vitesse. »

« C'est déjà quelque chose, a marmonné Hart, mais la direction ne suffit pas. Il faut taper autre chose. »

Il m'a fait annuler tout ça et a recommencé : « Robert Foster... etc., se trouve sur un tronçon de route entre New York et Washington, entre la borne kilométrique numéro... » Il a débranché le câble. L'ordinateur a fait alors quelque chose que nous n'avions jamais vu. Il a effacé une partie du texte et nous avons lu : « Robert Foster... est parti de chez lui... et se trouve actuellement dans du lait sur le bord de la route New York-Washington. Il est à craindre que les pertes subies par la société Muller-Ward ne soient pas couvertes par la compagnie d'assurances United TWC, dans la mesure où sa police d'assurance qui venait à expiration la semaine dernière n'a pas été renouvelée. »

« Il est devenu fou ! » me suis-je écrié.

Hart m'a fait signe de rester tranquille. Il a recommencé à écrire. Parvenu au moment critique, il a tapé : « se trouve actuellement sur le bord de la route New York-Washington dans du lait. Son état... » Il a coupé. L'ordinateur a continué : « est tel qu'il n'est plus consommable. Vingt-neuf hectolitres ont coulé des deux citernes. Aux prix actuels du marché... »

Hart m'a fait effacer et a dit dans sa barbe : « C'est un malentendu classique. “ Son ” pouvait tout aussi bien se rapporter au lait. Encore une fois. »

J'ai rebranché l'ordinateur. Hart s'est obstiné à répéter son étrange « communiqué ». Après le lait, il a mis un point et est allé à la ligne : « L'état de Robert Foster est à l'heure actuelle... » Il a coupé. L'ordinateur s'est interrompu une seconde puis a annulé tout l'écran. Nous avions sous les yeux un carré vide, brillant d'une lueur trouble, sans un mot. J'avoue que j'en ai eu les cheveux qui se sont dressés sur la tête. Ensuite il a formulé ce texte : « Robert Foster n'est dans aucun état particulier parce qu'il a justement franchi, dans sa Rambler immatriculée N.Y. 657 992, la frontière entre les Etats. » Que le diable l'emporte !... J'ai poussé un soupir de soulagement. Hart, le visage tordu par un affreux rictus, m'a fait signe d'effacer et a tout repris depuis le début. Après les mots « Robert Foster est actuellement dans un lieu situé », il a appuyé sur l'interrupteur. L'ordinateur a continué : « différemment selon les idées de chacun sur ce sujet. Il faut reconnaître qu'il s'agit d'opinions tout à fait personnelles et on ne peut obliger personne, dans le respect de nos coutumes et de la Constitution, à les partager. C'est en tout cas l'avis de notre journal. » Hart s'est levé, il a débranché lui-même l'ordinateur et m'a fait un signe discret pour que je reconduise Amy qui, me semblait-il, n'avait rien compris à cette magie. Quand je suis revenu, il était en train de téléphoner mais il parlait si bas que je ne comprenais rien. Après avoir raccroché, il s'est tourné vers moi et m'a dit :

« Il s'est retrouvé sur la voie qui allait en sens inverse et il a heurté de front un camion-citerne de lait en route pour New York. Il a vécu encore une minute après qu'on l'a eu dégagé de sa voiture. C'est pour ça que l'ordinateur a d'abord dit " il se trouve dans du lait ". Quand j'ai répété ce morceau pour la troisième fois, tout était déjà fini, bon, et effectivement, on peut avoir des opinions divergentes sur la vie après la mort, si toutefois il y a une vie. »

Comme vous le voyez, utiliser les chances si extraordinaires que nous offre le progrès n'est pas toujours une sinécure, sans parler du jeu effroyable que ça peut être — étant donné le mélange d'argot journalistique et la naïveté sans bornes ou, si vous préférez, l'indifférence aux problèmes des hommes dont, par la force des choses, les machines électroniques font preuve. Pendant vos moments de loisir, vous pouvez méditer sur ce que je viens de vous raconter. Moi, je n'ai plus rien, ce qui s'appelle plus rien à ajouter. Personnellement, je préférerais maintenant écouter une autre histoire pour oublier celle-ci.

LA VÉRITÉ

Titre original de la nouvelle

PRAWDA

4

ASSIS dans une chambre close dont la porte n'a pas de poignée et où l'on ne peut pas non plus ouvrir la fenêtre, j'écris. La vitre est en verre incassable. J'ai essayé pour voir. Non que j'aie eu envie de m'échapper ou que j'aie été pris d'un accès de rage, je voulais simplement le vérifier. J'écris sur une table en noyer. J'ai suffisamment de papier. On a le droit d'écrire. Seulement personne ne lit jamais ce qu'on écrit. Mais ça ne m'empêche pas de le faire. Je ne veux pas rester seul et je ne peux pas lire. Tout ce qu'on nous donne à lire, c'est des mensonges, les lettres se mettent à sauter devant mes yeux. Je ne me sens plus du tout concerné par ce qu'il y a dedans depuis que j'ai compris ce qu'il en était exactement. On s'occupe beaucoup de moi. Le matin, un bain, chaud ou tiède, délicatement parfumé. J'ai découvert en quoi consiste la différence entre les jours de la semaine : le mardi et le samedi, l'eau fleure bon la lavande, les autres jours ce sont des senteurs de pin. Après, il y a le petit déjeuner et la visite médicale. L'un des jeunes médecins (je ne me rappelle plus son nom, ce n'est pas que ma mémoire marche mal, tout simplement je ne veux pas l'encombrer de choses inutiles), un jeune médecin donc s'est intéressé à mon histoire. Je la lui ai racontée deux fois d'un bout à l'autre. Il l'a enregistrée sur bande magnétique. Je suppose que s'il l'a fait, c'est pour comparer les deux versions. Je lui ai dit ce que j'en pensais et aussi que les détails n'avaient aucune importance.

Je lui ai également demandé s'il avait l'intention de se servir de mon histoire comme cas clinique comme on dit, pour attirer sur lui l'attention du monde médical. Il a été un peu gêné. Peut-être que ce n'était qu'une impression que j'avais, en tout cas depuis il a cessé de me témoigner de l'intérêt.

Mais tout ça n'a pas d'importance. Ce à quoi j'ai abouti, en partie par hasard, en partie grâce à d'autres circonstances, dans un certain sens (trivial) n'en a pas non plus.

Il existe deux sortes de faits. Certains peuvent se révéler utiles, par exemple la découverte que l'eau bout à cent degrés et se transforme en vapeur soumise aux lois de Boyle et Mariotte et de Gay-Lussac ; c'est grâce à elle qu'on a pu un jour inventer la machine à vapeur. Les autres faits ne sont pas aussi importants car ils concernent tout et on ne peut pas y échapper. Ils ne connaissent ni exceptions ni applications et dans ce sens ne servent à rien. Ils peuvent parfois avoir des conséquences désagréables pour les gens.

Je mentirais si j'affirmais que je suis satisfait de ma situation présente et que ce qu'on a écrit à propos de ma maladie m'est tout à fait indifférent. Mais comme je sais que ma seule maladie est d'exister et que c'est grâce à ce mal à l'issue toujours fatale que je suis parvenu à la vérité, je jouis de cette maigre satisfaction, comme tous ceux qui ont raison contre le plus grand nombre. Dans mon cas, c'est contre le monde entier.

Si je peux dire ça, c'est parce que Maartens et Ganimaldi sont morts. La vérité que nous avons découverte ensemble les a tués. Traduits dans la langue du plus grand nombre, ces mots signifient seulement qu'il est arrivé un malheureux accident. Il s'est effectivement produit mais beaucoup plus tôt, il y a environ quatre milliards d'années, quand des pans de feu arrachés au soleil ont commencé à se rouler en boules. Ce fut une véritable agonie et tout le reste, y compris les sapins du Canada devant ma fenêtre, le babil des infirmières et mes travaux d'écrivassier, n'est plus qu'une vie d'outre-tombe. Vous voyez de qui ? Non ? Vraiment pas ?

Mais vous aimez regarder le feu. Si vous n'aimez pas le faire, c'est votre raison ou votre esprit taquin qui vous dictent cette attitude. Essayez seulement de vous asseoir devant un feu et d'en détourner les yeux, vous serez aussitôt convaincus de sa force d'attraction. Tout ce qui se passe dans les flammes (et il s'y passe beaucoup de choses), nous ne sommes pas capables de lui donner de nom. Nous avons pourtant une bonne dizaine de termes pour le faire mais ils n'expriment rien. Je n'en avais d'ailleurs pas la moindre idée non plus, comme chacun d'entre vous. Et malgré ma découverte, je ne suis pas devenu adorateur du feu, comme les matérialistes ne deviennent pas, en tout cas car ils n'y sont pas obligés, adorateurs de la matière.

D'ailleurs, le feu... Lui n'est qu'une illusion. C'est pour ça que j'ai envie de rire quand il arrive que le brave docteur Merriah dise à un étranger (évidemment, il ne peut s'agir que d'un médecin qui vient visiter notre établissement modèle) que cet homme là-bas, le maigrichon qui se fait bronzer au soleil, est pyroparanoïaque. C'est un drôle de mot, n'est-ce pas ? Pyroparanoïaque ! Ce qui signifie que mon système, en contradiction avec la réalité, a le feu pour dénominateur. Comme si je croyais à la « vie du feu » (ce sont les mots qu'emploie le très digne docteur Merriah). On conçoit qu'il n'y a là-dedans pas un seul mot de vrai. Le feu que nous aimons contempler est tout aussi vivant que les photographies de nos chers défunts. On peut passer sa vie à l'observer et n'aboutir à rien. La réalité, comme toujours, est plus compliquée que ça, mais aussi moins mauvaise.

J'ai déjà écrit un bon morceau mais il n'y a pas beaucoup de fond. C'est dû principalement au fait que je dispose de beaucoup de temps. Je sais bien que ce n'est que quand j'en viendrai aux choses importantes et que je les raconterai jusqu'au bout que je pourrai vraiment sombrer dans le désespoir. Jusqu'au moment où ces notes seront détruites et où je me remettrai à en écrire de nouvelles. Je n'écris pas toujours la même chose. Je ne suis pas une machine.

J'aimerais que le soleil pénètre dans ma chambre mais en cette saison, il ne me rend visite qu'avant quatre heures, et encore ! pas pour longtemps ! Je voudrais bien l'observer avec un bon appareil, par exemple comme celui qu'Humphrey Field a installé au Mount Wilson il y a quatre ans, avec tout un groupe d'absorbeurs d'énergie en excédent, de façon à pouvoir étudier tranquillement, pendant des heures entières, le visage buriné de notre père. Je m'exprime mal car ce n'est pas un père. Un père donne la vie, mais le soleil meurt à petit feu, comme bien des milliards d'autres soleils.

Il est grand temps de vous mettre dans le secret de la vérité que j'ai atteinte grâce au hasard et à ma pénétration. A ce moment-là j'étais physicien. Spécialiste des hautes températures. C'est un spécialiste dont le métier est de s'occuper du feu comme celui d'un fossoyeur est de s'occuper de l'homme. Tous les trois, Maartens, Ganimaldi et moi, on travaillait sur le grand plasmotron de Boulder. Jadis la science opérait à l'échelle bien plus petite des éprouvettes et des cornues ; par conséquent les résultats étaient plus modestes. On prenait une énergie d'un milliard de watts sur une barre collectrice intermédiaire ; on l'introduisait dans le corps d'un électro-aimant dont une seule section pesait soixante-dix tonnes et on plaçait un grand tube à quartz dans le foyer du champ magnétique.

La décharge électrique passait dans le tube, d'un électrode à l'autre, et sa puissance était telle qu'elle arrachait l'enveloppe électronique des atomes et qu'il ne restait qu'une pâte de noyaux incandescents, un gaz nucléaire dégénéré, c'est-à-dire un plasma qui pouvait exploser dans un centième de milliard de seconde et nous réduire, nous, les blindages, le quartz, les électro-aimants et leur ancrage en béton, les murs du laboratoire et son dôme luisant à distance, en nuage-champignon, mais tout ça prendrait bien moins de temps qu'il n'en faut pour envisager la seule possibilité d'un pareil événement, n'était le champ magnétique. Ce champ comprimait la décharge allant dans le plasma, il en faisait une sorte de colonne frémissante de chaleur, un fil mince qui propageait une radiation dure, déployé d'un électrode à l'autre, oscillant à l'intérieur du vide enfermé dans le quartz ; le champ magnétique empêchait les particules nucléaires nues d'un million de degrés de température de s'approcher des parois du récipient, nous sauvant ainsi que notre expérience. Mais vous trouverez tout ça dans n'importe quel livre de vulgarisation, dans un langage grandiloquent ; je me contente de le répéter maladroitement pour la bonne règle car il faut bien commencer par quelque chose et il est difficile de considérer toutes les portes sans poignées et les sacs de toile à manches fermées comme le début de ce récit. En vérité, je commence à exagérer car ça fait longtemps qu'on n'utilise plus les camisoles de force. Elles ont perdu leur raison d'être depuis la découverte des tranquillisants radicaux. Mais passons.

On étudiait donc le plasma, on s'intéressait aux problèmes du plasma comme il convenait à des physiciens, théoriquement, mathématiquement, hiératiquement, sublimement et secrètement, du moins dans le sens où on était pleins de mépris à l'égard des pressions que voulaient exercer sur nous nos impatients responsables financiers qui ne connaissaient rien à rien à la science. Ils nous réclamaient des résultats qui pourraient déboucher sur des applications concrètes. A l'époque, il était très à la mode de discuter de ces résultats ou du moins de leurs probabilités. On devait donc sortir, pour l'heure uniquement sur le papier, un moteur à plasma pour fusées ; un détonateur à plasma pour bombes à hydrogène, les « pures », pourrait également se montrer utile et on devait procéder à l'élaboration théorique d'une pile à hydrogène ou thermonucléaire sur le principe de la colonne de plasma. Bref, on voyait l'avenir, sinon du monde, du moins de l'énergétique et des transports, dans le plasma. Le plasma était, comme je l'ai déjà dit, à la mode. Ça faisait bien de travailler dessus ; nous, on était jeunes, on voulait faire de grandes choses et si ça pouvait nous apporter la gloire en même temps ! D'ailleurs qu'est-ce que j'en sais ? Ramenés à leurs motivations premières, les actes de l'homme ne sont que trivialités : le bon sens et la modération, de même que l'élégance de l'analyse, consistent à procéder à une coupe transversale au point maximal de complication et non à sa source ; tout le monde sait bien que les sources du Mississippi n'ont rien d'extraordinaire et que n'importe qui peut sauter par-dessus sans problème. D'où un certain mépris pour les sources. Mais, fidèle à mes bonnes habitudes, je me suis écarté du sujet.

Les grands projets que nos recherches et celles de centaines d'autres plasmologues devaient réaliser se sont heurtés un certain temps après à une série de phénomènes aussi incompréhensibles que pénibles. Jusqu'à une certaine limite — la limite des températures moyennes (moyennes dans le sens cosmique, c'est-à-dire celles qui règnent à la surface des étoiles), le plasma se comportait de façon fiable et docile. Si on l'entravait de liens adéquats, comme le fameux champ magnétique ou certaines astuces basées sur le principe de l'induction, il se laissait juguler pour des applications pratiques et apparemment on pouvait tirer parti de son énergie. Je dis apparemment, car pour maintenir la colonne de plasma, on introduisait plus d'énergie qu'on n'en obtenait, la différence partait en pertes radiantes et en croissance de l'entropie. Pour lors, le bilan n'avait pas d'importance car théoriquement les coûts diminueraient automatiquement à température supérieure. On a donc fabriqué le prototype d'un petit moteur à réaction et même un générateur de rayons gamma très durs, mais le plasma ne remplissait pas pour autant les espérances mises en lui. Le petit moteur à plasma fonctionnait mais ceux à plus grande puissance explosaient ou refusaient de se laisser maîtriser. On a appris que dans un certain champ d'excitations thermiques et électrodynamiques, le plasma ne se comportait pas comme le voulait la théorie. Tout le monde était révolté car du point de vue mathématique, la théorie était extraordinairement élégante et tout à fait neuve.

Ce sont des choses qui arrivent, je dirais même qu'elles doivent arriver. C'est pour ça que, pas troublés par cette indocilité du phénomène, de nombreux théoriciens, dont nous trois, se sont mis à étudier le plasma là où il était le plus récalcitrant.

Le plasma — ça joue un certain rôle dans mon histoire — est assez impressionnant. Pour en parler simplement, on peut dire qu'il fait penser à un morceau de soleil, pris dans des zones plutôt intermédiaires et non dans la chromosphère. Il ne cède en rien à l'éclat du soleil, il le surpasse même. Il n'a rien de commun avec la danse or pâle de ces petites morts répétées, définitives, qui s'élèvent au-dessus du bois quand il brûle dans une cheminée en s'unissant à l'oxygène ; rien non plus avec l'aiguille sifflante violette d'une tuyère où le fluor entre en réaction avec l'oxygène pour produire la plus élevée des températures atteintes par procédé chimique ; rien de commun encore avec un arc voltaïque, bien qu'à force de bonne volonté et de patience un chercheur pourrait finir par trouver des cas où la température est supérieure à trois mille degrés. De même les températures obtenues grâce à la poussée d'un million d'ampères dans un conducteur électrique pas trop épais qui se transforme alors en nuage déjà assez chaud, ou les effets thermiques des ondes d'impulsions lors de l'explosion cumulative, sont tous laissés loin derrière par le plasma. Si on les compare à lui, il faut considérer ces réactions comme froides, même glacées, et si nous pensons ainsi, ce n'est pas uniquement par le hasard qui a fait que nous sommes issus de corps déjà complètement refroidis, proches du zéro absolu ; notre brave existence n'en est séparée que de trois cents degrés dans l'échelle absolue de Kelwin alors que le sommet de cette échelle atteint des milliards de degrés. Il n'est donc pas abusif de parler de ces possibilités — les plus brûlantes que nous sachions produire en laboratoire — comme des phénomènes du silence thermique éternel.

Les premières flammes de plasma qui ont germé dans les laboratoires n'étaient pas si chaudes que ça non plus ; on estimait alors qu'une température de deux mille degrés était déjà digne de respect ; le million, lui, était un résultat exceptionnel. Toutefois les mathématiques, ces mathématiques primitives et approximatives, sont nées de la connaissance des phénomènes de la zone du froid — elles promettaient de réaliser les espoirs fondés dans le plasma sensiblement plus haut encore sur l'échelle thermométrique : elles requéraient des températures considérables presque stellaires ; je pense bien entendu à l'intérieur des étoiles. Ce doit être des endroits terriblement curieux, bien qu'il faille certainement attendre encore pour que l'homme y aille en personne.

Ainsi avait-on besoin de températures en millions. On a commencé à travailler là-dessus nous aussi et voilà ce qu'il en est sorti.

Au fur et à mesure que la température monte, la vitesse des conversions, quelles qu'elles soient, augmente ; devant les modestes possibilités de cette goutte si liquide qu'est notre œil, unie à cette autre goutte plus grande que constitue notre cerveau, même la flamme d'une bougie ordinaire est déjà le lien de phénomènes qui sont imperceptibles pour leur rythme — que dire alors du feu tremblotant du plasma ! On en est donc venus à d'autres méthodes, on a photographié les décharges de plasma. C'est ce que nous avons fait nous aussi. Pour finir, Maartens, avec l'aide de quelques amis opticiens et ingénieurs-mécaniciens, a bricolé une caméra, un vrai petit bijou, du moins pour nos possibilités, une caméra qui effectuait des millions de photos à la seconde. Passons sur sa fabrication, astucieuse au-delà de toute expression, et témoignant glorieusement de notre ardeur. Disons seulement que nous avons gaspillé des kilomètres de pellicule, mais que nous avons obtenu quelques centaines de mètres tout à fait dignes d'attention ; nous nous les sommes projetés au ralenti un millier de fois, et après, dix mille ! Nous n'avons rien remarqué de particulier, hormis le fait que certains éclairs, que nous avions d'abord pris pour un phénomène élémentaire, s'avéraient être des conglomérats produits par la superposition de milliers de conversions très rapides, mais celles-ci aussi ont fini par être maîtrisées par nos mathématiques primitives.

On n'a été étonnés que le jour où une explosion s'est produite, à la suite d'une distraction encore inexpliquée ou d'une quelconque erreur. En fait ça n'a pas été une véritable explosion, car nous ne lui aurions pas survécu. Le plasma a tout simplement forcé, en une minuscule fraction de seconde, le champ magnétique qui le retenait de toutes parts, et nous a démoli le tube à quartz à parois épaisses dans lequel il était prisonnier.

Par un heureux concours de circonstances, la caméra qui filmait l'expérience et la pellicule qui était à l'intérieur ont été épargnées. L'explosion a duré exactement un millionième de seconde, le reste n'était plus que décombres fumants de gouttes de quartz et de métal fondu qui giclaient en tous sens. Notre caméra a enregistré ces minuscules fractions de seconde : un phénomène que je ne pourrai jamais oublier.

Juste avant l'explosion, la colonne de plasma, qui, jusque-là, avait été presque homogène, s'est légèrement rétrécie à intervalles réguliers comme une corde de violon pincée, puis, réduite en une succession de grains ronds, elle a cessé d'exister en tant que tout. Chacun des grains a grandi et s'est métamorphosé, les bords de ces gouttes de feu atomique se sont liquéfiés, des neurones s'en sont échappés, d'où est issue une nouvelle génération de gouttelettes, ensuite toutes ces gouttes ont convergé vers le centre pour former une boule aplatie qui se rétractait et se gonflait en donnant l'impression de respirer, et qui envoyait en reconnaissance une sorte de tentacule de feu aux extrémités frémissantes ; puis il s'est produit — et cette fois on le voyait sur notre film — une décomposition instantanée, la disparition de toute organisation, et on ne voyait plus qu'une averse d'éclaboussures enflammées, fouettant le champ de vision jusqu'au moment où tout a sombré dans un chaos total.

Je n'exagère pas en disant que nous avons bien dû regarder ce film une centaine de fois. Ensuite — c'était une idée à moi — nous avons invité (pas au laboratoire mais chez Ganimaldi) un biologiste bien connu et respectable, une sommité. Sans lui dire quoi que ce soit, nous avons coupé seulement la partie centrale de la fameuse pellicule et nous l'avons projetée sous les yeux de notre honorable invité avec un appareil normal, à ceci près que nous avions apposé sur l'objectif un filtre qui pâlissait les flammes des photos en les faisant ressembler à un objet éclairé par une lumière incidente assez puissante.

Le professeur a regardé notre film, et, quand on a eu rallumé, il s'est étonné poliment que nous autres physiciens nous intéressions à des problèmes aussi éloignés de nous que la vie des protozoaires des aquariums. Je lui ai demandé s'il était sûr que ce qu'il avait vu était effectivement une colonie de protozoaires.

Je me rappelle son sourire comme si c'était hier.

« Les photos ne sont pas suffisamment nettes, a-t-il déclaré, et, vous m'excuserez, on voit bien qu'elles n'ont pas été prises par des spécialistes, mais je peux vous garantir que ce n'est pas un artefact...

— Qu'entendez-vous par là ? lui ai-je demandé.

— *Arte factum,* c'est-à-dire quelque chose de produit artificiellement. Du temps de Schwamm, on s'amusait encore à imiter les formes vivantes. On versait des gouttes de chloroforme dans de l'huile ; ces gouttes exécutaient des mouvements amiboïdes, rampaient au fond du récipient et se divisaient lors du changement de tension osmotique près des pôles, mais ce sont des ressemblances purement externes, primitives, qui ont autant de points communs avec la vie qu'un mannequin dans la vitrine d'un magasin avec un homme. C'est sa structure interne, sa microstructure qui décide. Sur votre photo on voit bien, quoique floue, se dérouler la division de ces unicellulaires ; je ne saurais définir l'espèce et je donnerais ma tête à couper que ce sont tout bonnement des cellules de tissu animal, cultivées dans des milieux artificiels pendant une période assez longue et traitées à l'hyaluronidase pour les séparer, les décoller ; en tout cas, ce sont des cellules car elles ont un appareil chromosomique, bien que défectueux. Le milieu a-t-il été soumis à l'action d'un facteur cancérigène ?... »

Nous ne nous sommes même pas regardés. Nous

avons essayé d'esquiver ses questions de plus en plus pressantes. Ganimaldi lui a demandé s'il voulait bien regarder le film encore une fois mais on ne l'a pas fait, je ne sais plus pourquoi. Peut-être était-il pressé ou pensait-il que notre laconisme cachait un coup monté. Je ne m'en souviens vraiment pas. Toujours est-il que nous nous sommes retrouvés seuls, et, lorsque la porte a été refermée derrière lui, nous nous sommes regardés les uns et les autres, complètement ahuris.

« Ecoutez ! ai-je dit sans laisser à quiconque le temps d'ouvrir la bouche, je pense que nous devrions inviter un autre spécialiste et lui montrer le film sans coupures. Maintenant que nous savons de quoi il peut s'agir, il faut que ce soit ce qu'on fait de mieux dans le domaine des unicellulaires. »

Maartens a proposé un de ses amis de l'université, qui habitait tout près. Malheureusement il n'était pas chez lui. Il n'est venu qu'une semaine plus tard à une séance soigneusement préparée à l'avance. Ganimaldi ne s'était pas résolu à ce qu'on lui dise la vérité. On s'est contenté de lui montrer le film en entier, sauf le début, car l'image de la conversion, là où la colonne de plasma se rétrécissait en gouttes distinctes et fébriles, pouvait donner trop d'idées. En revanche, cette fois, on a projeté la fin, la phase ultime de l'existence de l'amibe de plasma qui se dispersait dans tous les sens comme une charge explosive.

Ce deuxième spécialiste, biologiste lui aussi, était beaucoup plus jeune et donc moins suffisant ; en outre, il aimait bien Maartens.

« Ce sont des amibes d'eau profonde, a-t-il dit. La pression extérieure les a déplacées au moment où leur pression intérieure a commencé à baisser. C'est souvent le cas des poissons abyssaux. On ne peut pas les ramener vivants à la surface. Ils meurent toujours quand ils sont déplacés de l'extérieur. Mais où avez-vous trouvé des photos pareilles ? Vous avez fait tomber votre caméra au fond de la mer ? »

Il nous regardait avec une suspicion grandissante.

« Les photos sont floues, n'est-ce pas ? a fait modestement remarquer Maartens.

— Elles n'en sont pas moins curieuses. En outre, le processus de division se déroule d'une façon plutôt anormale. Je n'ai pas bien repéré la succession des phases. Repassez-moi donc le film mais plus lentement cette fois... »

Nous l'avons repassé le plus lentement possible mais ça n'a pas donné grand-chose, le jeune biologiste n'était pas très content.

« Vous ne pouvez pas davantage ?

— Non.

— Pourquoi n'avez-vous pas fait de photos accélérées ? »

Je mourais d'envie de lui demander s'il ne trouvait pas que cinq millions de photos à la seconde, ça n'était pas déjà une accélération mais je me suis mordu la langue. Il n'était pas question de plaisanter.

« Oui, la division se déroule anormalement, a-t-il dit après avoir revu le film pour la troisième fois. Pardessus le marché, on a l'impression que tout se déroule dans un milieu plus dense que l'eau... et la plupart des cellules de la deuxième génération manifestent des vices de développement grandissants ; la mitose est loupée, et pourquoi est-ce qu'elles fusionnent ? C'est très étrange... Est-ce que ça a été fait sur un matériau de protozoaires en milieu radioactif ? » nous a-t-il demandé subitement.

J'ai compris à quoi il pensait. A l'époque, on parlait beaucoup des méthodes employées pour neutraliser les déchets radioactifs des piles atomiques en les immergeant au fond des océans dans des conteneurs hermétiques ; on disait qu'elles comportaient trop de risques de contamination pour la mer.

Nous lui avons assuré qu'il se trompait, que ça n'avait rien à voir avec la radioactivité ; on a eu bien de la peine à s'en débarrasser, il fronçait les sourcils en nous dévisageant à tour de rôle et en posant une multitude de questions auxquelles personne ne voulait répondre, nous nous étions mis d'accord là-dessus avant. La chose était trop ahurissante pour qu'on pût la confier à un étranger, même si c'était un ami de Maartens.

« Maintenant, chers amis, il nous faut réfléchir sérieusement à ce qu'on va faire de ce truc, a dit Maartens quand on s'est retrouvés entre nous après cette deuxième consultation.

— Ce que ton biologiste a pris pour une baisse de tension qui aurait provoqué le déplacement des " amibes " est en réalité une chute brutale de l'intensité du champ magnétique... » ai-je répondu à Maartens.

Ganimaldi, qui n'ouvrait la bouche que pour dire des choses sensées, a dit :

« J'estime que nous devrions poursuivre nos expériences... »

Nous nous rendions compte des risques que nous prenions. On savait déjà que le plasma, relativement « calme » et qui se laissait dompter dans des températures au-dessous du million, entrait quelque part au-dessus de cette limite dans un état provisoire et terminait son expérience éphémère par une explosion, semblable à celle qui s'était produite dans notre laboratoire. Le renforcement du champ magnétique avait uniquement introduit un facteur de retard pour ainsi dire incalculable de l'explosion. La plupart des physiciens estimaient que la valeur de certains paramètres changerait par bonds et qu'une théorie tout à fait neuve de « gaz nucléaire chaud » serait nécessaire. D'ailleurs, des hypothèses censées expliquer le phénomène, il n'en manquait pas.

En tout cas, on ne pouvait même pas songer à utiliser du plasma chaud pour la propulsion des fusées ou des piles. On a établi que c'était une fausse piste, une impasse. Les chercheurs, surtout ceux qui s'intéressaient aux résultats concrets, sont revenus aux températures inférieures. Voilà *grosso modo* comment se présentait la situation quand nous avons repris nos expériences.

Au-dessus d'un million de degrés, le plasma devenait un matériau à côté duquel un wagon de nitroglycérine n'est qu'un vulgaire pétard. Mais même ce danger n'aurait pas pu nous retenir. Nous n'étions déjà que trop intrigués par cette extraordinaire révélation, et prêts à tout. Ça ne veut pas dire que nous n'étions pas conscients de la masse effroyable d'obstacles qui se dressaient sur notre chemin. Les derniers éléments d'information fournis par les mathématiques concernant les chaleurs qui s'exhalaient du plasma disparaissaient quelque part aux alentours du million ou — selon d'autres méthodes moins sûres — du million et demi. Au-delà, les calculs ne donnaient aucun résultat car il n'en ressortait plus que des absurdités.

Restait donc la vieille méthode des essais et des erreurs, autrement dit de l'expérimentation à l'aveuglette, du moins dans les premières étapes. Mais comment se garantir des explosions qui menaçaient à tout instant ? Les blocs de béton armé, les blindages en aciers spéciaux, tout cela faisait figure de gadget devant une pincée de matière chauffée à des millions de degrés.

« Imaginez, leur ai-je dit, que quelque part dans le vide cosmique, à proximité du zéro absolu, se trouvent des créatures différentes de nous, disons des espèces d'organismes métalliques qui mènent diverses expériences. Elles réussissent entre autres — passons pour le moment sur la façon dont elles y arrivent — à synthétiser une nouvelle cellule protéique. Une amibe. Qu'advient-il d'elle ? Bien sûr, à peine créée, elle va immédiatement se désagréger, exploser, mais ses restes vont geler car dans le vide, l'eau qu'elle contient va bouillir et se transformer sur-le-champ en vapeur ; quant à la chaleur du métabolisme protidique, elle irradie aussitôt. Nos expérimentateurs, s'ils filment leur cellule avec une caméra comme la nôtre, pourront la voir pendant une fraction de seconde, mais pour la maintenir en vie, il faudrait qu'ils lui fabriquent un milieu adéquat...

— Tu crois vraiment que notre plasma a engendré une amibe vivante ? m'a demandé Ganimaldi. Que c'est une vie fabriquée à partir du feu ?

— Qu'est-ce que la vie ? » lui ai-je demandé à mon tour, presque comme Ponce-Pilate quand il demandait : « Qu'est-ce que la vérité ? » « Je n'affirme rien. En tout cas, une chose est sûre : le vide cosmique et le froid cosmique sont des conditions de loin plus favorables à l'existence d'une amibe que les conditions terrestres à l'existence du plasma. Il n'y a qu'un seul milieu où au-dessus d'un million de degrés, il ne serait pas obligé d'être anéanti...

— Je comprends. Les étoiles. L'intérieur des étoiles, a dit Ganimaldi. Tu veux le recréer en laboratoire, autour du tube de plasma ? Il n'y a en effet rien de plus simple... Mais auparavant, il faudrait qu'on enflamme l'hydrogène de tous les océans...

— Ce n'est pas nécessaire. On peut essayer autre chose.

— Voilà comment, a dit Maartens : il faut faire exploser une charge de tritium et introduire le plasma dans la bulle de l'explosion...

— On ne pourra jamais y arriver, tu le sais bien toi-même. D'abord personne ne te laissera faire exploser de l'hydrogène et quand bien même on le ferait, il n'y a pas moyen d'introduire du plasma dans le foyer de l'explosion. D'ailleurs, la bulle n'existe que tant que nous introduisons du tritium frais de l'extérieur. »

On s'est quittés d'humeur plutôt morose car il nous semblait bien que l'affaire était compromise. Mais nous avons repris d'interminables discussions et avons fini par entr'apercevoir une lueur d'espoir. Nous avions besoin d'un champ magnétique d'une intensité stupéfiante et de la température stellaire. Cela devait constituer le « milieu » du plasma, son milieu « naturel ». Nous avons décidé de faire l'expérience dans un champ d'intensité normale pour décupler ensuite sa puissance d'un choc brutal. Il ressortait de nos calculs que l'appareil, notre monstre magnétique de huit cents tonnes, volerait en éclats ou que du moins les enroulements fondraient, mais nous aurions le champ désiré auparavant, au moment du bref court-circuit, pendant deux ou peut-être même trois cents millièmes de seconde. Par rapport au rythme des processus du plasma, c'était assez long. Tout notre projet avait un côté criminel et personne, naturellement, ne nous laisserait le réaliser. Mais on ne s'en est pas beaucoup soucié. Nous tenions seulement à enregistrer les phénomènes qui auraient lieu au moment du court-circuit et aussitôt après la détonation qui s'ensuivrait.

Si nous désintégrions l'appareil sans obtenir un seul mètre de pellicule, ni une seule photo, tout ce que nous aurions fait ne serait qu'un pur acte de destruction. Par bonheur, le bâtiment du laboratoire se trouvait à une vingtaine de kilomètres de la ville, au milieu de paisibles collines herbues. Au sommet de l'une des collines, nous avons installé un poste d'observation avec une caméra, des téléobjectifs et tout un bazar électronique, placé derrière une plaque de verre blindé à haute transparence. Nous avons fait des masses de photos d'essais en utilisant des objectifs de plus en plus puissants et nous avons fini par nous décider pour l'un d'eux qui rapprochait quatre-vingts fois. Il avait une très petite ouverture, mais comme le plasma était plus clair que le soleil, ça n'avait pas d'importance. A l'époque, on travaillait plus comme des conspirateurs que comme des chercheurs. Nous profitions de la période des vacances et du fait qu'à part nous, il ne venait personne au laboratoire ; cette situation allait durer encore une quinzaine de jours. Nous devions faire ce que nous avions à faire pendant ce temps. Nous savions que la chose entraînerait pour nous les pires désagréments, car il nous faudrait expliquer la catastrophe d'une façon ou d'une autre. Nous avions mis au point différentes versions assez vraisemblables qui devaient éventuellement nous innocenter. Nous ne savions pas si ce projet complètement fou donnerait des résultats ; une seule chose était sûre : dès l'explosion, tout le laboratoire serait détruit. Nous ne pouvions compter que sur elle. Nous avons retiré les fenêtres et les châssis de la façade du bâtiment tournée vers la colline ; il fallait encore démonter et emporter les cloisons de protection de l'électro-aimant de façon que la source du plasma soit bien visible de notre poste d'observation.

Nous avons fait cela le huit août à sept heures vingt du matin, sous un ciel sans nuages et par une chaleur torride. A flanc de colline, non loin du sommet, nous avions creusé un fossé profond d'où Maartens, grâce à un petit pupitre de commande portatif relié au bâtiment par des câbles, dirigeait les processus qui se déroulaient à l'intérieur du laboratoire. Ganimaldi s'occupait de la caméra et moi, à côté de lui, j'observais à travers le verre blindé, à l'aide de puissantes jumelles posées sur un trépied, le carré noir de la fenêtre béante, guettant ce qui allait se passer.

« 21... 20... 19... » disait la voix monotone, sans trace d'émotion, de Maartens. Il était assis juste dans mon dos, au-dessus d'un embrouillamini de câbles et d'interrupteurs. Dans le champ des jumelles, je ne voyais que le noir absolu, au milieu duquel serpentait paresseusement la veine de mercure du plasma chauffé. Je ne voyais ni les dunes ensoleillées, ni l'herbe couverte de fleurs blanches et jaunes, ni même le ciel d'août au-dessus du dôme du labo ; les verres étaient bien noircis. Quand le plasma a commencé à gonfler à l'intérieur, j'ai été effrayé à l'idée qu'il allait faire éclater le tube avant que Maartens ait renforcé le champ grâce au court-circuit. J'ai ouvert la bouche pour crier mais juste à ce moment-là Maartens disait : Zéro !

Non. La terre n'a pas tremblé et nous n'avons entendu aucun vacarme, seule la nuit, que je scrutais, avait pâli. Un brouillard orangé a envahi l'ouverture pratiquée dans le mur du labo, qui est devenu un soleil carré ; il brillait en plein centre, aveuglant, puis tout a été englouti par un tourbillon de feu ; l'ouverture du mur s'est agrandie ; il s'est fissuré, avec des ramifications qui partaient dans tous les sens et d'où jaillissaient de la fumée et des flammes, puis, dans un roulement de tonnerre qu'on a entendu à des kilomètres à la ronde, le dôme s'est effondré sur les murs qui s'écroulaient. J'ai cessé de distinguer quoi que ce soit à travers les verres, j'ai lâché les jumelles et j'ai vu de mes propres yeux une colonne de fumée se dresser dans le ciel. Ganimaldi agitait furieusement les lèvres, mais le tonnerre couvrait ce qu'il disait. Je ne comprenais rien, c'est comme si j'avais eu du coton dans les oreilles. Maartens s'était glissé entre nous pour regarder ce qui se passait en bas, car jusque-là il était resté penché sur son pupitre ; le fracas s'est tu. Nous avons crié, probablement tous les trois ensemble.

Le nuage projeté par la force de l'explosion s'élevait déjà haut au-dessus des décombres du labo, lequel se disloquait de plus en plus lentement dans des tourbillons de poussière de craie. Une flamme aveuglante, allongée, entourée d'une auréole irradiante, en a émergé ; on aurait dit un nouveau soleil aplati en forme de ver de terre. La chose est restée peut-être une seconde presque immobile au-dessus des ruines fumantes, se recroquevillant et s'étirant tour à tour, puis elle s'est dirigée vers le sol. Des taches rouges et noires dansaient devant mes yeux, car cette créature, cette flamme, avait le même éclat insoutenable que le soleil, mais je l'ai encore vue descendre, j'ai vu les herbes hautes disparaître aussitôt en fumant sur son passage ; le ver de feu avançait vers nous, mi-rampant, mi-volant, tandis que s'élargissait l'auréole qui l'entourait, faisant de lui le noyau d'une ampoule de feu. La chaleur de son rayonnement tapait à travers les vitres blindées. Le ver de feu a disparu de notre vue, mais, au frémissement de l'air au-dessus de la pente, aux nuages de vapeur et aux gerbes d'étincelles craquantes qui montaient des buissons, on s'est aperçus qu'il montait vers le sommet de la colline. Soudain pris de panique, nous nous sommes mis à fuir en désordre. Je sais que j'ai couru droit devant moi, la nuque et le dos cuits par la flamme invisible qui semblait me poursuivre. Je ne voyais ni Maartens ni Ganimaldi ; j'étais comme aveugle et filais du plus vite que je pouvais, lorsque j'ai trébuché sur une taupinière. Je suis tombé dans l'herbe encore humide de la rosée du matin, au fond d'un vallon. Je respirais péniblement, serrant les paupières de toutes mes forces et, bien que ma figure ait été dans l'herbe, un éclat rougeâtre m'a soudain rempli les yeux. Mais, pour être franc, je n'en suis plus tout à fait sûr.

Là, j'ai comme un trou de mémoire. Je ne sais pas combien de temps je suis resté couché dans l'herbe. Je me suis réveillé, comme si j'avais vraiment dormi.

Quand j'ai bougé, j'ai senti une douleur cuisante, atroce, dans la région de la nuque et du cou ; pendant un bon moment, je n'ai même pas osé relever la tête. J'y suis enfin arrivé. Je me trouvais au fond d'un vallon entouré de collines aux pentes douces; tout autour l'herbe ondulait, agitée par une brise légère ; les dernières gouttes brillantes de rosée s'évaporaient rapidement sous les rayons du soleil. Sa chaleur se faisait bien sentir, je ne l'ai compris que lorsque je me suis tâté la nuque avec précaution : j'ai senti de grosses cloques sous mes doigts : des brûlures. Je me suis alors levé et j'ai cherché des yeux la colline où se trouvait notre poste d'observation. Je ne me suis pas décidé tout de suite à y aller. J'avais encore dans les yeux l'horrible course du ver solaire. Je me suis mis à appeler : « Maartens ! Ganimaldi ! »

J'ai jeté un coup d'œil machinal à ma montre ; il était huit heures cinq. Je l'ai collée contre mon oreille : elle marchait. L'explosion avait eu lieu à sept heures vingt. Tout avait duré une demi-heure peut-être... Mon évanouissement aurait duré, lui, près de trois quarts d'heure ?

J'ai fini par escalader la pente. A quelques mètres du sommet, j'ai rencontré les premières plaques pelées de terre brûlée. Elles étaient couvertes d'une cendre grisâtre, presque froide déjà, comme si quelqu'un avait fait du feu. Mais ce devait être un feu très étrange car il n'était pas resté immobile.

De là partait une bande de terre calcinée, d'environ un mètre et demi de large, avec de l'herbe, de chaque côté, calcinée elle aussi. Mais au-delà, elle n'était que jaunie et fanée. Cette bande se terminait par un nouveau rond de terre brûlée. Juste à côté, la tête en bas, un genou replié à demi sous le menton, il y avait un homme courbé. J'ai su, avant même de le toucher, qu'il était mort. Ses vêtements, apparemment intacts, avaient pris une teinte gris argenté ; sa nuque avait la même couleur incroyable et quand je me suis penché vers lui, tout s'est dispersé sous mon souffle.

J'ai fait un bond en arrière en poussant un cri

d'horreur, mais il n'y avait plus devant moi qu'une forme noirâtre recroquevillée qui ne rappelait que grossièrement la forme d'un corps humain. Je ne savais pas si c'était Maartens ou Ganimaldi et je n'ai pas eu le courage de le toucher, pressentant qu'il n'avait plus de visage. J'ai couru à toutes jambes jusqu'au sommet, mais je n'appelais plus personne. Je suis retombé sur la piste du feu, un sentier tortueux à travers les herbes, qui s'élargissait par endroits en cercles de plusieurs mètres.

Je m'attendais à voir un nouveau corps mais je ne l'ai pas trouvé. Je suis redescendu là où se trouvait notre tranchée ; de la protection de verre blindé, il ne restait plus qu'une croûte plate, liquéfiée sur les bords, comme une flaque d'eau gelée. Tout le reste — les appareils, les caméras, le pupitre, les jumelles — avait disparu, et la tranchée elle-même s'était effondrée comme sous une pression venue d'en haut ; on ne pouvait voir que quelques débris de métal fondu au milieu des pierres. J'ai regardé du côté du laboratoire. On aurait pu penser qu'il venait de subir un bombardement aérien. Entre les pans de murs écroulés, à peine visibles dans le soleil, s'élevaient les petites flammes de l'incendie qui finissait de s'éteindre. Je ne suis pas resté longtemps à regarder, car j'ai essayé de me souvenir de quel côté avaient couru mes camarades lorsque nous avions bondi hors de notre trou. J'avais Maartens à ma gauche, c'était probablement son corps à lui que j'avais découvert, mais où était Ganimaldi... ?

Je me suis mis à chercher sa trace mais en vain, car au-delà du cercle brûlé, l'herbe s'était déjà redressée. J'ai couru comme ça un peu partout, et j'ai trouvé une autre bande de terre calcinée. J'ai entrepris de la descendre — c'était comme un sentier crissant sous mes semelles. Tout à coup je me suis figé sur place. Les cendres s'élargissaient ; des brindilles d'herbe desséchée entouraient un espace de forme irrégulière qui ne dépassait pas deux mètres. Il était plus étroit d'un côté que de l'autre... Tout l'ensemble faisait penser à une croix déformée, couverte d'une couche de poussière noirâtre assez épaisse, comme si une silhouette de bois, les bras écartés, y avait longuement agonisé, couchée sur le dos... Mais ce n'était peut-être qu'une illusion ? Je n'en sais rien.

Cela faisait longtemps que j'avais l'impression d'entendre des cris perçants, mais je n'y avais pas fait attention. Pas plus qu'aux voix humaines qui me parvenaient aussi. J'ai vu soudain des silhouettes minuscules courir vers moi ; mon premier réflexe a été de me mettre à plat ventre et j'ai même rampé pour m'éloigner des cendres avant de sauter sur le côté ; des hommes ont surgi devant moi et m'ont barré la route alors que je courais sur le versant opposé. J'ai senti mes jambes se dérober sous moi, d'ailleurs ça m'était égal.

En fait je ne sais pas pourquoi je me suis enfui, dans la mesure où c'était bien une tentative de fuite. Je me suis assis dans l'herbe et ils ont fait cercle autour de moi ; un homme s'est approché et m'a dit quelque chose, je lui ai dit que je n'avais rien et qu'ils feraient mieux de chercher Ganimaldi. Ils ont voulu me relever mais je me suis débattu. Quelqu'un m'a alors attrapé par le bras et j'ai poussé un cri de douleur. Puis j'ai senti une piqûre, j'ai perdu conscience. Je me suis réveillé à l'hôpital.

J'avais conservé une mémoire parfaite. Seulement je ne savais pas combien de temps s'était écoulé depuis la catastrophe. J'avais la tête bandée, mes brûlures me faisaient cruellement souffrir au moindre geste ; je me suis donc efforcé de rester tranquille. D'ailleurs, tout ce que j'ai connu à l'hôpital, toutes les transplantations de peau qu'on m'a faites pendant des mois, n'ont pas d'importance, pas plus que tout ce qui est arrivé par la suite. Ça ne pouvait que se passer comme ça. C'est seulement au bout de plusieurs semaines que j'ai lu dans les journaux la version officielle de l'accident. On avait trouvé une explication simple, qui, du reste, s'imposait. Une explosion de plasma avait détruit le laboratoire ; trois hommes pris dans les flammes avaient tenté d'y échapper ; parmi eux, Ganimaldi qui avait péri dans le bâtiment, sous les décombres. Maartens, parvenu au sommet de la colline, était mort dans ses vêtements enflammés, et moi, je m'étais tiré de la catastrophe brûlé, en état de choc profond. On n'avait accordé aucune attention aux cendres dans les herbes, car on s'était surtout attaché aux ruines du laboratoire. Quelqu'un avait d'ailleurs attribué la présence de ces cendres à Maartens, qui se serait roulé dans l'herbe pour essayer d'étouffer les flammes. Et cœtera.

J'ai jugé de mon devoir de dire la vérité indépendamment des conséquences, uniquement par considération pour Ganimaldi et Maartens. On m'a fait comprendre très délicatement que ma version des faits était due au choc ; c'était ce qu'on appelle une idée délirante, et que je n'avais pas encore retrouvé mon équilibre ; j'ai protesté énergiquement. On a interprété mon indignation comme un symptôme confirmant le diagnostic. J'ai eu un nouvel entretien une semaine après.

Cette fois, j'ai essayé d'argumenter avec plus de détachement, j'ai parlé du premier film qu'on avait tourné et qui se trouvait chez Maartens ; hélas les recherches n'ont donné aucun résultat. Jr suppose que Maartens avait exécuté son projet, mentionné un jour en passant : il voulait déposer le film à la banque. Comme tout ce qu'il portait sur lui avait été complètement détruit, il n'était rien resté ni de la clé ni du certificat de dépôt. Le film doit être encore dans un coffre. Donc, là non plus, je n'ai pas marqué de points. Mais je ne me suis pas tenu pour battu ; à force d'insister, je les ai persuadés d'aller voir sur place avec moi. J'ai dit que je prouverais tout là-bas. Les médecins pensaient que la mémoire des faits « réels » me reviendrait peut-être sur les lieux. Je voulais leur montrer les câbles que nous avions tendus jusqu'à la tranchée, mais ils n'étaient plus là. J'ai affirmé qu'ils avaient été retirés ultérieurement, peut-être par les pompiers. On m'a dit que je me trompais, que personne n'avait retiré de câbles, car ils n'existaient que dans mon imagination.

C'est là, au milieu des collines, sous le ciel bleu, non loin des ruines déjà noircies et comme rapetissées du laboratoire, que j'ai compris comment ça s'était produit. Ce n'est pas le ver de feu qui nous avait tués. Il ne voulait pas nous tuer. Il ne savait rien de nous, nous ne l'intéressions pas. Produit par l'explosion, émergeant d'elle, il avait saisi dans ce qui l'entourait le rythme des signaux qui continuaient à vibrer dans les câbles, car Maartens n'avait pas débranché le dispositif de commande. C'était vers sa source, vers la source des impulsions électriques que la créature de feu s'était dirigée ; ce n'était pas un être conscient mais un lombric solaire, un anneau cylindrique de chaleur organisée qui avait à peine quelques dizaines de secondes d'existence devant lui. Témoin, son auréole grandissante ; la température qui lui permettait de vivre avait brutalement chuté ; il avait dû perdre à chaque instant d'énormes quantités d'énergie : il l'irradiait, mais il ne savait où la puiser, c'est pour cette raison qu'il s'est tordu convulsivement le long des câbles porteurs d'électricité, tout en les convertissant en vapeur, en gaz. Maartens et Ganimaldi se sont trouvés sur son chemin par hasard ; d'ailleurs, il ne s'est sans doute pas approché d'eux. Ils fuyaient : Maartens a été frappé par le choc thermique du passage du feu à quelques dizaines de pas du sommet ; Ganimaldi, complètement ébloui, a peut-être perdu le sens de l'orientation : il est tombé droit dans le gouffre d'une agonie fulgurante.

Ainsi la créature de feu a expiré là-haut, au sommet de notre colline, en se tordant absurdement dans l'herbe, poursuivant vainement les sources de l'énergie qui s'écoulait d'elle comme le sang s'écoule des veines. Elle les a tués tous les deux, sans même le savoir. Du reste, l'herbe a recouvert les traces de cendres.

Quand je suis allé là-bas avec deux médecins, un inconnu, de la police paraît-il, et le professeur Guilshem, on n'a pas pu les retrouver bien que trois mois à peine eussent passé depuis le drame. L'herbe avait repoussé partout, même à l'endroit de la silhouette en croix. Elle y était particulièrement exubérante. C'est comme si tout s'était ligué contre moi, car si la tranchée existait bel et bien, quelqu'un en avait fait un dépotoir ; dans le fond, il n'y avait que de la ferraille rouillée et des boîtes de conserve vides. J'ai juré qu'il devait y avoir, dessous, des débris de verre blindé qui avaient fondu. On a fouillé dans les ordures mais on n'en a pas trouvé. C'est-à-dire si, mais juste quelques morceaux. Les gens qui m'accompagnaient ont décrété qu'ils provenaient de bouteilles ordinaires que quelqu'un avait fait fondre dans une chaudière en les écrasant d'abord pour en diminuer le volume avant de les jeter dans sa poubelle. Je voulais qu'on les fasse analyser mais on n'en a rien fait. Il ne me restait qu'un seul atout : le jeune biologiste et le professeur, car ils avaient tous les deux vu notre film. Mais le professeur était au Japon et ne devait revenir qu'au printemps. Quant à l'ami de Maartens, il a reconnu que nous lui avions effectivement montré un film, mais qu'il s'agissait de photos d'amibes d'eaux profondes et non de plasma nucléaire. Il a affirmé que Maartens avait catégoriquement nié en sa présence qu'il ait pu s'agir d'autre chose.

Et c'était vrai. Maartens lui avait dit ça parce que nous nous étions mis d'accord pour ne rien dire, désireux que nous étions de garder notre secret. L'affaire a été close.

Qu'est devenu le ver solaire ? Peut-être a-t-il explosé pendant que j'étais évanoui, mais peut-être qu'il a achevé en douceur son éphémère existence ? Les deux sont plausibles.

Ils m'auraient sans doute laissé rentrer chez moi, car j'étais inoffensif mais j'ai manifesté une certaine obstination. La tragédie qui a emporté Maartens et Ganimaldi m'a donné des devoirs. Pendant ma convalescence, j'ai réclamé des livres. On m'a donné tout ce que je voulais. J'ai parcouru toute la littérature sur le soleil. J'ai appris ce qu'on savait des protubérances solaires et des foudres sphériques. L'idée que le lombric pouvait avoir eu un comportement similaire à celui de cette foudre m'est venue à l'esprit. Les foudres sphériques, phénomènes encore inexplicables et énigmatiques pour les physiciens, naissent pendant les orages, dans un milieu de puissantes décharges électriques. Elles font penser à des perles ou à des boules incandescentes. Elles se soulèvent facilement dans l'air, tantôt se laissant porter par ses courants et les vents, tantôt naviguant à contre-courant ; elles sont attirées par les objets métalliques et les ondes électromagnétiques, surtout très courtes — elles aiment les endroits où l'air est ionisé. Elles circulent très volontiers à proximité des câbles porteurs d'électricité. C'est comme si elles essayaient de la boire sans y arriver. Par contre, il est vraisemblable — c'est du moins ce qu'affirment certains spécialistes — qu'elles se « nourrissent » d'ondes décimétriques à travers un canal d'air ionisé produit par la foudre linéaire maternelle qui les engendre.

La perte d'énergie dépasse pourtant les quantités qui sont absorbées par la boule et c'est pour cela que leur vie dure à peine quelques dizaines de secondes. Après avoir illuminé ce qui les entoure d'un éclat bleu-jaune et y avoir circulé d'un vol bleu hésitant, elles finissent par exploser brusquement ou par se dissoudre et s'éteindre presque sans un bruit. Bien sûr, ce ne sont pas des êtres vivants ; elles n'ont de commun avec la vie que ce qu'ont les gouttes de chloroforme versées dans de l'huile dont nous avait parlé le professeur.

Est-ce que le ver de feu que nous avons créé vivait ? Je répondrai honnêtement à celui qui me posera cette question, s'il ne la pose pas pour irriter le fou que je ne suis pas. L'incertitude, l'ignorance dissimulent en elles une possibilité de renversement de notre savoir que personne n'a jamais osé imaginer.

Il n'existe — me dit-on — qu'une seule sorte de vie : la vie des protides que nous connaissons dans la faune et la flore. A des températures éloignées du zéro absolu d'à peine trois cents petits pas, naît l'évolution et son couronnement, qui est l'Homme. Seuls lui et ses semblables peuvent lutter contre la tendance à croître du chaos qui règne dans tout l'univers. Ainsi, dans l'esprit de cette affirmation, tout est chaos et désordre — la chaleur effroyable de l'intérieur des étoiles, les parois de feu des nébuleuses galactiques qui s'allument en se pénétrant réciproquement, les boules de gaz des soleils ; pourtant, disent les gens lucides et raisonnables qui ont indubitablement raison, nul dispositif, nul genre, ne serait-ce qu'une trace d'organisation, ne peut naître dans des océans de feu bouillonnant ; les soleils sont des volcans aveugles, crachant des planètes ; celles-ci, exceptionnellement, créent quelquefois l'Homme. Tout le reste est l'acharnement inerte de gaz atomiques dégénérés, un fourmillement de feux apocalyptiques secoués par des protubérances.

Ce cours auto-apologétique, résultat d'une mégalomanie aveuglante, me fait sourire. Je dis, moi, qu'il existe deux niveaux de Vie. L'une de ces vies, puissante et énorme, a dominé tout le cosmos visible. Ce qui pour nous est horreur et menace d'extermination, le feu stellaire, les gigantesques champs des potentiels magnétiques, les monstrueuses éruptions de flammes, est pour cette forme de vie un ensemble de conditions propices et favorables, et même nécessaires.

C'est le chaos, dites-vous ? Le ressac d'une chaleur inerte ? Alors pourquoi la surface du soleil observée par les astronomes révèle-t-elle une multitude de phénomènes réguliers bien qu'inconcevables ? Pourquoi les tourbillons magnétiques sont-ils si étonnamment normaux ? Pourquoi existe-t-il des cycles de métabolisme dans tout système vivant ? L'Homme connaît le rythme des mois et des jours ; en outre, dans l'espace de sa vie, les forces contradictoires de la croissance et de la mort luttent en lui ; le soleil a un cycle de onze ans, tous les quarts de milliard d'années il traverse des « dépressions » — son climatère — qui amènent les époques glaciaires terrestres. L'Homme naît, vieillit et meurt comme les étoiles.

Vous m'entendez mais vous ne me croyez pas. Et vous avez envie de rire. Vous souhaitez me demander, juste comme ça pour vous moquer, si je crois à la conscience des étoiles ? Si j'estime qu'elles pensent ? Je n'en sais rien. Mais au lieu de condamner avec légèreté, observez les protubérances. Essayez un jour de regarder un film tourné pendant une éclipse de soleil quand le lombric en flammes en émerge et s'éloigne de sa mère à des centaines de milliers, à des millions de kilomètres pour, dans des évolutions bizarres et incompréhensibles, s'étirant et se contractant dans des formes toujours nouvelles, finir par se dissiper et s'évanouir dans l'espace, ou revenir dans l'océan de feu qui lui a donné naissance. Je n'affirme pas que ce sont les doigts du soleil. Ils pourraient tout aussi bien en être des parasites.

Bon, si ça peut vous faire plaisir, dites-vous pour le bien de la discussion, pour que cette conversation originale bien que risquée à cause du surdosage d'absurde ne s'interrompe prématurément, nous voulons encore savoir quelque chose. Pourquoi n'essayons-nous pas d'entrer en contact avec le soleil ? Si nous le bombardions d'ondes radio, peut-être nous répondrait-il... ? Sinon, ta théorie s'écroulera...

Je suis curieux de savoir de quoi nous pourrions parler avec le soleil. Quels peuvent être les questions, les problèmes, les affaires que nous pouvons avoir en commun ? Rappelez-vous ce qu'a montré notre premier film : en un millionième de seconde, une amibe de feu s'est transformée en deux nouvelles générations. La différence de rythme a elle aussi une certaine (certaine...) signification. Entrez d'abord en contact avec les bactéries de vos corps, avec les buissons de vos jardins, avec les abeilles et leurs fleurs, et nous pourrons alors réfléchir sur les méthodes à employer pour entrer en contact informationnel avec le soleil.

Si c'est ainsi — dira le plus débonnaire des sceptiques — tout ne sera alors qu'un... point de vue un tant soit peu original. Tes idées ne changent en rien le monde existant, ni maintenant ni jamais. La question de savoir si les étoiles sont des êtres, si elles « vivent », est affaire de convention, d'accord sur l'acceptation du terme et rien de plus. Bref, tu nous as raconté des histoires...

Je réponds : non. Vous vous trompez. Vous croyez en effet que la Terre est une miette de vie dans l'océan du néant. Que l'Homme est solitaire et qu'il considère les étoiles, les nébuleuses et les galaxies comme des adversaires, comme des ennemis. Que le seul savoir possible à acquérir est celui qu'il a possédé et qu'il possédera encore, lui, le seul créateur de l'Ordre, continuellement menacé par l'inondation de l'infini, irradiant par des points lumineux éloignés. Mais ce n'est pas le cas. La hiérarchie de la vie active est omniprésente. Celui qui le veut peut l'appeler la vie. A son sommet, dans les hauteurs de l'excitation énergétique, demeurent des organismes de feu. Juste avant la limite, près du zéro absolu, dans le pays de l'obscurité et du dernier souffle figé, la vie apparaît une fois encore, doux reflet de l'autre, pâle rappel agonisant, c'est nous. Regardez de cette manière et vous apprendrez à la fois l'humilité et l'espoir, car un jour le soleil deviendra Nova et nous étreindra dans les bras cléments d'un incendie et, revenus ainsi dans l'éternel tourbillon de la vie, devenus particules de sa grandeur, nous acquerrons un savoir plus grand que celui qui peut être le lot des habitants d'une zone glaciaire. Vous ne me croyez pas. Je le savais. Je vais maintenant rassembler les feuillets épars que j'ai écrits pour les détruire, mais, demain ou après-demain, je me remettrai devant ma table vide et je commencerai à écrire la vérité.

DEUX JEUNES GENS

Titre original de la nouvelle

DWOCH MLODYCH LUDZI

5

LA maison blanche qui dominait le ravin semblait déserte. Le soleil, d'un rouge soutenu au milieu des petits incendies dorés des nuages qui prenaient des teintes rosées, ne chauffait plus. Le ciel s'étirait jusqu'à l'horizon, vert pâle mais d'une nuance telle que lorsque le vent s'apaisa, l'instant semblait prêt à se muer en éternité. S'il y avait eu quelqu'un dans la pièce, près de la fenêtre ouverte, il aurait vu les rochers du canyon, contemplé leur lutte apathique avec l'érosion. Celle-ci recherchait patiemment les endroits ruisselants de pierraille, minés par des millions d'orages et d'hivers ; tantôt romantique, tantôt moqueuse, elle sculptait le granit des sommets obstinés, les métamorphosant en tours écroulées ou en statues infirmes. Mais il n'y avait personne ; le soleil abandonnait la maison, chaque pièce en particulier, comme si pour la dernière fois, il découvrait les meubles qui s'allumaient soudain dans un halo fantastique, comme subitement destinés à des fins dont personne n'avait jusque-là eu idée. Le crépuscule adoucissait les formes accusées des roches, mettait en évidence leur ressemblance avec des sphinx ou des griffons, transformait en yeux les sillons, informes dans la journée, leur ajoutait la vue. Son travail imperceptible, tranquille, tirait de ce décor de pierres des effets toujours nouveaux, quoique de plus en plus suggérés à mesure qu'il dépouillait les objets de leurs couleurs, prodiguant toujours plus généreusement les violets dans les profondeurs, et au zénith les verts. Toute la lumière semblait retourner dans le ciel, mais les biseaux immobiles des nuages retiraient au soleil rayé de noir ce qui lui restait de forces. La maison devint alors à moitié blanche, fantomatique, de la blancheur incertaine de la neige nocturne ; seule une dernière goutte de soleil fondait longuement dans l'horizon. Il n'était pas encore tout à fait dans l'obscurité ; une cellule photoélectrique, pas vraiment sûre que l'heure avait déjà sonné, avait allumé les lumières de quatre alvéoles qui ne pouvaient se mettre à l'unisson avec la gravité bleutée du soir et furent aussitôt éteintes. Cet instant suffit pourtant pour voir que la maison n'était pas vide. Son locataire était couché dans un hamac, la tête rejetée en arrière ; un petit filet métallique lui recouvrait les cheveux en adhérant au crâne ; il avait les poings fermés sur la poitrine à la manière d'un enfant, comme s'il y avait tenu caché un objet invisible mais précieux ; sa respiration était saccadée, et les globes de ses yeux roulaient sous la peau tendue de ses paupières. Du bord métallique du filet s'échappaient des câbles souples, reliés à un appareil posé sur une petite table à trois pieds. L'appareil était massif, comme forgé dans de l'argent rugueux. Quatre tambours y tournoyaient lentement au rythme d'un papillon cathodique verdâtre qui clignotait et étincelait en palpitant. À mesure que l'obscurité s'épaississait, le petit fantôme vert amande se métamorphosa en source de lumière qui découpait nettement les contours du visage de l'homme. Lui n'en savait rien, car il y avait longtemps déjà qu'il était dans la nuit. Des cristaux microscopiques, enregistrés sur bandes ferromagnétiques, lui envoyaient dans le fond de la tête, par les petits câbles lâches, des ondes répétées d'impulsions qui remplissaient d'images tous ses sens. Ni la maison obscure, ni la nuit au-dessus du ravin n'existaient pour lui ; tel un œil de poisson, il demeurait assis dans la tête transparente d'un vaisseau qui montait entre les étoiles. Pris dans le ciel de tous les côtés à la fois, il regardait la nuit galactique qui ne se termine nulle part et jamais. Le vaisseau filait presque à la vitesse de la lumière, faisant ainsi disparaître plusieurs milliers d'étoiles dans des anneaux de clarté sanglante, mais les nébuleuses, habituellement obscures, émergeaient de l'abîme dans une sinistre incandescence. La vitesse du vaisseau modifiait, non l'immobilité du firmament, mais ses couleurs : des deux fourmillements d'étoiles, l'un luisait devant la proue d'un bleu qui prenait d'heure en heure des allures inquiétantes, tandis que l'autre, derrière la poupe, rougissait — les constellations en face du vaisseau disparaissaient petit à petit, comme dissoutes dans la nuit. Deux ronds dans le ciel aveuglé, désertés par les étoiles, constituaient le but du voyage, dès lors visible uniquement à l'ultraviolet, ainsi que le système terrestre laissé derrière les rampes de lancement, avec le Soleil, invisible même aux infrarouges.

L'homme souriait, car le vaisseau était vieux et rempli du murmure des rats mécaniques qui ne s'activaient qu'en cas de besoin, quand les soupapes avaient du jeu, quand les détecteurs placés sur les boucliers du réacteur découvraient une fuite radiante ou un microscopique échappement l'air. Il était assis sans bouger, enfoncé dans son prodigieux fauteuil, vaste comme un trône, mais sous lui et derrière lui, des membropodes diligents parcouraient le vaisseau. Ils traînaient dans les douilles froides des réservoirs vidangés, craquaient dans les galeries de la poupe dont l'air était embrasé d'un rayonnement réitéré stupéfiant, allaient presque au cœur du neurino de la pile où nul être vivant n'aurait survécu plus d'une seconde. Conduits par un réseau de signaux radio insonores dans les recoins les plus cachés, ils resserraient une chose ou en colmataient une autre. Le vaisseau tout entier résonnait de leur course éperdue sur des chemins tortueux où ils trottinaient, infatigables, leurs antennes dressées et prêtes à l'action.

L'homme était plongé jusqu'au cou dans la couchette verticale des pilotes, bandé comme une momie par des spirales d'amortissement, enveloppé d'un réseau délicat d'électrodes dorées qui suivaient chacune des gouttes de sang de son corps. Seule sa tête était dégagée. La nuit étoilée frémissait dans ses yeux noirs. Il souriait, car son vol devait durer longtemps encore. L'attention en éveil, il sentait la forme allongée du vaisseau que traçait dans son oreille — seulement là, comme si elle en avait taillé les contours dans du verre noir — la course folle des petites créatures électroniques. Il ne pouvait l'apercevoir autrement — dans son entier — car alentour il n'y avait rien sinon le ciel, c'est-à-dire cette obscurité gonflée de plasmodes de poussière infrarouge et ultraviolette, des gouffres sans âge qu'il désirait.

Au même moment, volait un autre homme, mais cette fois véritablement, à quelques parsecs au-dessus de la Galaxie. Le vide assaillait d'orages magnétiques silencieux le ventre blindé de son vaisseau, il n'était plus aussi lisse, aussi immaculé qu'autrefois lorsqu'il avait décollé sur une colonne de feu écumant. Son métal, le plus dur et le plus résistant de tous ceux qui pouvaient exister, se volatilisait petit à petit, livré aux attaques des solitudes infinies qui, en se collant aux parois sourdes de cet objet si terrestre, si concret, le suçaient de toutes parts, à tel point qu'il s'évaporait, couche après couche, en nuages d'atomes invisibles — mais le blindage était épais, il avait été étudié avec une connaissance parfaite de la sublimation interstellaire, des cataractes magnétiques, de tous les tourbillons et de tous les récifs du plus grand océan désert qui soit.

Le vaisseau était silencieux. Comme mort. Les ouvertures de plusieurs milles de ses canalisations laissaient couler un métal liquide, mais chacune de leurs courbes, chaque méandre avaient été mis au point dans l'intérieur chaud de calculateurs terrestres, choisis avec soin parmi des centaines de milliers de variantes par des mathématiques invincibles pour que nulle part, dans aucune paroi, dans aucun joint, ne se développe de résonance dangereuse. Dans ses soutes serpentaient des veines noueuses de plasma, cette pulpe des étoiles, retenue par une ferrure magnétique afin que, sans toucher les surfaces planes miroitantes que de son seul frôlement il aurait converties en gaz, il s'échappât de la poupe en colonne de feu. Ces miroirs de flammes, ces chaînes de chaleur solaire concentraient toute la puissance dont la matière est capable au seuil de l'auto-anéantissement en foudre de lumière, qui, après avoir quitté le vaisseau, était encore visible, étoile de première grandeur, à environ un milliard de milles. Toutes ces machines de l'ingénierie solaire avaient leur préhistoire sur Terre. Elles avaient longuement mûri dans les vols d'essai et les catastrophes auxquels avaient assisté, remplis tantôt d'approbation complice, tantôt d'étonnement inquiet, les mouvements des oscillographes cathodiques, tandis que la calculatrice numérique, contrainte de rendre fidèlement compte des drames de l'astronautique, ne bronchait pas et que seule la chaleur de ses parois, qui réchauffait doucement la main comme un poêle de faïence, parlait au programmeur attentif de ces secondes de tumulte muet dans lesquelles étaient accumulés des siècles entiers de cosmodronie. Et comme cela avait eu lieu des années durant, les entrailles de feu du vaisseau s'activaient sans bruit. Le silence du bord ne se distinguait en rien du silence galactique. Les hublots blindés étaient insonorisés de façon qu'aucune des étoiles, rousses à la poupe et bleues à la proue, ne pût regarder à l'intérieur. Le vaisseau filait presque aussi vite que la lumière et aussi silencieusement que l'ombre, comme s'il était resté sur place et que la Galaxie tout entière l'eût quitté, s'enfonçant dans les profondeurs, dans la spirale de ses bras de mercure, traversés par des tourbillons de poussière.

Des détecteurs de l'enveloppe, des grosses gaines de laiton des compteurs, des caméras pointées sur d'invisibles incendies de neutrons partaient des milliers de fibres d'argent et de cuivre ; elles s'entrelaçaient sous la quille comme sous une colonne vertébrale, en gros nœuds gonflés de signaux, et sous la pluie, leurs rythmes, leurs phrases, leurs effluves électriques, les surtensions couraient vers l'avant du vaisseau. Ce qui dans l'intérieur réfractaire de la poupe était une Colonne de Soleil, corde stellaire vibrant dans les résonateurs des champs, devenait, dans les petits cristaux des relais, une danse appliquée d'atomes dont les figures de ballet se développaient dans un espace plus petit qu'un grain de poussière. Encastrés dans le blindage, les yeux des cellules photoélectriques cherchaient des étoiles guides, et ceux des radars — des météorites ; dans le métal des membrures, des quilles, des étais et des longerons, des cristaux lisses, compressibles, transformant toute surcharge et toute pression en frisson électrique, en gémissement mathématique, signalaient en permanence dans quelle mesure le fuselage ovoïde militaire pouvait encore résister — et les fourmis dorées des électrons exécutaient inlassablement la danse de sa forme. A l'intérieur du vaisseau, sur tous les bords, un regard électrique omniprésent surveillait les canalisations, les cloisons d'aérage, les pompes, mais leurs images se transformaient en frémissement de nuages ioniques dans les semi-conducteurs — ainsi, de tous les côtés à la fois, des informations affluaient au poste de commande dans un langage muet. Là, sous le plancher, couvert de six couches d'isolants, elles tombaient dans le fond de l'ordinateur principal, sombre cerveau cubique, courant vers leur destin ; les tourbillons de la mémoire de mercure tournaient en cadence ; de leur pouls électrique, les circuits de protection anti-météorites annonçaient leur état d'alerte permanent, les décisions se contredisaient, tandis que les centres digitaux voisins, fonctionnant avec la certitude du zéro absolu, contrôlaient toute bouffée d'air et tout battement du cœur humain ; à l'intérieur de la machine attendaient des programmes de manœuvres, de guidage en cas de panne ou d'extrême danger, ainsi que les programmes qui avaient été utilisés une fois uniquement, lors du décollage, et qui devaient resservir dans le sens inverse, lors de l'atterrissage. Mais tous, sans doute à l'affût dans des pellicules monomoléculaires, on aurait pu les broyer entre deux doigts comme du pollen sur une aile d'insecte ; c'était justement là que se décidait le sort de l'homme et du vaisseau, entre les atomes.

Ce cerveau noir était froid et sourd comme une roche de cristal, mais la moindre hésitation, la moindre confusion des signaux entrés déclenchaient une avalanche de questions lancées dans les recoins les plus éloignés du vaisseau qui renvoyaient leurs réponses par longues rafales. Les informations foisonnaient, se cristallisaient, se chargeaient de contenu et de sens et, lorsqu'elles dépassaient enfin le seuil critique, l'automate se risquait alors à pénétrer dans le fond de la commande noire et dans le vide, au milieu des cadrans verts des secondomètres, surgissaient, comme sortis de nulle part, d'importants renseignements imprimés dans l'air en lettres rouges ou jaunes concernant le dépassement de moitié de la vitesse de la lumière ou la remise du vaisseau sur sa route...

Mais l'homme, dans la couchette des pilotes, ne les lisait pas. Maintenant il n'en savait rien. La lueur colorée de la mosaïque de lettres, qui lui rendait fébrilement compte du vol cosmique, éclairait en vain son visage paisible. Il n'était pas pressé de connaître ces nouvelles quotidiennes ; le temps qu'il avait devant lui se mesurait en années. Sa respiration lente et calme faisait frémir ses lèvres comme s'il avait eu l'intention de sourire et n'avait fait qu'en repousser l'instant. Il avait la tête confortablement appuyée sur un coussin ; on pouvait seulement apercevoir sur son front le bord d'un filet qui lui couvrait les cheveux ; un petit câble souple le reliait à un appareil plat posé à côté de lui, comme sculpté dans un bloc d'argent rugueux. Il ne savait pas alors qu'il volait jusqu'aux étoiles — il ne s'en souvenait pas. Vêtu d'un pantalon de grosse toile usée que la poussière de la pierre avait blanchi aux genoux, il était assis au bord d'une grande faille et, sentant ses cheveux ébouriffés par le vent, il contemplait le grand canyon sous un ciel torride, les chênes miniatures dans le lointain, le frais précipice rempli d'un air bleuâtre et vif comme de l'eau, la silhouette comme enfermée dans du verre des monstres rocheux touchant l'horizon — seuls les sillons des abrupts s'estompaient très loin, là où les rochers n'étaient plus que grains de sable. Il percevait le soleil ardent sur son crâne, le flottement de sa chemise de toile agitée par le vent et, du bout de son soulier ferré, il poussait machinalement juste au-dessus de cet endroit une roche qui, violemment penchée en avant, bascula dans le vide, inerte, à des kilomètres en bas. En face de l'endroit où lui s'était installé, le canyon faisait un coude envahi par l'ombre, dominé par des crêtes très élevées, semblables à des griffons de légendes ou à des divinités fossiles. Et, si fortement accroché à la Terre, regardant l'éclatement gigantesque de sa vieille écorce, il sourit en sentant l'impétuosité de son sang dans ses veines.

LE MASQUE

Titre original de la nouvelle

MASKA

6

CE fut d'abord l'obscurité, des flammes froides, et un fracas prolongé puis, en longs chapelets d'étincelles, des crochets multiples noircis qui m'emportaient plus loin, et des reptiles métalliques qui me touchaient de leurs têtes aplaties mandibulaires ; à chaque contact, un frisson brusque, aigu, quasi délicieux, me parcourait.

Je me sentais scruté(e), de derrière des verres arrondis, par un regard extrêmement profond, fixe, qui s'éloignait, mais c'était probablement moi qui poursuivais ma course et entrais dans le champ d'un nouveau regard qui suscitait la torpeur, le respect et la crainte. Cette course allongée dura un temps indéterminé ; je grossissais au fur et à mesure de sa progression et me reconnaissais, éprouvant mes propres limites, mais je ne saurais préciser à quel moment je pus enfin prendre mes formes propres, identifier chacun des endroits où je m'arrêtais. C'est là que commençait le monde, menaçant, flamboyant, obscur ; puis l'agitation cessa et les minces tiges articulées qui m'avaient fait avancer, m'avaient doucement soulevé(e) en l'air, remis(e) entre les poignes de fer, offert(e) aux lèvres plates entourées d'étincelles, disparurent, et je restai couché(e), sans forces bien que déjà capable de me déplacer par mes propres moyens, mais pleinement conscient(e) que l'heure n'était pas encore venue. C'est dans cette inclinaison engourdie — j'étais alors étendu(e) sur un plan incliné — qu'une dernière décharge, viatique haletant, baiser désordonné, me raidit. Ce fut le signe qui m'invita à me reprendre et à pénétrer en rampant dans le cercle noir d'une ouverture et, sans plus aucune précipitation, je touchai des plaques froides, lisses et concaves, avant de m'étendre dessus, profondément soulagé(e). Mais c'était peut-être un rêve.

J'ignore tout de mon réveil. Je me souviens de mystérieux murmures, d'une pénombre fraîche et de moi dans cette pénombre ; le monde s'offrit à moi, largement éclairé, dans des reflets chatoyants ; je me souviens aussi du grand étonnement qu'il y avait dans mes gestes lorsque je franchis le seuil. De vives lueurs se répandaient d'en haut sur un chaos coloré de carcasses verticales, je voyais leurs sphères qui tournaient vers moi des boutons que de l'eau faisait briller ; le tumulte général s'éteignit et, dans le silence qui suivit, je fis encore un petit pas en avant.

Aussitôt, au claquement qu'une corde fine fit en moi et que je perçus plus que je ne l'entendis, une vague de sexe m'inonda, si violente que la tête m'en tourna et que je baissai les paupières. Tandis que je me tenais ainsi debout, les yeux clos, des mots me parvinrent de toutes parts, car avec le sexe était entrée en moi la langue. J'ouvris les yeux et souris, puis j'avançai droit devant moi, mes jupes me suivaient, j'allais gravement, entourée de ma crinoline, sans savoir où, mais je poursuivais ma route car c'était un bal de la cour et le souvenir de mon erreur voilà un instant, où j'avais pris les têtes pour des sphères et les yeux pour des boutons humides, m'amusait comme une espièglerie d'enfant, cela me fit sourire mais ce sourire ne s'adressait qu'à moi. Mon oreille, bien aiguisée, portait loin et dans le bourdonnement approbateur distingué, je percevais les respirations, retenues chez les messieurs et envieuses chez les dames, et d'où sort cette enfant, monsieur le Vicomte ? Et moi, je traversais la salle immense, sous le cristal des lustres, des pétales de rose ruisselaient du plafond, je me mirais dans l'hostilité qui déteignait sur les visages fardés des femmes, et dans les regards concupiscents des pairs.

La nuit s'exhalait devant les portes-fenêtres qui montaient jusqu'au plafond, des torchères brûlaient dans le parc ; dans une niche, entre deux fenêtres, au pied d'une statue de marbre, se tenait un homme de plus petite taille que les autres, entouré de courtisans vêtus de rayures jaunes et noires, qui semblaient se presser autour de lui sans jamais dépasser toutefois un cercle respectueux ; il était le seul à ne pas même avoir jeté un coup d'œil dans ma direction lorsque je m'étais approchée. Parvenue à sa hauteur, je m'arrêtai et, bien qu'il ne regardât absolument pas de mon côté, je saisis ma crinoline du bout des doigts, la tête baissée, comme si j'avais voulu lui faire une profonde révérence, mais je n'avais d'yeux que pour mes mains longues et diaphanes, je ne sais cependant pourquoi leur blancheur, qui se détachait sur le bleu de ma crinoline, contenait quelque chose d'effrayant. Quant à lui, le seigneur ou le pair entouré de courtisans, derrière lequel se trouvait un chevalier blafard en cuirasse, à la tête blonde découverte, tenant à la main un petit poignard semblable à un jouet, il ne daigna point m'honorer d'un regard, parlant d'une voix basse, comme étouffée par l'ennui, droit devant lui parce qu'à personne. Et moi, renonçant à ma révérence, me contentant de le dévisager un bref instant avec intensité de façon à graver ses traits dans ma mémoire — tordus près des lèvres dont une petite cicatrice blanche retroussait la commissure dans une grimace de lassitude — fixant ces lèvres des yeux, je tournai les talons, ce qui fit frémir ma crinoline, et continuai mon chemin. Ce n'est qu'alors qu'il leva les yeux sur moi, et je sentis parfaitement ce regard furtif, froid, si tendu qu'il semblait avoir un invisible fusil plaqué contre la joue et du chien viser ma nuque, entre les rouleaux de mes boucles dorées, et ce fut le deuxième commencement. Je ne souhaitais pas me retourner mais le fis malgré moi et m'inclinai dans unc profonde, très profonde révérence, soulevant ma crinoline des deux mains comme si sa raideur m'eût fait entrer dans les reflets du parquet. C'était le roi. Puis je m'éloignai lentement, me demandant comment je pouvais en être si intimement convaincue, prête également à quelque inconvenance car, comme je ne pouvais pas le savoir et que je le savais, d'une façon impérative et absolue, je pris tout cela pour un rêve, qu'était-ce qu'attraper quelqu'un par le nez, dans un rêve ? Je m'effrayai quelque peu car je ne parvins pas à le faire, comme s'il y avait eu en moi une barrière invisible. J'hésitai donc, marchant sans m'en rendre compte, partagée, tantôt persuadée d'être réveillée, tantôt de rêver, et en même temps déferlait en moi un savoir, un peu comme les vagues déferlent sur la rive, et chaque vague abandonnait en moi une nouvelle information, des titres comme tissés de dentelles ; à la moitié de la salle, sous un candélabre étincelant, planant comme un vaisseau en feu, je connaissais déjà le nom de toutes les dames dont l'art consommé venait au secours de l'usure.

Je savais déjà bien des choses, comme quelqu'un qui sort d'un cauchemar mais s'en souvient encore avec réticence, et ce qui me restait inaccessible se dessinait dans mon esprit comme deux éclipses, celle de mon passé et celle du présent car je n'avais toujours pas la moindre idée de qui j'étais. En revanche, je sentais pleinement déjà ma nudité, ma gorge, mon ventre, mes cuisses, mon cou, mes bras, mes pieds dissimulés sous ma riche toilette, j'effleurai une topaze montée sur or, palpitant telle une luciole entre mes seins, je sentais aussi l'expression de mon visage qui ne disait absolument rien à personne, expression qui devait surprendre car quiconque portait les yeux sur moi croyait y voir un sourire, mais dès qu'il examinait attentivement ma bouche, mes yeux, mes sourcils, il remarquait qu'il n'y avait là la moindre trace de gaieté, ni même de simple politesse ; il revenait donc à mes yeux mais ils étaient tout à fait impassibles, il passait alors aux joues, cherchait le sourire dans le menton, mais je n'avais pas de fossettes friponnes, mes joues étaient blanches et lisses, mon menton circonspect, posé, concret et aussi parfait que mon cou qui ne trahissait rien. L'observateur était alors frappé de consternation car il ne comprenait pas d'où lui était venue l'idée que je souriais et, troublé par son désarroi et ma beauté, il plongeait dans la foule ou me faisait un profond salut pour se cacher de moi, fût-ce par ce geste.

Quant à moi, j'ignorais toujours deux points, quoique je comprisse, bien que confusément encore, que c'étaient les plus importants. Je ne comprenais pas pourquoi le roi ne m'avait pas regardée passer, pourquoi il n'avait pas voulu croiser mes yeux, bien qu'il n'eût pas davantage redouté ma beauté qu'il ne l'eût désirée, certes, je pressentis que je lui étais réellement chère, mais d'une manière inexprimable, comme s'il m'eût tenue moi-même pour quantité négligeable, comme si j'avais été pour lui quelqu'un d'extérieur à cette salle scintillante, peu fait pour danser sur les parquets bien cirés, marquetés, entre les armoiries de bronze des linteaux, mais lorsque je l'avais dépassé, pas une seule pensée n'était née en lui, où j'eusse pu découvrir la volonté du roi, et quand il m'avait suivie de son regard furtif et négligent, mais dominant un invisible fusil, j'avais bien compris que ce n'était pas moi qu'il visait de son œil pâle qui devait se dissimuler derrière des verres sombres, car ces yeux-là ne feignaient rien, à la différence de son visage parfait, et demeuraient dans l'élégance de la foule comme un fond d'eau sale oublié dans une cuvette. Non, ses yeux étaient comme quelque chose jeté depuis longtemps, qu'il faut cacher, qui ne supporte pas la lumière du jour.

Peut-être attendait-il quelque chose de moi, mais quoi ? Je ne pus cependant m'attarder sur ce point car une tout autre affaire réclama mon attention. Ici je connaissais tout le monde mais moi, nul ne me connaissait. Sauf lui peut-être : le roi. Je disposais déjà d'un savoir sur moi aussi, mes sentiments devenaient étranges, tandis que je ralentissais le pas, la salle déjà franchie aux trois quarts, et dans la foule bariolée, parmi les visages anguleux aux favoris argentés, et les visages sanguins, bouffis, transpirant sous la poudre grumeleuse, parmi les rubans des décorations et les chamarrures, on me livra passage afin que je parcourusse, telle une reine, cet étroit sentier humain, bridée par les regards qui me guidaient — où allais-je ainsi ?

Retrouver quelqu'un.

Mais qui étais-je ? Comme ma pensée fonctionnait à une vitesse vertigineuse, je saisis en une seconde à quel point le fossé qu'il y avait entre mon état et cette foule distinguée était singulier ; chacun d'eux avait en effet une histoire, une famille, des distinctions, un même anoblissement à force d'intrigues, de fourberies, et promenait partout sa morgue misérable, chacun traînait derrière soi sa propre histoire, comme les chariots du désert la poussière, tandis que moi, je venais de contrées si lointaines, comme si j'avais eu non seulement une histoire mais une multitude d'histoires, puisque mon sort était uniquement de pouvoir leur faire comprendre mon entrée progressive dans leurs usages, dans ce langage étranger bien que déjà familier, j'eusse donc pu me contenter de me rapprocher de leur façon de comprendre et, selon les critères adéquats, je serais devenue pour eux un être sans cesse différent. Mais le serais-je devenue pour moi aussi ? Non... Et pourtant si, presque, je ne possédais d'autre savoir que celui qui s'était introduit en moi sur le seuil de la salle, comme l'eau déchaînée qui inonde le désert, faisant sauter les digues qui ont jusque-là résisté ; outre ce savoir, je raisonnais avec logique, était-il donc possible d'être plusieurs à la fois ? De venir de plusieurs passés oubliés ? Ma logique, émergeant du flou des souvenirs, me soufflait que c'était impossible, qu'il me fallait bien avoir un passé, mais que, puisque j'étais la fille du comte Oxygénix, la Duègne Zoroennay, la jeune Virginie que la lignée vallande avait faite orpheline dans le pays d'outre-mer des Langodots, que, puisque je ne savais pas distinguer la fiction de la réalité, me retrouver dans mes véritables souvenirs, c'est que peut-être je rêvais tout de même ? Mais déjà retentissait l'orchestre et le bal attaquait avec un roulement d'avalanche — il n'y avait pas moyen d'être porté à croire à une réalité plus réelle encore, qui fût susceptible d'éclater au réveil !

J'avançais, dans un trouble maintenant peu agréable, prêtant attention à chacun de mes pas car le tournis, que j'appelais vertigo, avait réapparu. Je faillis renoncer à ma démarche de reine, bien que ce fût un effort énorme, quoique invisible et renforcé par cette invisibilité même, jusqu'au moment où je me sentis soutenue à distance ; c'étaient les yeux d'un homme assis dans l'embrasure d'une fenêtre entrouverte, avec, négligemment jetée en travers de l'épaule, la frange d'un rideau de brocart brodé de lions couronnés, rouges et gris perle, des lions terriblement âgés, qui tenaient entre leurs pattes des sceptres et des pommes, des pommes empoisonnées, des pommes de paradis. Cet homme couvert de lions, vêtu de noir, richement mais avec un certain laisser-aller naturel qui n'avait rien à voir avec le négligé affecté des seigneurs, cet étranger, ni dandy, ni courtisan, ni bellâtre, jeune encore, me regardait depuis sa solitude dans le tumulte général — aussi totalement seul que je l'étais moi-même. Autour de nous, ceux qui allument des cigarillos sous les yeux de leurs partenaires de tarots avec un billet de banque roulé, qui jettent leurs ducats sur le tapis vert comme ils jetteraient des muscades aux cygnes d'un étang, ceux qui ne peuvent rien faire d'idiot ni de honteux car la dignité de leur personne anoblit chacun de leurs actes. L'homme détonnait à l'évidence dans cette salle, et la concession qu'on eût dite inconsciente, qu'il faisait au lourd brocart aux lions royaux en le laissant pendre en travers de son épaule et refléter sur son visage la pourpre du trône, cette concession semblait être le plus discret des persiflages. Plus tout à fait jeune — toute sa jeunesse était contenue, vive, dans ses yeux sombres, inégalement clos — il écoutait, ou tout aussi bien ne l'écoutait pas, son interlocuteur, un homme chauve et gras qui avait une mine de brave chien bien nourri. Quand l'homme se leva, le rideau glissa de son bras comme un oripeau, et nos yeux se croisèrent avec force, mais les miens se dérobèrent aussitôt, fuyants. Je le jure. Mais son visage resta au fond de mes prunelles comme si j'étais momentanément devenue aveugle, et mon ouïe s'émoussa à tel point que pendant un instant, au lieu de l'orchestre, je n'entendis plus que les battements de mon pouls. D'ailleurs, je ne sais pas.

Il avait un visage, je le garantis, assez banal. L'asymétrie de la belle laideur si caractéristique de l'intelligence s'était figée dans ses traits, certes, mais il devait être las de cette intelligence trop perspicace qui le détruisait lui-même à petit feu, il devait certainement se ronger la nuit, cela lui était pénible, on le voyait ; il y avait des heures où il eût été heureux de se débarrasser de cette infirmité, ce n'était pour lui ni un privilège ni un don car sa pensée sans cesse en alerte devait le miner, surtout lorsqu'il était solitaire, et c'était pour lui chose fréquente, et partout, donc ici comme ailleurs. Son corps, sous un costume de bonne qualité, décemment coupé mais pas trop ajusté, comme s'il eût refréné les ardeurs de son tailleur, me contraignit à songer à sa nudité.

Elle devait être assez lamentable, dénuée de superbe virilité, de muscles athlétiques, du savant enchevêtrement lubrifié de biceps, d'abdominaux, de tendons, cordes destinées à réveiller l'appétit des vieilles femmes qui n'avaient pas encore renoncé, que l'espoir du frai rendait encore folles. Lui n'avait de viril que la tête, rendue si belle par l'ébauche du génie sur ses lèvres, la fougue irascible de ses sourcils, par la ride qui séparait ses sourcils comme une balafre et le sentiment de son propre ridicule dans son nez fort, luisant et gras. Oh ! Ce n'était pas un bel homme et à vrai dire, sa laideur non plus n'était pas séduisante. C'était tout simplement un être à part, et si je ne m'étais pas toute raidie intérieurement lorsque nos yeux s'étaient croisés, j'eusse sans doute pu poursuivre mon chemin.

Si je l'avais fait, si j'avais réussi à m'échapper de cette zone de gravitation, le roi magnanime se serait déjà occupé de moi, d'un geste de sa chevalière, du coin de ses yeux délavés, de ses prunelles mordantes, et je m'en serais allée d'où j'étais venue. Mais en ce lieu et à cette heure, je ne pouvais pas le savoir, je ne comprenais pas que ce qui regardait les croisements fortuits des regards, que ce qui était la rencontre fugitive des trous noirs des pupilles dans les iris de deux individus — car ce sont des trous d'organes arrondis qui se glissent habilement dans les orifices du crâne —, que tout cela était prédéterminé. Comment aurais-je pu le savoir ?

J'avais déjà repris ma route lorsqu'il se leva et, après avoir repoussé d'un geste le bord du brocart resté accroché à sa manche, comme s'il avait voulu faire savoir que la comédie était terminée, il se mit à me suivre. Il s'arrêta deux pas plus loin car il venait de comprendre l'impertinence de cet acte décidé, la distraction qui lui faisait suivre une beauté inconnue comme un badaud eût suivi une fanfare, il s'arrêta et moi, je fermai une de mes mains et de l'autre fis glisser la boucle de mon éventail sur mon poignet. Pour le faire tomber. Lui aussitôt...

Nous nous observions de plus près, au-dessus de la nacre du manche de l'éventail. Ce fut un moment merveilleux et effrayant, le froid me transperça la gorge d'une épine mortelle afin que je ne pusse parler, sentant bien que pas un son ne serait sorti de ma gorge, je lui fis un signe de tête, et ce geste prit la même tournure que le précédent, lorsque je n'avais pas achevé ma révérence au roi qui ne me regardait pas.

Lui ne me rendit pas mon salut, il était trop étonné et surpris par ce qui se passait en lui car il ne s'attendait pas à une telle réaction de sa part. Si je le sais, c'est qu'il me le dit plus tard, mais je l'aurais su quand bien même il ne me l'eût pas avoué.

Il tint à dire quelque chose et à ne pas se conduire comme l'idiot qu'il était assurément à ce moment-là, ce qu'il savait.

« Madame, fit-il en se raclant la gorge, madame, votre éventail... »

Il y avait longtemps que je l'avais repris en main. Comme je m'étais reprise moi-même.

« Monsieur », lui dis-je, et le timbre de ma voix avait quelque chose de mat, de changé, mais il pouvait croire que c'était ma voix habituelle car il ne l'avait jamais entendue, « dois-je le laisser tomber une nouvelle fois ? »

Et je souris, oh ! d'un sourire qui ne se voulait ni

tentateur, ni séducteur, ni rayonnant. Je souris uniquement parce que je m'étais sentie rougir. Cette rougeur n'était pas vraiment mienne, elle avait inondé mes joues, envahissait mon visage, rosissait le lobe de mes oreilles, je le sentais parfaitement mais ne m'en troublai point, pas plus que je ne fus charmée ni étonnée par cet homme étranger, un parmi beaucoup d'autres, égaré au milieu des courtisans — je dirai plus nettement : je n'avais rien à voir avec cette rougeur, elle avait la même origine que le savoir qui était entré en moi sur le seuil de la salle, dès mon premier pas sur sa surface lustrée — cette rougeur faisait partie, semblait-il, de l'étiquette de la cour, des convenances, tout comme l'éventail, la crinoline, les topazes et la coiffure. Pour en minimiser l'importance, désireuse d'en prévenir les effets, pour couper court aux interprétations erronées, je souris non pas à lui, mais au-dessus de lui, profitant de la marge étroite qu'il y a entre l'amusement et la raillerie ; quant à lui, il éclata d'un rire silencieux, sans faire entendre le son de sa voix, comme tourné vers l'intérieur. Ce rire ressemblait à celui d'un enfant qui sait qu'on lui a formellement interdit de rire et qui, pour cette raison, ne parvient pas à se dominer. Cela le rajeunit en un clin d'œil.

« Si vous m'aviez donné un instant de répit — dit-il en cessant brutalement de rire, comme dégrisé par une nouvelle pensée — j'aurais pu inventer une réponse digne de ces mots, autrement dit hautement spirituelle. Mais en général, les meilleures idées me viennent dans l'escalier.

— Votre imagination se porte donc si mal ? » lui demandai-je en dirigeant un effort de volonté sur mon visage et mes oreilles. En effet cette rougeur irréductible m'avait mise en colère, c'était une violation de ma liberté, je comprenais qu'elle provenait du même dessein que celui dans lequel le roi m'avait renvoyée à mon destin. « Je devrais peut-être ajouter : “ N'y a-t-il pas de remède ? ” Mais vous allez me répondre qu'il ne saurait y en avoir devant une beauté dont la perfection semble confirmer l'hypothèse de l'Absolu. Nous redeviendrions sérieux le temps de deux mesures d'orchestre et avec adresse parviendrions à retrouver le terrain plus habituel de la cour. Mais comme vous me semblez plutôt mal à l'aise sur ce terrain, il serait peut-être mieux que nous ne parlions pas ainsi... »

Je ne l'effrayai véritablement que lorsqu'il entendit ces mots, et il ne sut vraiment que dire. Il y avait dans ses yeux autant de gravité que si nous avions été pris dans un orage, entre une église et une forêt — ou encore là où il n'y a plus rien.

« Qui es-tu ? » me demanda-t-il d'une voix ferme. Il n'y avait pas là la moindre trace de feinte, de façade, il avait peur de moi. Moi, je n'avais pas du tout peur de lui, absolument pas, bien qu'en fait j'eusse dû m'inquiéter, car je sentais combien mon attente, contenue jusque-là, était liée en moi à son visage, au grain de sa peau, à ses sourcils rebelles, aux grands pavillons de ses oreilles, comme si j'avais porté en moi son négatif désormais en train de se développer. Quand bien même il aurait signé mon arrêt, je n'aurais pas eu peur de lui. Ni de lui, ni de moi ; la force de cette union, stagnant en moi, me fit pourtant trembler — non comme un être humain mais comme une horloge dont les aiguilles se mettent en branle avant de sonner l'heure, dans le silence. Nul n'aurait pu remarquer mon tremblement.

« Je vous le dirai bientôt », lui répondis-je très posément.

J'eus un léger sourire, le pauvre sourire dont on réconforte les malades, et déployai mon éventail.

« Je prendrais volontiers un verre de vin. Et vous ? »

Il inclina la tête, s'efforçant d'endosser la peau de ces manières qui lui étaient étrangères, déplacées, irritantes, et nous quittâmes ce lieu pour nous rendre, en traversant la salle sur le parquet suintant des perles de cire qui tombaient du lustre goutte à goutte, entre les chandelles qui filaient, bras dessus bras dessous, près du mur où des laquais gris perle servaient des boissons dans des coupes.

Je ne lui dis pas cette nuit-là qui j'étais car je ne voulais pas lui mentir et je ne connaissais pas la vérité.

La vérité ne saurait être contradictoire et moi, j'étais à la fois duègne, fille de comte et orpheline ; toutes ces généalogies m'habitaient, chacune d'elles pouvait s'accomplir si jamais je l'avouais ; je comprenais déjà que la vérité serait désignée par mon choix et que mon caprice, quoi que je déclarasse, ferait disparaître les images délaissées, mais je restais indécise parmi toutes ces chances car elles cachaient un mauvais tour de ma mémoire — aurais-je été une mythomane un peu déséquilibrée comme il y en a tant, qui aurait échappé à la sollicitude des siens, inquiets à juste raison ? Tout en bavardant avec lui, je songeai que si j'étais folle, tout se terminerait bien. On peut sortir de la folie comme du rêve, il y avait donc un espoir pour nous deux.

Lorsque à une heure tardive — il était toujours à mes côtés — nous passâmes près de Sa Majesté un instant avant qu'elle ne daignât se retirer dans ses appartements, je sentis que le maître n'avait pas jeté le moindre coup d'œil dans notre direction et ce fut une découverte atroce. Il n'avait pas contrôlé ma présence aux côtés d'Arrhodes, cela était visiblement superflu, comme s'il avait su sans conteste qu'il pouvait avoir en moi une confiance aveugle, comme on fait confiance aux assassins que l'on engage à sa solde, sachant qu'ils ne décevront pas jusqu'au dernier soupir, leur destin étant en effet entre les mains de celui qui les envoie. L'indifférence du roi aurait dû effacer mes soupçons ; s'il n'avait pas regardé dans ma direction, c'est que je ne signifiais rien pour lui, et par conséquent l'intransigeance de mes conjectures faisait pencher la balance en faveur de la folie. Je ris donc comme une folle, belle comme un ange, buvant à la santé d'Arrhodes que le roi haïssait comme nul autre, mais il avait juré à sa mère, sur son lit de mort, que si jamais un mauvais sort rencontrait cet homme fort, ce serait parce qu'il le voudrait bien. Je ne sais pas si quelqu'un m'en avait parlé en dansant ou si je l'avais appris de moi-même car la nuit avait été longue et tumultueuse, la foule énorme nous bousculait sans cesse, mais nous nous retrouvions sans le vouloir comme si tous avaient trempé dans la même conspiration — c'était manifestement un mirage : nous ne nous trouvions pas parmi des mannequins qui dansaient mécaniquement. Je m'entretins avec des vieillards, avec des jeunes filles qui m'enviaient ma beauté, décelant d'innombrables nuances dans la bêtise distinguée et encline à la méchanceté, causant et pénétrant ces pitoyables braves gens avec tant de facilité que cela me faisait de la peine pour eux. Je devais être la raison incarnée, pleine de subtilité, la vivacité éblouissante de mes paroles ajoutait à mes yeux de l'éclat — mon anxiété grandissant, j'eusse volontiers joué les imbéciles pour sauver Arrhodes, mais c'était la seule chose à laquelle je ne pouvais parvenir. Je n'étais pas suffisamment savante pour cela, hélas. Ma raison — et elle était synonyme de droiture — aurait-elle été subordonnée au mensonge ? Je me laissais aller à ces réflexions tout en dansant, entrant dans la ronde d'un menuet tandis qu'Arrhodes, qui ne dansait pas, me regardait de loin, se détachant, noir et svelte, sur le brocart pourpre aux lions couronnés. Le roi parti, nous prîmes peu de temps après congé l'un de l'autre, je ne lui permis point de dire, de demander quoi que ce fût, il s'y essaya et blêmit en m'entendant lui répéter : « Non », d'abord des lèvres puis du seul geste de mon éventail fermé. En sortant, je n'avais pas la moindre idée de l'endroit où j'habitais, d'où j'étais venue, où j'allais porter mes pas, je savais seulement que cela ne m'appartenait pas, j'avais fait des tentatives mais elles étaient vaines — comment l'expliquer ? Tout le monde sait que l'on ne peut pas tourner le globe de l'œil de façon que la pupille regarde dans le fond du crâne.

Je l'autorisai à m'accompagner jusqu'aux portes du palais. Le parc du château, au-delà du halo des torchères encore allumées, était comme battu de charbon, dans l'air froid ; on entendait un rire lointain, inhumain, c'étaient les fontaines des maîtres italiens qui l'imitaient, perlé, ou encore les statues qui bavardaient, monstres blanchâtres surplombant les parterres de fleurs ; les rossignols royaux chantaient eux aussi, bien que pour personne ; à proximité de l'orangerie, l'un d'eux se découpait sur le disque de la lune, grand et sombre sur sa branche — dans un style parfait ! Le gravier crissait sous nos pas et les piques dorées de l'enceinte dépassaient régulièrement du feuillage humide.

Avec un empressement désagréable, il me prit une main que je ne lui retirai pas aussitôt, les rayures blanches des collets des grenadiers de Sa Majesté resplendissaient, quelqu'un appelait ma voiture, les chevaux faisaient tinter leurs sabots, les carreaux violets d'une lanterne éclairaient la portière d'un carrosse, le marchepied se déplia. Ce ne pouvait être un rêve.

« Où et quand ? me demanda-t-il.

— Il vaudrait mieux : jamais et nulle part. J'avais dit là ma vérité vraie, et j'ajoutai rapidement, gauchement : Je ne vous taquine pas, cher intelligent, réfléchissez et vous comprendrez que je vous donne un bon conseil. »

Je ne réussis pas à dire ce que je voulais encore ajouter, je pouvais penser tout ce que je voulais, comme c'était étrange ! mais pas moyen de sortir un son, je ne parvenais pas à trouver mes mots. Un chat, une extinction de voix, comme si l'on avait tourné la clé dans la serrure, comme si un verrou s'était interposé entre nous.

« Trop tard, dit-il doucement, tête baissée. C'est vraiment trop tard.

— Les jardins royaux sont ouverts de la première trompette jusqu'à midi, lui dis-je, un pied sur la marche. Il y a un chêne creux près de l'étang aux cygnes. Demain à midi sonnant, sinon vous y trouverez un billet. Et maintenant je souhaite que par un miracle stupide vous oubliiez jusqu'à notre rencontre. Je prierais pour cela si je savais comment. »

C'étaient des paroles tout à fait impropres, banales, mais je n'aurais pu en rien échapper à ces horribles lieux communs, je le compris lorsque le carrosse s'ébranla, il pouvait interpréter ce que je lui avais dit comme une appréhension du sentiment qu'il avait éveillé en moi. Et c'était bien cela : j'avais peur de ce sentiment éveillé en moi, toutefois il n'avait rien à voir avec l'amour, mais j'avais dit ce que je pouvais dire, comme on tâtonne du pied dans l'obscurité en se demandant si le pas suivant ne va pas vous entraîner au fond du marécage. C'est ainsi que j'avais avancé avec les mots, éprouvant de mon souffle ce que je pouvais dire et ce que je ne réussirais pas à dire.

Mais lui ne pouvait pas le savoir. Nous nous séparâmes précipitamment, dans la stupeur, dans une angoisse qui ressemblait à de la passion car ainsi commençait notre perte. Mais moi, frêle et douce jeune fille, je comprenais plus clairement que j'étais son destin, dans le sens épouvantable où il est impossible d'y échapper.

La caisse du carrosse était vide, je cherchai le cordon cousu à la manche du cocher mais il n'y en avait pas. Il n'y avait pas davantage de fenêtres, ou peut-être les avait-on fumées ? L'obscurité était aussi parfaite que si elle eût appartenu au néant et non à la nuit. Elle n'était pas absence de lumière, elle était désert. Je passai la main sur les parois capitonnées, couvertes de peluche, mais je n'y trouvai ni fenêtre, ni poignée, rien hormis ces surfaces moelleuses devant et au-dessus de moi, le toit étrangement bas, comme si j'eusse été enfermée non dans la caisse d'un carrosse mais dans un récipient vacillant, incliné ; je n'entendais ni le résonnement des sabots, ni le roulement habituel des roues. Obscurité, silence, et rien. Je me tournai alors vers moi-même, j'étais à mes yeux en effet une énigme plus menaçante encore que tout ce qui m'était arrivé jusque-là. J'avais conservé ma mémoire. Je pense qu'il devait en être ainsi, que l'on n'avait pas pu faire autrement ; je me souvins alors de mon premier réveil, encore dépourvue de sexe, qui m'avait mise si mal à l'aise, comme si je m'étais souvenue d'un rêve qui m'avait transformée méchamment en chrysalide. Je me souvenais de mon réveil à la porte de la grande salle du palais, dès lors dans l'état où j'étais maintenant, je me rappelais même le léger grincement qu'avaient fait les battants de bois sculptés en s'ouvrant, et le masque sur le visage du laquais que son zèle servile faisait ressembler à une marionnette pleine de déférence, cadavre de cire vivant. Tout cela s'était désormais unifié dans mon souvenir et pourtant je pouvais remonter en arrière, là où je ne savais pas encore ce qu'étaient des portes à battants, ce qu'était un bal et ce que j'étais, moi. Je me rappelais surtout, avec une perspicacité qui me fit trembler tant elle était mystérieuse et cruelle, que j'avais formulé mes premières pensées, à moitié nichées dans des mots, selon les règles d'un sexe indéterminé. « Scruté(e), soulevé(e), couché(e) », c'étaient là les formes que j'avais utilisées avant que l'éclat de la salle, jaillissant par la porte ouverte, ne blessât mes prunelles en débloquant — ce ne pouvait être que lui —, en écartant, dis-je, les vannes qui libérèrent en moi, avec la soudaineté douloureuse d'une illumination, l'humanité des mots, des gestes courtois, du charme du beau sexe, en même temps que la mémoire des visages parmi lesquels celui de l'homme était le premier — et non la grimace du roi — et bien que nul ne pût jamais me l'expliquer, je savais avec une indéniable certitude que je m'étais arrêtée devant le roi par erreur, que c'était une faute, un désaccord entre ce qui m'était destiné et celui qui exécutait ce destin. Une faute ! C'était donc un destin artificiel puisque susceptible d'erreurs ! Pourrais-je donc encore y échapper ?

Dans cet isolement parfait qui ne m'effrayait pas, il m'était au contraire confortable, je pouvais si bien y réfléchir, si bien m'y concentrer, désireuse que j'étais de me renseigner sur moi-même en interrogeant mes souvenirs, déjà si accessibles et bien ordonnés que je les avais à ma portée comme les meubles familiers d'un vieil appartement qu'on a toujours connu, je me posais des questions, je voyais tout ce qui s'était déroulé cette nuit-là mais ce n'était clair et net que jusqu'au seuil de la salle de bal. Au-delà ? Nous y voilà ! Où étais-je avant ? D'où étais-je sortie ? Une pensée apaisante, la plus simple, me soufflait que je n'étais pas tout à fait en bonne santé, que je sortais de maladie comme on revient d'un voyage exotique plein d'aventures extravagantes, que, jeune fille délicate, instruite et romanesque, rêveuse, sauvage, trop raffinée pour ce monde brutal, j'avais eu des hallucinations, que j'avais peut-être rêvé dans une fièvre hystérique d'un cortège traversant des enfers métalliques, couchée sans nul doute dans un lit à baldaquin, parmi les dentelles de mes draps, cette fièvre cérébrale me serait même allée assez bien, à la lueur d'une chandelle éclairant suffisamment l'alcôve pour que si jamais je m'étais réveillée, je ne fusse à nouveau prise de peur et que je reconnusse immédiatement dans les silhouettes penchées au-dessus de moi mes chers tuteurs : le beau mensonge que voilà ! J'avais des visions, n'est-ce pas ? Et une fois emportées par le courant de mon unique mémoire, elles l'avaient divisée en deux. Elle était divisée... ? Car tout en m'interrogeant, j'entendais en moi un concert de réponses, toutes prêtes, en attente : Duègne, Oxygénix, Angélita. Et quoi encore ? J'avais ces noms tout prêts, ils m'étaient donnés ; à chacun d'entre eux correspondaient même des images. Si seulement elles s'étaient enchaînées ! Elles coexistaient comme coexistent tout en bifurquant les racines d'un arbre, et moi, seule par nécessité, unique par nature, aurais-je donc été un jour une multitude de ramifications qui avaient conflué en moi comme les ruisseaux se jettent dans une rivière ? Mais c'est tout à fait impossible, me dis-je. Impossible. J'en étais sûre. Et tout à coup, je vis le sort qui jusque-là avait été le mien se diviser ainsi : jusqu'à l'entrée de la salle de bal, il s'était composé, semblait-il, de trames hétérogènes, mais à partir de là, il n'était plus qu'un. Les images de la première partie de mon destin se développaient parallèlement et se faisaient réciproquement mentir. La Duègne : une tour, des rochers de granit noir, un pont-levis, des cris dans la nuit, du sang dans un plat en cuivre, des chevaliers aux airs de boucher, les fers rouillés des hallebardes, et ma pauvre petite figure dans un miroir ovale à moitié aveuglé entre une fenêtre de papier huilé et une tête de lit sculptée — c'était de là que j'étais venue ?

Mais, Angélita, j'avais été élevée dans la fournaise du

Midi et, en regardant en arrière dans cette direction, je voyais des murs blancs qui offraient leur dos chaulé au soleil, des palmiers desséchés, des chiens sauvages qui frottaient leur pelage contre ces palmiers, déversant leur urine mousseuse sur les racines écailleuses, et des paniers pleins de dattes, séchées et collantes de sucre, et des médecins vêtus de robes vertes, et des escaliers, des escaliers de pierre qui descendaient jusqu'au golfe de la ville, tournant le dos à la canicule par tous ses murs, des monceaux de raisins qui jaunissaient en séchant, pareils à des tas de fumiers, et encore mon visage dans l'eau, pas dans un miroir, et l'eau coulait d'une cruche en argent — ternie de vieillesse. Je me revoyais même en train de porter cette cruche et l'eau qui s'agitait dedans pesamment m'étirait le bras.

Et mon « il-elle » et sa course horizontale, et les baisers déposés sur mes pieds et sur mes mains, sur mon front, par les agiles vipères métalliques ? Cette horreur était déjà lointaine, et c'est avec la plus grande difficulté que je pus m'en souvenir, tout comme un mauvais rêve qui ne se laisse pas raconter, je n'avais pu vivre ni simultanément, ni successivement des destins qui se contredisaient à ce point ! Qu'y avait-il de sûr ? J'étais belle. Il s'était élevé en moi autant de désespoir que de triomphe lorsque je m'étais contemplée sur son visage comme dans un miroir vivant, car la perfection de mes traits était si totale que, quoi que j'eusse fait de fou, que j'eusse hurlé, la bouche pleine d'écume, que j'eusse mordu de la viande saignante, la beauté n'eût point abandonné mon visage, mais pourquoi pensais-je « mon visage » et non « moi » tout simplement ? Etais-je quelqu'un d'incompatible avec son propre corps, ses propres traits, incapable de s'identifier à eux ? Une sorcière prête à jeter des sorts, une Médée ? C'était pour moi bêtise et pur non-sens. Et même si ma pensée courait ainsi, telle une lame souillée dans la main sans bijoux d'un chevalier-brigand, si par la pensée je tranchais sans peine tout objet, cette pensée autonome qui était la mienne ne semblait, dans sa perfection, trop sèche, exagérément détachée, car au-delà la crainte persistait, comme si elle avait été douée d'ubiquité, omniprésente mais isolée ; pour cette raison, je la tenais en suspicion. Mais si je ne pouvais avoir confiance ni en mon visage, ni en ma pensée, envers quoi pouvais-je nourrir de la peur et des soupçons puisque hors l'âme et le corps, il n'y avait rien ?

Les racines éparses de mes passés ne me révélaient rien d'essentiel, leur examen devenait un transfert d'images en couleurs, Duègne du Nord, Angélita des chaleurs caniculaires, Mignonne, j'étais à chaque fois une nouvelle personne, avec un nouveau nom, un nouvel état, une nouvelle famille, venue d'un autre ciel, rien ici ne primait — le paysage du Midi revenait devant mes yeux comme exacerbé par la fadeur des contrastes, la couleur qu'il étirait en bleus trop ostentatoires, n'étaient les chiens galeux, les enfants à moitié aveugles aux paupières purulentes et aux ventres ballonnés, agonisant sans un bruit sur les genoux pointus de leurs mères voilées, cette côte couverte de palmiers eût été pour moi trop douce, visqueuse comme le mensonge. Et le nord de la Duègne, avec ses tours enneigées, la grisaille agitée de son ciel, ses hivers et les formes tordues de la neige, inventées par le vent, qui s'étalaient des douves aux créneaux et aux contreforts, faisaient grimper leurs langues blanches glacées sur la roche, à partir des fondations du château, et les chaînes du pont-levis, d'un jaune pisseux, mais c'était seulement la rouille qui colorait les glaçons des maillons ; en été, de la moisissure recouvrait l'eau des douves d'une sorte de peau : je me souvenais si bien de tout cela aussi !

Mais il y avait encore ma troisième vie ; des jardins, vastes, frais, entretenus par des jardiniers armés de sécateurs, des meutes de lévriers et un carlin couché sur les marches du trône, sculpture blasée dans la grâce souveraine de son inertie agitée par le souffle des côtes, et dans ses yeux jaunâtres, indifférents, luisaient, aurait-on pu croire, des formes rapetissées de... Je ne me souvenais plus du mot mais je l'avais probablement connu autrefois. Plongeant ainsi dans un passé gravé dans ma mémoire, jusqu'au goût des brindilles que j'avais mordillées, je sentais que je n'aurais pas dû revenir ainsi aux bottines devenues trop petites, pas plus qu'à ma première robe longue brodée d'argent, comme si même l'enfant que j'avais été avait caché en elle une trahison. Pour cette raison, j'évoquais le souvenir qui m'était le plus atrocement étranger, celui du voyage inerte, allongé, des baisers paralysants du métal qui faisait un bruit de mâchoire en touchant mon corps nu, comme si ma nudité avait été une cloche assourdie qui ne pouvait résonner puisqu'elle n'avait pas de cœur. Eh oui ! je me référais à cette invraisemblance, plus du tout étonnée que le souvenir de ce cauchemar délirant se fût figé en moi avec une telle persistance, cela avait bien dû être un cauchemar. Pour entretenir cette certitude, je touchais de la pulpe de mes doigts mes tendres avant-bras et mes seins ; c'était sans aucun doute une obsession à laquelle je me soumettais en tremblant, comme si j'étais allée sous des torrents d'eau glacée, la tête penchée en arrière pour me dégriser.

Il n'y avait nulle part de réponse à ma question, je m'écartai donc de cet abîme qui était mien sans l'être. Je revins à ce qui était unique. Au roi, au bal, à la cour et à l'homme. J'étais faite pour lui, lui pour moi, je le savais, mais à nouveau prise de crainte, non, ce n'était pas de la crainte mais la présence inflexible du destin, inéluctable, impénétrable, c'était justement cet inéluctable, cette information disant, telle la mort, qu'on ne peut refuser, se soustraire, partir, fuir, enfin périr peut-être mais périr autrement — je plongeais précipitamment dans cette présence glacée. Incapable de la supporter, je répétais en remuant uniquement les lèvres : « père, mère, frères, sœurs, amis, proches » — je comprenais bien ces mots-là, des silhouettes bienveillantes apparaissaient, que je connaissais, il fallait que je les reconnusse devant moi-même, mais il était impossible d'avoir quatre mères et autant de pères, c'était donc encore de la folie ? Si stupide, si obstinée ?

J'essayai finalement l'arithmétique : un et un font deux, un enfant naît d'un père et d'une mère, j'en avais été un, j'avais des souvenirs d'enfance...

Soit j'avais été folle, me dis-je, soit je l'étais encore, et étant une conscience, j'étais une conscience d'un blanc terne. Il n'y avait pas eu de bal, de château, de roi, d'entrée dans une vie brutalement soumise à une obligation d'harmonie. Je sentis une étincelle de regret, une résistance causée par l'idée que j'allais devoir aussi renoncer à ma beauté. Je ne bâtirais rien à partir d'éléments incompatibles, à moins que je ne trouvasse le défaut de la construction, des failles où je pourrais pénétrer pour la faire sauter et entrer au fond. Tout s'était-il vraiment passé comme il le devait ? Si j'étais la propriété du roi, comment alors pouvais-je le savoir ? On aurait dû m'interdire d'y réfléchir même la nuit. Si c'était lui qui était derrière tout le monde, pourquoi alors avais-je voulu le saluer et ne l'avais-je pas fait immédiatement ? Si les dispositions prises se distinguaient par leur perfection, pourquoi alors me rappelais-je des choses que je n'aurais pas dû me rappeler, prenant seulement pour une dénégation mon passé de jeune fille et d'enfant, je n'aurais pas connu le désarroi de ce découragement, qui causait mon désespoir, prélude à ma révolte contre le destin ? Et désormais il était sûr que le souffle était dû à cette course horizontale, à ma torpeur secouée par les baisers d'étincelles et à ma nudité sourde, mais justement cela aussi avait eu lieu et faisait désormais partie de moi. Une imperfection se serait-elle glissée dans le dessein et dans son exécution ? Des erreurs inconsidérées, des fautes d'inattention, des fuites clandestines, prises pour des énigmes ou pour un mauvais rêve ? Quoi qu'il en fût, j'avais repris espoir. Il fallait attendre, attendre que de nouvelles maladresses s'accumulent dans la suite de la réalisation, en faire une arme tranchante à lever sur le roi, sur moi-même, peu importait sur qui, pourvu que ce fût en contradiction avec le destin qui m'était imposé. Il fallait donc se soumettre à ce sortilège, rester dedans, aller dès l'aube au rendez-vous fixé, et je savais, je ne sais ni quand ni comment je l'avais su, que rien ne me l'interdisait, en effet, tout me portait bel et bien dans ce sens. Et mon environnement actuel était si sommaire, des parois qui se laissaient aller mollement sous mes doigts, une souple tapisserie, dessous, une résistance ; était-ce de l'acier ou un mur, je n'en savais rien, mais mes ongles pouvaient lacérer ce confortable moelleux, je me levai, ma tête toucha le plafond bombé. Voilà ce qu'il y avait autour de moi et au-dessus de moi, mais à l'intérieur, c'était moi ? moi seule ?

Je continuais à flairer une vilenie dans cette impossibilité que j'avais de me comprendre, et comme aussitôt des pensées se superposèrent par bonds, je me mis à croire que je devrais douter de mon propre jugement puisque, folle noyée, tel un insecte dans de l'ambre clair, j'étais enfermée dans mon *obnubilatio lucida,* il était compréhensible que...

Mais voyons ! D'où me venaient ce vocabulaire si tranché, ces savants termes latins, ces expressions logiques, ces syllogismes, cette maîtrise qui convenait si mal à une douce jeune fille dont la seule vue faisait flamber les cœurs masculins ? Et d'où venait ce sentiment de malheureuse banalité dans les choses du sexe, ce froid dédain, cette distance, oh ! certes, lui m'aimait peut-être déjà, il était peut-être déjà fou de moi, il voulait me voir, entendre ma voix, toucher mes doigts, et moi, je considérais sa passion comme le contenu d'une éprouvette ! N'était-ce pas étonnant, contradictoire et asyncatégorématique ? Peut-être après tout avais-je rêvé tout cela ? Peut-être était-ce un vieux cerveau refroidi, embrouillé dans l'expérience d'innombrables années, qui en était l'extrême et le fond ? Peut-être mon intelligence aiguë n'était-elle que mon seul et unique véritable passé, que j'étais issue de la logique, que c'était elle qui constituait mon authentique généalogie... ?

Je n'y crus pas. J'étais à la fois innocente, oui, et terriblement coupable. Innocente, je l'étais dans toutes les voies d'un temps passé accompli qui convergeaient vers mon présent, j'avais été une jeune fille, une adolescente taciturne, dans des hivers de grisaille et dans l'étouffante odeur de renfermé des palais, et j'étais innocente de ce qui s'était passé aujourd'hui, chez le roi, car je n'avais pas pu être différente, et ma faute, atroce, résidait seulement dans le fait que j'avais eu auparavant entièrement connaissance de tout cela et que je l'avais pris pour du bluff, du mensonge, de l'esbroufe, et que, voulant descendre jusqu'au fond de mon énigme, j'avais eu peur de cette descente et que je ressentais un lâche sentiment de gratitude pour les barrières invisibles qui m'avaient retenue sur cette voie. Ainsi j'avais un esprit souillé et droit, il m'était resté quelque chose, oh ! sans aucun doute ! j'avais encore mon corps et j'entrepris de le toucher et de l'examiner ainsi, dans cette obscure prison, comme un juge d'instruction chevronné examine le lieu du crime. Singulière enquête ! car à la recherche de mon corps nu, je sentais dans mes doigts engourdis un léger fourmillement, aurait-ce été que j'avais peur de moi-même ? Mais j'étais belle et j'avais des muscles souples, élastiques, saisissant mes cuisses à pleines mains, comme nul ne peut le faire, comme si elles avaient appartenu à quelqu'un d'autre, en resserrant mon étreinte, je pouvais sentir, sous ma peau lisse et parfumée, des os longilignes, mais pour une raison inconnue, je redoutais de toucher mes poignets ainsi que la face interne de mes avant-bras, à hauteur du coude.

Je m'efforçai de surmonter cette résistance, que pouvait-il y avoir là ? J'avais les mains engoncées dans des dentelles que l'empesage avait rendues quelque peu rêches ; cela me rendait la chose malaisée, je remontai jusqu'au cou. On appelle les cous comme le mien des cous de cygne ; la tête posée dessus avec un air de fierté naturelle et spontanée, qui suscite le respect ; la conque des oreilles, petites sous les cheveux nattés, les lobes charnus, sans bijoux, elles n'étaient pas percées, à quoi bon ? Je touchai mon front, mes joues, mes lèvres. Leur expression devinée du bout de mes doigts fins m'inquiéta à nouveau. Elle était différente de ce que j'attendais. Etrangère. Mais comment pouvais-je être pour moi une étrangère sinon par maladie, par folie ?

D'un geste furtif, digne de la naïveté d'un jeune enfant ensorcelé par les histoires qu'on lui raconte, je cherchai à atteindre mes poignets et mes coudes, là où le bras devient l'avant-bras, il y avait là quelque chose d'incompréhensible. La pulpe de mes doigts perdait le toucher comme si quelque chose m'eût comprimé les nerfs, les vaisseaux, et une idée suspicieuse surgit dans mon esprit : d'où venaient les informations qui me parvenaient ? Pourquoi m'étudiais-je avec un œil d'anatomiste ? Ce n'était pas dans le style d'une jeune fille, d'Angélita ou de la blonde Duègne, ou encore de la lyrique Oxygénix ; mais j'en ressentais en même temps la nécessité absolue, apaisante : c'est normal, ne t'inquiète pas, jeune écervelée fantasque, si tu as été un peu mal à l'aise, ne retourne pas là-bas, tu ferais mieux de penser à ton rendez-vous... Mais mes coudes ? mes poignets ? Sous la peau, il y avait comme une grosseur ; des ganglions ? Une calcification ? C'était impossible car en contradiction avec ma beauté, avec son évidence sûre et certaine. Pourtant, il y avait là une grosseur, minuscule, je ne la sentais qu'en appuyant fortement au-dessus de la main, là où le pouls est imperceptible, et encore à la pliure du coude.

Mon corps avait donc lui aussi ses mystères, son étrangeté le faisait correspondre à l'étrangeté de mon esprit, à la peur qu'il éprouvait à se regarder soi-même, il y avait là une régularité, une correspondance, une symétrie : puisque là, ici aussi. Puisque l'intelligence, les membres aussi. Puisque moi, toi aussi. Moi, toi, des énigmes ; j'étais lasse, une fatigue insurmontable m'était entrée dans le sang, j'aurais dû m'y abandonner. M'endormir, sombrer dans l'inconscience d'une obscurité autre, libératrice. Je fus traversée par la décision de refuser, par méchanceté, de me laisser aller à cette envie, de résister à la caisse de ce carrosse de style qui me retenait prisonnière (mais l'intérieur n'en avait pas autant, du style !), à cet esprit de jeune fille trop intelligente, à mon trop perspicace raisonnement ! C'était le dépit face à une beauté auto-incarnée qui avait ses stigmates cachés ! Qui étais-je ? Ma résistance était désormais faite de rage qui faisait brûler mon esprit dans l'obscurité et il me semblait qu'il en resplendissait. *Sed tamen potest esse totaliter aliter,* qu'était-ce ? D'où cela venait-il ? Etait-ce mon esprit ? *Gratia ? Dominus meus ?*

Non, j'étais seule, et seule je me levai pour planter mes dents dans les parois capitonnées, j'arrachai les tentures, le tissu, sec, rêche, me craqua sous la dent, je crachai les fils avec ma salive, mes ongles allaient se casser, c'était bien comme ça, c'était ça, je ne sais pas si c'était contre moi ou contre quelqu'un, mais non, non, non, non, non.

Je vis tout à coup un éclair. Il éclata devant moi comme un bourgeon ; on eût dit une tête de serpent mais c'était une petite tête métallique. Une aiguille ? Quelque chose me piqua, au-dessus du genou, à la cuisse, sur la face externe, ce fut une douleur infime, brève, une piqûre et plus rien.

Rien.

Le jardin était sombre. Le parc royal avec des fontaines chantantes, des haies taillées en pointe, une géométrie d'arbres et de buissons, des degrés, des marbres, des vasques, des chérubins. Et nous deux. Insignifiants, quelconques, romantiques, emplis de désespoir. Je lui souriais mais j'avais une marque sur la cuisse. On m'avait piquée. Mon esprit là où je me révoltais et mon corps là où je le haïssais déjà avaient donc un allié. L'habileté dont il avait fait preuve était insuffisante. Maintenant je n'avais plus si peur de lui, maintenant je jouais un rôle. Il était tout de même assez habile pour m'avoir imposé ce rôle de l'intérieur, la forteresse prise d'assaut. Habile, mais pas assez — j'entrevoyais les pièges. Je ne saisissais pas encore le but, mais je les voyais, je les sentais ; quiconque voit n'est plus aussi effrayé que celui qui pour vivre doit se contenter de présomptions.

Voilà quels étaient mes tourments, mes débats intérieurs, jusqu'à la lumière du jour qui me gênait par sa solennité, les jardins pour admirer sa majesté et non la verdure, j'aurais certes préféré avoir maintenant ma nuit plutôt que le jour, mais il faisait jour et il y avait cet homme qui ne savait rien, ne comprenait rien, vivant de la douceur brûlante de sa folie bien-aimée, du charme jeté par moi et non par une autre. Des pièges, des traquenards, une souricière avec un dard mortel — et tout cela était moi ? Pour cela aussi les jardins royaux, les fouets de la fontaine, les brumes dans le lointain ? C'était idiot. De quelle ruine, de quelle mort s'agissait-il ? Les faux témoins, les vieillards en perruque, la corde, le poison ne suffisaient-ils pas ? Peut-être s'agissait-il de quelque chose de supérieur ? D'intrigues empoisonnées comme cela se fait sur les parquets des rois ?

Les jardiniers en tablier de cuir, tout dévoués aux verdures de sa bienveillante majesté, ne s'approchaient pas de nous. Je me taisais car c'était plus commode, nous étions assis sur l'une des marches d'un immense escalier construit dans l'attente du géant qui descendrait un jour de ses hauteurs nébuleuses pour en faire usage. Des symboles de pierre, des chérubins nus, des faunes, des silènes, rendus glissants par le marbre ruisselant d'eau, se fondaient dans le ciel gris. Une scène idyllique, une Laure et un Philon, quelle fadeur ! Je me réveillai tout de bon dans ces jardins lorsque le carrosse s'éloigna, et je partis d'un pas léger comme si j'étais sortie d'un bain de vapeur parfumé, et j'avais une nouvelle robe, printanière, dont le motif fondu rappelait timidement les fleurs ; elle leur faisait allusion, aidait à susciter le respect, elle m'entourait d'immunité, *Eos Rhododactylos,* mais j'avançais entre les haies luisantes de rosée avec une marque sur la cuisse, je n'avais pas été obligée de la toucher, je n'avais pas même pu le faire, le souvenir suffisait, on ne me l'avait pas ôté. J'avais une raison emprisonnée, enchaînée dès le berceau, née en esclavage, mais ce n'en était pas moins une raison. Et pour cela, avant qu'il n'apparût, voyant que c'était maintenant mon heure, qu'il n'y avait à proximité ni aiguille, ni oreille à l'écoute, je me mis, actrice préparant son entrée en scène, à murmurer des choses dont je ne savais pas si je réussirais à les dire en sa présence, autrement dit j'étudiai les limites de ma liberté, je les cherchai en tâtonnant dans la lumière du jour.

Qu'était-ce donc ? La seule vérité tout d'abord, le changement de forme grammaticale, la multiplicité ensuite de mes plus-que-parfaits, tout ce que j'avais traversé et la piqûre pour écraser ma révolte. Etait-ce par compassion pour lui, pour ne pas l'enfoncer ? Non, car je ne l'aimais en rien. C'était une trahison : nous avions fait irruption dans la vie l'un de l'autre contre notre gré. C'était donc AINSI que je devais le dire ? que je voulais l'arracher à moi-même, en me sacrifiant, comme à sa perte ?

Non — c'était tout à fait autre chose. L'amour, je l'avais ailleurs — je sais bien à quoi cela ressemble. C'était un amour ardent, tendre et très banal. Je voulais me donner à lui corps et âme, mais pas vraiment, seulement pour suivre les canons de la mode, des coutumes, des exigences de la cour, parce qu'il n'était pas n'importe lequel, ce devait être toutefois un péché merveilleux mais un péché de cour.

C'était un amour très fort, qui forçait à trembler, qui accélérait le pouls, je savais que le voir me rendrait heureuse. C'était aussi un amour très faible car il avait en moi des limites, soumis qu'il était au style, telle une phrase soigneusement élaborée qui exprime le ravissement d'une rencontre à deux. Ainsi, au-delà de la sphère de ces sentiments, je ne tenais pas à le sauver de moi ou pas seulement de moi, car quand je dépassais le cadre de mon amour par la pensée, l'homme ne m'intéressait absolument pas, mais j'avais besoin d'un allié dans ma lutte avec ce qui m'avait piquée la nuit de son métal venimeux — je n'avais personne d'autre, et lui m'était dévoué en tout : je pouvais compter sur lui. Je savais, il est vrai, que je ne pouvais compter sur lui hors le sentiment qu'il nourrissait pour moi. Lui n'était parvenu à aucune *reservatio mentalis*. C'est pourquoi je ne pouvais pas lui trahir l'entière vérité : que mon amour pour lui et la piqûre venimeuse avaient la même origine. Que pour cela même j'étais dégoûtée de nous deux, je nous avais tous deux en horreur et que je voulais nous piétiner tous deux comme une araignée. Je ne pouvais pas le lui révéler car son amour devait être conventionnel, il ne souhaiterait pas pour lui la délivrance que je désirais, ma liberté à moi, qui l'aurait rejeté. Je ne pouvais donc agir autrement sinon dans le mensonge, donnant à la liberté le nom trompeur de l'amour, et dans cet amour, à travers lui, me poser en victime d'un inconnu. Du roi ? Mais quand bien même se jetterait-il sur Sa Majesté, cela ne me délivrerait pas, le roi, si c'était effectivement lui l'instigateur, il l'était si loin que sa mort n'aurait pas apporté l'ombre d'un changement à mon malheur. Pour essayer si je réussirais bien à agir ainsi, je m'arrêtai près de la statue de Vénéra qui de son séant dénudé élevait un monument aux passions supérieures et inférieures de l'amour terrestre, de façon à préparer dans une vraie solitude ma monstrueuse révélation et fourbir mes arguments pour cette diatribe, comme si j'avais fourbi une lame.

C'était très laborieux. Je parvenais sans cesse à une frontière infranchissable, car je ne savais pas où ma langue serait prise de contractures, où mon esprit trébucherait, car après tout cet esprit était mon ennemi. Il ne fallait pas mentir en tout point, mais ne pas entrer non plus dans le cœur de la vérité, le cœur du secret. Je n'en réduisis donc que progressivement la portée en me dirigeant dans ce sens, comme sur une spirale. Mais lorsque je l'aperçus de loin qui marchait et volait à ma rencontre, silhouette encore frêle serrée dans une pèlerine sombre, je compris que tout cela était vain, le style ne saurait le contenir. Vous parlez d'une scène d'amour où Laure déclare à Philon qu'il est pour elle un cautère ! Ni même un style de conte de fées puisqu'en ôtant la malédiction qui pesait sur moi, s'il le pouvait, il me renverrait dans le néant d'où j'étais sortie. Toute sa sagesse n'était là d'aucun secours. Une vierge merveilleusement belle, si elle se prend pour l'instrument de forces obscures et parle de piqûres, de cautère, si elle dit CECI et CELA, est une vierge folle. Elle n'atteste pas la vérité, mais son propre enchevêtrement, digne ainsi non seulement d'amour, d'abandon, mais en outre de pitié.

Ces sentiments mêlés le feraient feindre de croire à

mes dires, il se rembrunirait, m'assurerait des arrangements pris pour l'acte libérateur, en fait des consultations thérapeutiques, il répandrait dans le monde entier la nouvelle de ma misère. Je préférais de loin lui faire outrage. D'ailleurs dans ces forces complexes, mon allié à un degré d'autant plus grand qu'il était plus petit — amant plein d'espoir d'accomplissements, il ne voudrait pas s'écarter de son rôle d'amant, sa folie était normale, robuste, solidement concrète : aimer, ah ! aimer, broyer soigneusement le gravier sur mon chemin en sable douillet, mais ne pas s'aventurer dans les bizarreries d'une analyse pour savoir où mon esprit prenait naissance.

Il semblait donc que si j'avais été préparée pour sa perte, il dût périr. Je ne savais pas ce qui chez moi le frapperait, mes avant-bras, mes poignets comprimés dans une étreinte. Ce serait sans doute trop simple mais je savais déjà qu'il ne pouvait en être autrement.

Je fus contrainte de le suivre, par les sentiers embellis par des maîtres experts en jardinage ; nous nous éloignâmes aussitôt de la Vénus Kallipygos car l'ostentation avec laquelle elle dévoilait ses avantages était indécente au stade pré-amoureux de nos sentiments idéaux et de nos timides allusions au bonheur.

Nous côtoyâmes les faunes, brutaux eux aussi, mais à leur façon plus décents car la virilité de ces dieux velus de pierre ne pouvait toucher mon angélisme, suffisamment pur pour qu'ils ne me blessassent pas, même si proches : j'étais en droit de ne pas comprendre leur concupiscence figée dans le marbre.

Il me baisa la main là où se trouvait la grosseur que ses lèvres ne pouvaient sentir. Et où donc attendait mon fin matois ? Dans la caisse du carrosse ? Peut-être n'avais-je qu'à lui soutirer des secrets inconnus : un stéthoscope merveilleux appliqué sur la poitrine d'un sage condamné ?

Je ne lui révélai rien.

En deux jours cette histoire d'amour avait parcouru le chemin qu'il fallait. J'habitais avec quelques serviteurs dévoués dans une demeure située à quatre lieues de la résidence ; Phloebe, mon factotum, avait loué ce petit palais le premier jour qui avait suivi la rencontre dans le jardin, sans me parler des moyens requis, et moi, vierge peu versée dans les affaires financières, j'omis de lui poser des questions. Je pense que je l'intimidais et l'irritais à la fois, peut-être n'était-il pas initié à la chose telle qu'elle était, il ne l'était sans doute pas, il agissait sur ordre du roi, ses lèvres me rendaient hommage mais je lisais dans ses yeux un fier dédain, il me prenait très probablement pour une nouvelle favorite du souverain et ne s'étonnait pas outre mesure de mes promenades et de mes entrevues avec Arrhodes, car un domestique qui attend de son roi qu'il se comporte avec sa maîtresse selon un schéma pour lui intelligible n'est pas un bon domestique. Je pense que si j'avais comblé un crocodile de caresses, il n'eût pas même eu un frémissement de paupière. J'étais libre à l'intérieur de la volonté du roi, le monarque d'ailleurs ne s'était pas une seule fois approché de moi. Je savais déjà qu'il y avait des choses que je ne dirais pas à mon homme parce que ma langue se roidissait dès que l'envie m'en prenait, mes lèvres s'engourdissaient tout comme mes doigts dont je m'étais touchée la première nuit, dans le carrosse. J'interdis à Arrhodes de me rendre visite, il comprit par pure convention que je redoutais qu'il ne me compromît, et le brave garçon se modéra. Le soir du troisième jour, j'entrepris enfin de découvrir qui j'étais. Vêtue pour la nuit, je me déshabillai devant le miroir de la nuit et restai là, dans ma nudité de statue. Des aiguilles d'argent et des lancettes d'acier reposaient sur une console, dissimulées sous un châle de velours car même si je ne craignais point leurs pointes acérées, j'en redoutais l'éclat. Les pointes rosées de mes seins plantés haut regardaient en l'air et sur le côté, la trace de la piqûre en haut de ma cuisse avait disparu ; tel un accoucheur ou un chirurgien se préparant à opérer, j'appuyais mes mains fermées sur mon corps blanc et lisse, mes côtes s'infléchirent sous la pression mais j'avais le ventre renflé des vierges sur les tableaux gothiques, et sous l'enveloppe chaude et souple, je rencontrai une résistance irréductible ; faisant glisser mes mains de haut en bas, je découvris petit à petit à l'intérieur une forme ovoïde. Eclairée de part et d'autre par six chandelles, je pris dans mes doigts la plus petite des lancettes, non par peur mais pour son esthétique.

Le miroir donnait l'impression que je voulais me donner un coup de couteau, la scène était tragiquement pure, maintenue dans le style jusqu'au moindre détail par le grand lit à baldaquin, les deux grandes rangées de chandelles, par l'éclat dans ma main et ma pâleur, mon corps était envahi par une si épouvantable frayeur que mes jambes se dérobèrent, seule la main qui tenait la lame gardait son assurance. Là où la résistance ovoïde, qui ne se dissipait pas sous la pression, était la plus nette, en dessous de l'arc des côtes, je fichai profondément la lancette, la douleur fut minime et seulement superficielle, une seule goutte de sang s'écoula de la piqûre. Incapable de l'adresse du boucher, lentement, après une estimation anatomique, je tranchai mon corps en deux, quasiment jusqu'à la poitrine, d'un geste brusque, les dents et les paupières serrées de toutes mes forces. Regarder était au-dessus de mes forces. Je restai là, sans plus trembler, seulement glacée, et dans la chambre, étranger et lointain, retentissait mon souffle saccadé, presque spasmodique. Les téguments de peau blanche entaillés s'écartèrent, et je vis dans le miroir une forme argentée repliée sur elle-même, tel un énorme fœtus, telle une chrysalide luisante dissimulée en moi, prise dans les replis entrouverts de mon corps qui ne saignait pas, rose seulement. Quelle épouvante de voir ainsi en soi ! Je ne me risquai pas à toucher la surface argentée, immaculée ; l'abdomen brillait, oblong comme un minuscule cercueil, reflétant les flammes rapetissées des bougies, je remuai et vis alors ses cuisses recroquevillées de fœtus, fines comme des tenailles, elles entraient dans mon corps, et je compris soudain que ce n'était pas Lui, l'Etranger, l'Autre, que c'était toujours moi, moi seule. C'était donc pour cette raison que j'imprimais des empreintes si profondes en arpentant le sable humide des allées, c'était pour cette raison que j'avais tant de forces, c'est moi, c'est toujours moi, me répétais-je, lorsqu'il entra.

La porte était restée ouverte. Quelle imprudence ! Il s'était glissé subrepticement dans la pièce, tellement fasciné par sa propre audace, portant devant lui, en guise de justification ou de défense, un énorme bouclier de roses rouges que, lorsqu'il m'eut aperçue et que j'eus poussé un cri d'effroi, il me vit mais ne remarqua rien encore, il ne saisissait pas, il ne le pouvait pas. Non par crainte mais simplement par une pudeur terrible qui me comprimait la gorge, je m'efforçai de faire disparaître l'ovoïde argenté sous mes deux mains, il était hélas trop grand et moi trop ouverte pour que cela réussît.

Son visage, son cri muet et sa fuite. Je demande que l'on m'épargne cette partie de ma déposition. Sans pouvoir attendre ma permission, mon invitation, il était venu avec des fleurs, et la maison était déserte, j'avais moi-même donné congé aux domestiques pour que personne ne pût me déranger dans ce que je me proposais de faire — je n'avais plus d'autre moyen, d'autre voie. Peut-être les premiers soupçons avaient-ils germé en lui plus tôt ? Je me souviens que lorsque la veille nous avions traversé le lit d'un ruisseau asséché, comme il avait voulu me porter dans ses bras et que je le lui avais interdit non par pudeur, vraie ou feinte, mais parce que je me devais de le faire. Il avait alors vu dans la vase molle et tendre, les traces de mes pas, si petites et si profondes, il avait voulu dire quelque chose, ce devait être une plaisanterie innocente, mais il s'était soudain contenu et, avec le froncement de sourcils qui m'était familier, il avait grimpé la pente d'en face sans même me tendre une main secourable. Alors peut-être déjà à ce moment-là ? Et encore, lorsque arrivée au sommet du talus, j'avais trébuché et m'étais raccrochée à une grosse branche de noisetier, et que j'avais senti que j'emportais tout le buisson et ses racines, je m'étais instinctivement laissée tomber sur les genoux en lâchant la branche cassée pour ne pas lui laisser voir l'énorme force inépuisable qui était la mienne. Il était en retrait, il ne m'a pas regardée, m'étais-je dit, mais il avait pu tout observer du coin de l'œil. Etaient-ce donc des soupçons qui l'avaient conduit chez moi ou une passion effrénée ?

Peu importe.

Des parties les plus épaisses de mes antennes, je pris appui sur les bords de mon corps béant pour me métamorphoser et je me dégageai avec souplesse et alors Oxygénix, Duègne, Mignonne, glissa d'abord sur les genoux avant de basculer la tête sur le côté, et j'en sortis en rampant, étirant toutes mes pattes, marchant lentement à reculons, tel un crabe. Les chandelles, dont les flammes oscillaient encore dans le courant d'air provoqué par sa fuite par la porte ouverte, brillaient dans le miroir ; nue, les jambes écartées avec indécence, elle était inerte ; ne voulant pas le toucher, lui, mon cocon, je l'évitai et, redressant mon tronc à moitié fléchi, je me contemplai dans la glace. C'est moi, me dis-je sans un mot, c'est moi. C'est encore et toujours moi. Ces processus, cette épaisse carapace d'insecte, ces renflements des articulations, cet abdomen et son éclat glacé d'argent, ces flancs ovoïdes faits pour l'agilité, cette tête écarquillée, plus sombre, c'est moi. Je me le répétai comme si j'eusse appris ces mots par cœur, mais pendant ce temps le passé à multiples facettes de Duègne, d'Oxygénix, d'Angélita devenait flou et disparaissait en moi, comme des livres d'enfant lus il y avait bien longtemps qui ont perdu leur force et leur raison d'être, je pouvais m'en souvenir en tournant lentement la tête d'un côté puis de l'autre, cherchant dans le reflet de mes propres yeux et en même temps, bien que peu familiarisée avec ma nouvelle silhouette, je commençai à comprendre que cet acte d'auto-éventration n'était pas ma seule révolte, qu'il constituait une partie de plans établis d'avance, justement pour le cas d'une rébellion, pour qu'elle se manifestât par une soumission enfin parfaite. Capable de continuer à penser avec la rapidité et la liberté précédentes, j'étais désormais en même temps soumise à mon nouveau corps et son métal luisant avait, inscrits en lui, les gestes que j'entrepris d'exécuter.

L'amour s'était évanoui. Il s'évanouira en vous aussi mais dans des années ou dans des mois, j'ai vécu cela en quelques instants, c'était déjà le troisième commencement que je connaissais car dans un léger bruissement, je fis trois fois le tour de la pièce, touchant de mes antennes dressées et tremblantes le lit sur lequel il ne me serait plus donné de reposer. Je respirai le parfum de mon non-amant pour me lancer sur ses traces, connue et inconnue de lui que j'étais, dans ce nouveau jeu découvert, sans doute le dernier. La piste de sa folle fuite était indiquée d'abord par la porte suivante, ouverte elle aussi, et les roses répandues par terre ; leur parfum pouvait m'être d'un grand secours car il faisait partie, du moins pour un certain temps, de son parfum à lui. Vues d'en bas, par en dessous, donc avec une nouvelle perspective, les pièces où je me faufilai me semblèrent avant tout trop grandes, pleines d'objets malcommodes, inutiles, sombres, étrangères dans la pénombre ; ensuite les marches de l'escalier de pierre se mirent à grincer légèrement sous mes griffes, et je sortis en courant dans le jardin humide et obscur — un rossignol chantait, je sentis un amusement intérieur, car c'était vraiment un accessoire superflu, ce nouvel acte en exigeait d'autres, je furetai un bon moment entre les buissons, sentant crisser le gravier qui fusait sous mes pattes, je tournai sur place deux fois puis filai droit devant moi, après avoir flairé la piste. Sur le point de l'attraper — c'était une composition unique de parfums fragiles, de frémissements de l'air écarté par son passage — j'en retrouvai chaque bribe, pas encore dissipée dans le vent de la nuit, c'est ainsi que je pris la bonne direction qui à partir de là devait être la mienne jusqu'au bout.

Je ne sais quelle était la volonté qui m'avait fait lui laisser prendre une telle avance car j'errai dans les jardins royaux jusqu'à l'aube au lieu de le poursuivre. Dans une certaine mesure c'était recommandé, je passai en effet entre les haies où nous nous étions promenés, la main dans la main, je pus donc m'abreuver précisément de son odeur de façon à ne la confondre avec nulle autre. J'eusse pu également, il est vrai, me lancer droit derrière lui et le surprendre, totalement désarmé par le trouble et le désespoir, mais je ne le fis point. Je sais que l'on peut interpréter mes actes de la nuit tout à fait autrement, par mon deuil et la volonté du roi, puisque j'avais perdu mon amant, gagnant seulement une victime, et que la fin brutale d'un homme qui lui était odieux pouvait sembler insuffisante au monarque. Peut-être Arrhodes ne s'était-il pas précipité chez lui mais s'était rendu chez l'un de ses amis et que là, dans une conversation agitée, faisant lui-même les questions et les réponses (la présence d'un autre homme ne lui était nécessaire que pour lui rendre son sang-froid), il avait tout compris sans le secours d'autrui. D'ailleurs mes initiatives dans le jardin n'évoquaient nullement les souffrances d'une séparation. Je sais comme cela sonnera faux aux âmes tendres mais sans mains à tordre ni larmes à verser, ni genoux sur lesquels tomber, ni lèvres sur lesquelles presser les fleurs cueillies, je ne m'abandonnai pas à la prostration. J'étais maintenant préoccupée par la maîtrise extraordinaire des distinctions que je possédais car, courant dans les allées, pas une fois je n'avais pris une trace, même semblable à s'y méprendre, pour celle qui était mon lot actuel et l'aiguillon de mes inlassables efforts. Je sentais chaque particule d'air se glisser dans mon poumon gauche glacé, par les méandres d'innombrables cellules d'investigation et chacune des particules suspectes entrer dans mon poumon droit, chaud, où mon œil interne prismatique l'observait attentivement pour confirmer la direction prise ou au contraire l'infirmer. Cela se déroulait plus vite que ne frémissent les ailettes d'un insecte minuscule, plus vite que vous ne sauriez le comprendre. Je quittai les jardins du roi juste avant l'aube. La maison d'Arrhodes était déserte, ouverte à tous les vents, sans me soucier de vérifier s'il avait emporté une quelconque arme avec lui, je retrouvai des traces fraîches et m'ébranlai sans délai. Je n'avais pas pensé me lancer dans une longue expédition. Et pourtant les jours devinrent des semaines, les semaines des mois et je continuais toujours à les suivre.

Cela ne me semblait pas plus monstrueux que le comportement de maintes créatures qui ont leur propre destin inscrit en elles. Je traversai des pluies et des fournaises, des champs, des ravins, les broussailles, les roseaux desséchés glissaient sur mon tronc et l'eau des flaques ou des fondrières que j'empruntais pour couper m'éclaboussait et coulait à grosses gouttes sur mon dos ovoïde et sur ma tête, imitant là les larmes, ce qui était toutefois dénué de toute signification. Dans ma course ininterrompue, je voyais tous ceux qui m'apercevaient de loin se détourner et se coller contre un mur, un arbre, ou s'ils n'avaient pas où se cacher, s'agenouiller et se couvrir le visage des mains, ou encore tomber face contre terre et rester couchés tant que je n'étais à bonne distance. Je ne connaissais pas le sommeil, c'est pourquoi je courais la nuit aussi, traversant des villages, des bourgs, des bourgades, des marchés pleins de pots d'argile et de fruits qui séchaient, enfilés sur des cordes, où c'était le sauve-qui-peut général dès que l'on me voyait, les enfants détalaient en poussant des cris dans les rues adjacentes mais je n'y faisais pas attention, toujours sur ma piste. Son odeur me remplissait toute comme une promesse. J'avais déjà oublié le visage de cet homme et mon intelligence, comme si elle avait été moins résistante que mon corps, en particulier durant mes courses nocturnes, s'était réduite à telle enseigne que je ne savais pas qui je poursuivais, ni même si je poursuivais quelqu'un ; je savais seulement que ma volonté était de me hâter afin que la trace des particules d'air qui m'étaient destinées dans l'immensité du monde durât et redoublât, car si jamais elle s'était atténuée, cela aurait signifié que je ne me dirigeais pas dans la bonne direction. Je ne demandais rien à personne et personne non plus ne se hasardait à m'adresser la parole, quoique je sentisse que l'espace qui me séparait de ceux qui à mon approche se blottissaient contre les murs ou tombaient à terre en se mettant les mains sur la nuque était chargé de tension, et je le recevais comme un effroyable hommage qui m'était rendu parce que j'étais sur une piste royale qui me donnait une puissance illimitée. Parfois seulement un enfant, tout petit encore, que les adultes n'avaient pas eu le temps d'attraper et de serrer dans leurs bras lors de ma brusque apparition silencieuse à très grande allure, se mettait à pleurer, mais je n'en faisais pas cas parce que en filant, je devais persister dans une concentration très intense, tournée à la fois vers l'extérieur, dans un monde sablonneux, construit, vert, couvert d'azurs, et vers mon intérieur où du jeu habile de mes deux poumons s'élevait une musique moléculaire, très belle, car merveilleusement infaillible. Je traversai des rivières et des bras de limans, des cataractes, les réservoirs bourbeux de lacs asséchés, et tout être vivant m'évitait, s'éloignait en fuyant ou en se terrant fébrilement dans le sol brûlé, sans doute en vain si jamais je l'avais repéré car nulle agilité ne surpassait la mienne, mais les créatures poilues à la démarche de crabe et aux oreilles tordues, qui poussaient des hennissements rauques, des piaulements, des gémissements, ne m'intéressaient pas, je poursuivais un autre but.

Je traversai maintes fois, comme une flèche, de vastes fourmilières et leurs habitantes, rousses, noires, tachetées, dévalaient, impuissantes, sur ma carapace luisante, et une ou deux fois une créature d'une taille peu commune me barra la route et bien que je n'en eusse rien à faire, pour gagner du temps pour mes tours et détours, ayant pris mon élan, je la piquai au vol, à la suite de quoi, dans un craquement de calcaire et le gargouillement des flots rouges qui éclaboussaient mon dos et ma tête, je m'éloignai si rapidement que je ne songeai pas aussitôt à la mort que j'avais donnée d'une façon si brutale. Je me souviens aussi que je me faufilai dans des champs de bataille, couverts d'un fourmillement désordonné de manteaux gris et verts dont les uns remuaient et les autres étaient pleins d'os, pourris ou complètement desséchés, devenus blancs comme de la neige souillée, mais à cela non plus je n'accordai pas d'importance, j'avais une tâche plus élevée à accomplir qui seule était à ma mesure. La piste ondulait, faisait des nœuds, s'entrecoupait et disparaissait presque sur les rives de lacs salés, cuits par le soleil dans une poussière qui m'irritait les poumons, ou rincée par les pluies ; petit à petit, je commençai à comprendre que ce qui m'échappait était empreint de malice et faisait tout pour m'induire en erreur et arracher le fil qui reliait les particules homogènes de la piste. Si celui que je pourchassais avait fait partie du commun des mortels, je l'aurais attrapé après avoir mis le temps nécessaire, indispensable pour que son effroi et son désespoir augmentent convenablement le châtiment qui l'attendait, je l'aurais sans nul doute rattrapé grâce à l'inlassable célérité et au travail infaillible de mes poumons dépisteurs, jusqu'au moment où je l'aurais exterminé, plus vite que je n'avais pensé le faire. Je n'avais pas marché immédiatement sur ses talons, suivant une piste déjà bien refroidie, pour à la fois exprimer ma maîtrise et donner au fuyard un temps suffisant, selon une bonne habitude, car grâce à cela son découragement grandissait. Mais je lui permettais parfois de prendre une sensible avance, me sentant toujours trop près, il eût pu dans un accès de désespoir se faire quelque chose de mal et ainsi échapper à ma détermination. Pour cette raison, je n'avais pas l'intention de l'attraper trop vite ni si brusquement qu'il n'eût le temps de saisir ce qui l'attendait. Aussi m'arrêtais-je nuitamment, cachée dans un fourré, non pour me reposer, le repos m'était inutile, mais pour lui accorder à dessein un répit et également pour méditer sur mes actes à venir. Je ne pensais plus au fugitif sous les traits d'Arrhodes, mon amant de naguère, parce que ce souvenir s'était enkysté en moi et je savais que je devais le laisser en paix. Je regrettais uniquement de ne plus avoir le don de sourire quand je me rappelais mes tours perdus dans la nuit des temps, et donc Angélita, la Duègne et la douce Mignonne, et je m'observais quelquefois dans un miroir d'eau, la pleine lune au-dessus de moi, pour me convaincre que je n'avais plus rien de commun avec elles, bien que je fusse restée belle, c'était désormais d'une beauté porteuse de mort, suscitant une répulsion et un ravissement aussi grands l'un que l'autre. Je profitais aussi de mes séjours nocturnes dans les terriers pour gratter jusqu'à l'argent les mottes de boue séchée sur mon abdomen, et avant de reprendre ma route, j'agitais doucement le manchon de mon dard, serré entre mes pattes sauteuses, vérifiant ainsi son bon fonctionnement, je ne connaissais en effet ni le jour ni l'heure.

Parfois je m'approchais à pas de loup des demeures des hommes et prêtais l'oreille aux voix, cambrée, appuyant mes antennes luisantes contre l'embrasure d'une fenêtre ou suspendue à l'auvent d'un toit où je pouvais m'accrocher facilement car je n'étais pas un mécanisme inerte muni de deux poumons dépisteurs mais un être qui mettait à profit son intelligence. Mais ma chasse et sa fuite duraient depuis suffisamment longtemps déjà pour être devenues célèbres, et j'entendais des vieilles femmes effrayer les enfants avec moi, j'apprenais aussi d'innombrables commérages sur Arrhodes auquel on était aussi favorable qu'on m'était hostile, à moi, l'envoyée du roi. Que se racontaient donc les rustres sur leurs bancs de bois accolés aux maisons ? Que j'étais une machine, lancée sur un sage qui avait eu l'audace de porter atteinte à sa majesté.

Néanmoins je ne devais pas être une machine de torture ordinaire mais plutôt un appareil particulier, capable d'emprunter à volonté le costume d'un mendiant, d'un enfant au berceau, d'une jolie demoiselle ou encore d'un reptile métallique. Si ces aspects étaient un masque sous lequel l'envoyée meurtrière apparaissait au fugitif pour l'enjôler, elle apparaissait à tout autre sous la forme d'un scorpion d'argent qui se déplaçait avec une telle vélocité que nul n'avait encore réussi à compter ses pattes. Là, l'affaire connaissait des versions diverses. Les uns disaient que le sage avait voulu gratifier le peuple de la liberté, bravant la volonté du roi, et qu'il avait ainsi suscité la colère du monarque ; les autres disaient qu'il avait l'eau de vie et qu'il pouvait ressusciter les torturés à mort, ce qui lui avait été interdit par un ordre suprême et que lui, après s'être apparemment plié à la volonté du souverain, avait préparé en cachette une troupe de pendus qu'il avait détachés à la citadelle lors d'une vaste exécution de rebelles. D'autres encore ne savaient absolument rien sur Arrhodes et ne lui attribuaient aucun talent merveilleux, mais le tenaient simplement pour un condamné qui, ne fût-ce que pour cela, méritait secours et bienveillance. Bien que ne fussent point connues les raisons qui avaient déchaîné la vindicte du roi, le fait qu'on eût commandé à des artisans de fabriquer dans leur forge une machine à dépister faisait dire que ce dessein était mauvais et cet ordre blâmable ; car quoi qu'eût fait le fugitif, cela ne pouvait être aussi méchant que le sort que lui réservait le roi. Les racontars allaient bon train ; l'imagination des rustres s'enhardissait à loisir, elle présentait toutefois une constante : elle me chargeait de toute la monstruosité dont étaient capables les esprits.

J'entendis aussi d'infinis mensonges sur des braves qui se seraient portés au secours d'Arrhodes et qui m'auraient barré le chemin pour me livrer une bataille inégale — car pas âme qui vive ne s'y serait risquée seule. Les traîtres ne manquaient pas dans ces légendes, qui me montraient les traces de mon amant quand je ne pouvais les retrouver — voilà encore un fieffé mensonge. Qui j'étais, qui je pouvais être, ce que j'avais à l'esprit, si je connaissais le désarroi ou le doute, personne ne s'en inquiétait, mais cela ne m'étonnait pas.

J'étais lasse d'entendre parler de ces simples machines à dépister connues du peuple, exécutant la volonté royale qui faisait loi. Il arrivait que je ne me cachasse point devant les habitants des petites maisons basses, mais j'attendais le lever du soleil pour, dans ses rayons, sauter d'un éclair argenté dans l'herbe et, dans les éclaboussures de rosée, mettre bout à bout le chemin de la veille et celui de la journée. Filant alertement, je me délectais de voir les gens rencontrés tomber face contre terre, les regards devenir vitreux, l'épouvante paralysée qui m'entourait à l'instar d'une auréole infranchissable. Mais survint un jour où mon odorat inférieur s'avéra inefficace ; c'est en vain que je rayonnai dans une région vallonnée, à la recherche d'une trace avec le supérieur, et j'éprouvai un sentiment de malheur qui rendait vaine toute ma perfection, lorsque debout au sommet d'une colline, les bras croisés comme si j'eusse prié le ciel venteux, je compris, au son très léger des anneaux de mon abdomen, que tout n'était pas perdu ; pour que s'exécutât le dessein, j'eus donc recours à un don perdu depuis longtemps — à la parole. Je n'eus nul besoin de l'apprendre car je la possédais mais je fus cependant obligée de l'exciter en moi en prononçant d'abord des mots brusques et sonores pour que ma voix retrouvât très vite des intonations humaines, je descendis donc la pente en courant pour me servir des mots puisque l'odorat me faisait faux bond. Je ne sentais nulle haine pour le fuyard bien qu'il s'avérât si habile et si rusé, je comprenais toutefois qu'il remplissait la tâche qui lui incombait tout comme je remplissais la mienne. Je retrouvai les carrefours où sa trace avait progressivement disparu, et je restai là, grelottante, sans avancer d'un pas parce qu'une paire de mes pattes m'entraînait à l'aveuglette sur un chemin couvert de poussière calcaire tandis qu'une autre, s'agrippant convulsivement aux rochers, me tirait du côté opposé où les murs d'un petit monastère ceint d'une futaie faisaient une tache blanche. Ayant rassemblé tout mon courage, je me traînai péniblement et comme à contrecœur vers la poterne où se tenait un moine, la tête levée, contemplant peut-être l'aurore à l'horizon. Je m'en approchai lentement pour ne pas l'effrayer en apparaissant soudainement et je le saluai, mais alors qu'il me dévisageait sans un mot, je lui demandai s'il m'autorisait à lui confier certaine affaire dont il m'était difficile de venir à bout toute seule. Je crus tout d'abord que la crainte l'avait paralysé puisqu'il ne bougeait ni ne parlait, mais il ne faisait que réfléchir et finit par donner son accord. Nous nous dirigeâmes alors vers le jardin du monastère, lui devant, moi derrière ; nous devions constituer un couple singulier mais à cette heure matinale il n'y avait pas âme qui vive aux alentours. Sous un mélèze je lui dis, quand il se fut assis dans une pose de confesseur, machinale, habituelle, donc sans me regarder mais la tête inclinée de mon côté, qu'avant de m'être mise en chasse, j'avais été tout d'abord une jeune fille destinée par la volonté du roi à Arrhodes que j'avais connu à un bal de la cour et que je l'avais aimé sans rien savoir de lui, et que j'étais entrée instinctivement dans l'amour que je lui avais inspiré lorsque j'avais compris, après ma piqûre nocturne, qui je pouvais être pour lui et que ne voyant ni pour lui ni pour moi d'autre salut, je m'étais ouverte avec un couteau mais qu'au lieu de la mort était survenue une métamorphose. Depuis lors une nécessité absolue, que je n'avais fait que suspecter auparavant, m'avait conduite sur les traces de mon amant et j'étais devenue pour lui une furie persécutrice. Mais cette poursuite durait depuis longtemps, si longtemps que tout ce que disaient les gens sur Arrhodes avait commencé à parvenir jusqu'à moi ; quoique je n'aie pas su ce qu'il y avait de vrai là-dedans, j'avais commencé à réfléchir de nouveau sur notre sort commun et il était monté en moi de la bienveillance pour cet homme, j'avais compris en effet que je voulais de toutes mes forces le tuer puisque je ne pouvais plus l'aimer. Ainsi avais-je sondé ma propre vilenie, c'est-à-dire mon amour humilié, avide de vengeance sur celui qui, hormis son propre malheur, ne m'était redevable de rien. Pour cette raison, je ne voulais plus continuer ma poursuite ni provoquer autour de moi de frayeur mortelle, certes, je voulais absolument remédier au mal, seulement je ne savais pas comment m'y prendre.

Dans la mesure où je pouvais le percevoir, la suspicion n'avait pas quitté le moine jusqu'à la fin de ce monologue. Il avait émis des réserves dès le début, avant que j'eusse même commencé à parler, disait que quoi que je disse, cela n'entrerait pas sous le sceau de la confession car à son avis, j'étais un être dépourvu de volonté propre. Il avait également pu se demander par la suite si je ne lui avais pas été envoyée à dessein, on peut rencontrer ce genre d'envoyés, et souvent sous le déguisement le plus trompeur ; toutefois ce qu'il me répondit semblait être le fruit d'une honnête réflexion. Il me dit : « Que se passerait-il si jamais tu retrouvais celui que tu cherches ? Sais-tu ce que tu ferais dans ce cas ? »

Et moi de dire : « Mon père, je sais seulement ce que je ne veux pas faire, mais je ne sais pas quelle force latente en moi s'exprimera alors et je ne peux pas vous dire si je ne serai pas condamnée au crime. »

Lui : « Quel conseil puis-je donc te donner ? Veux-tu que cette tâche te soit retirée ? »

Couchée à ses pieds comme un chien, je relevai la tête et voyant qu'il clignait des yeux à cause d'un rayon de soleil qui se reflétait sur l'argent de ma nuque et le blessait, je lui dis : « Je ne souhaite rien de plus, quoique je comprenne que mon sort deviendra alors atroce car je n'aurai plus aucun but devant moi. Je n'ai pas réfléchi à ce pour quoi j'ai été créée mais il me faudra certainement payer très cher pour avoir contrecarré la volonté du roi, parce qu'il n'est pas admissible que cette désobéissance reste impunie, c'est moi alors que les armuriers du palais mettront en joue dans les cachots, c'est à mes trousses qu'ils enverront une meute armée pour m'anéantir. Et quand même j'y échapperais, mettant à profit les talents introduits en moi, et que je me rende serait-ce à l'autre bout du monde, où que je me terre, tout m'évitera et je ne trouverai rien qui vaille la peine de continuer à vivre. Ainsi donc ma destinée, semblable à la tienne, sera fermée devant moi, parce que toute personne compétente comme toi me répondra tout comme toi que je ne suis pas libre spirituellement et que je ne peux donc pas obtenir le privilège de me retirer dans un couvent ! »

Lui s'absorba dans ses pensées puis s'étonna : « Je n'ai pas la moindre idée de la façon dont les gens pareils à toi sont agencés, toutefois je te vois et à entendre ton discours, tu me sembles intelligente quoique soumise peut-être à une sujétion restrictive, mais puisque, comme tu viens justement de le dire, tu luttes contre elle, machine, et que tu dis que tu te sentirais libérée si on te retirait la volonté de tuer, dis-moi, qu'en est-il de ce désir qui est le tien ? »

Moi de répondre : « Mon père, peut-être que je ne

me sens pas bien mais pour ce qui est de dépister, poursuivre, pourchasser, épier, m'embusquer et me cacher, et aussi briser les obstacles en travers de ma route, surprendre, tromper, rôder et resserrer les cercles, j'y excelle, et exécuter ces actes avec une habileté suprême, me faisant la sentence d'une implacable fatalité, me procure de la satisfaction, ce qui a sûrement été inscrit volontairement dans mes entrailles en lettres de feu.

— Je te le demande encore une fois, dit-il, dis-moi ce que tu feras quand tu verras Arrhodes ?

— Mon père, je répète que je n'en sais rien quoique je ne lui veuille pas de mal, ce qui est inscrit en moi peut s'avérer plus puissant que ma volonté. »

A ces mots, il se couvrit les yeux de la main et dit : « Tu es ma sœur.

— Comment dois-je le comprendre ?, lui demandai-je surprise au plus haut point.

— Comme je te le dis, répliqua-t-il, et cela signifie que je ne me mets pas au-dessus de toi ni en dessous, quand bien même serions-nous différents, l'ignorance que tu m'as confessée et en laquelle je crois nous rend égaux devant la Providence. Et puisqu'il en est ainsi, viens, je vais te montrer quelque chose. »

Nous traversâmes l'un derrière l'autre le jardin du monastère et parvînmes à une vieille cabane ; sous la poussée du moine, la porte grinçante s'ouvrit et dans l'ombre régnant à l'intérieur, je discernai une forme sombre couchée sur des bottes de paille mais mes narines laissèrent pénétrer dans mes poumons l'odeur inlassablement reniflée, si forte ici que je sentis mon dard se dresser de lui-même et s'échapper de son manchon, mais un peu plus tard, les yeux accoutumés à l'obscurité, je remarquai mon erreur. Il n'y avait sur la paille qu'un vêtement abandonné. Le moine vit à mon tremblement à quel point j'étais bouleversée et dit : « Oui. Arrhodes est venu ici. Il s'est caché dans notre monastère pendant un mois, lorsqu'il a réussi à te fourvoyer. Il regrettait de ne pouvoir agir comme auparavant et a donc informé ses disciples qui lui rendaient parfois visite nuitamment, mais deux traîtres se sont glissés parmi eux, qui l'ont emmené voici cinq jours.

— Veux-tu dire que ce sont les émissaires royaux ? lui demandai-je en continuant à trembler et en pressant mes pattes croisées sur ma poitrine comme dans une prière.

— Non, je dis des " traîtres ". Ils l'ont en effet enlevé par ruse et par force, un petit garçon muet que nous avons recueilli est le seul à les avoir vus partir à l'aube avec lui, enchaîné, un couteau collé à la nuque.

— Ils l'ont enlevé ? » lui demandai-je sans rien y comprendre. « Qui ? Où ? Pourquoi ?

— Je crois que c'est pour tirer profit de son intelligence. Nous ne pouvons faire intervenir la loi car c'est celle du roi. Ils vont donc le contraindre à servir et, s'il refuse, ils le tueront et s'en sortiront, assurés de l'impunité.

— Mon père, dis-je, que soit bénie l'heure où j'ai osé m'approcher de toi et te parler. Je vais maintenant prendre en chasse les ravisseurs et libérer Arrhodes. Je sais dépister, poursuivre, il n'y a rien que je sache mieux faire. Montre-moi seulement la direction dans laquelle ils sont partis ! »

Il répliqua : « Mais tu ne sais pas si tu sauras te retenir, tu me l'as avoué toi-même ! »

Et moi de dire : « C'est juste mais je crois que je trouverai le bon moyen. Je ne sais pas encore très bien, peut-être dévouvrirai-je un habile artisan qui trouvera en moi le bon circuit et le transformera de façon que celui que je recherche devienne ma destinée. »

Le moine dit : « Avant de te mettre en route, tu peux, si tu veux, prendre conseil de l'un de nos frères. Avant de s'arrêter chez nous, il était expert dans cet art justement. Désormais, il nous sert de médecin. »

Nous étions à nouveau dans le jardin ensoleillé, et bien qu'il ne le laissât pas voir, je compris qu'il continuait à se méfier de moi. La piste s'était évaporée pendant ces cinq jours, il pouvait donc tout aussi bien m'indiquer une fausse piste. J'exprimai mon accord.

Le médecin m'examina avec la prudence requise, sondant avec une lampe de poche les profondeurs de mon corps par les fentes de mes anneaux interabdominaux, ce avec le plus grand soin et la plus grande attention. Puis il se leva, secoua la poussière de sa bure et dit : « Il arrive que la famille d'un condamné, ou ses amis, ou d'autres personnes encore qui, pour des causes inconcevables pour le pouvoir, s'efforcent de réduire à néant ses décisions, tendent des pièges à la machine envoyée dans la mission que l'on sait. Pour parer à toute éventualité, de prévoyants armuriers royaux enferment hermétiquement la substance que l'on sait et la relient à l'essentiel de façon que toute manipulation signe obligatoirement la perte de celui qui l'entreprendrait. Une fois apposé le dernier scellé, même eux n'ont plus la possibilité de retirer le dard. C'est ton cas. Il arrive également que le fugitif se déguise, change d'aspect, de comportement et d'odeur, mais il ne peut pas changer d'intelligence et c'est pour cela que la machine ne se contente pas de le détecter à l'aide de son odorat inférieur et supérieur, mais soumet ceux qu'elle poursuit à des investigations qu'ont imaginées les meilleurs connaisseurs des diverses particularités de l'esprit. Tel est ton cas. En outre, je vois dans tes entrailles un appareil que n'avait aucune des machines qui t'ont précédée ; c'est le souvenir d'histoires qui ne sont d'aucune utilité pour une machine à dépister. Il y a des jeunes filles, des prénoms tentateurs pour l'esprit et des tours de langage qui feront courir ton guide jusqu'au cœur mortel. Tu es donc une machine perfectionnée à un point inconcevable et peut-être même une machine parfaite. Nul ne peut te retirer ton dard sans provoquer en même temps la fin que l'on sait.

— Mon dard m'est indispensable, dis-je, toujours couchée sur le dos, parce que je dois voler au secours de celui qui a été enlevé.

— Quant à cela, je ne saurais dire si oui ou non, dans le cas où tu le voudrais à tout prix, tu pourrais te retenir d'appuyer sur la détente en arrêt au-dessus de ton but, poursuivit le médecin comme s'il n'avait pas entendu mes paroles. Je peux faire une chose, si tu le veux, une seule ; je peux répandre du fer en poudre avec un petit tuyau sur les pôles que tu sais, car cela augmentera quelque peu le champ de ta liberté. Toutefois même si je le fais, jusqu'au dernier moment, tu ne sauras pas si une fois en la présence de celui que tu veux secourir, tu ne continueras pas à être un outil obéissant. »

Les voyant tous les deux me regarder, je fus d'accord pour cette intervention qui, rapide, ne me causa nulle douleur ni même ne provoqua d'altération sensible dans mon état psychique. Pour me gagner mieux encore leur confiance, je leur demandai s'ils me permettaient de passer la nuit au monastère ; toute la journée s'était passée en effet en entretiens, en réflexions et en auscultations. Ils y consentirent volontiers, et je me consacrai à examiner en détail la cabane pour me familiariser avec l'odeur des ravisseurs. J'en étais capable parce qu'il arrive que l'émissaire royale ait la route barrée non par celui qu'elle poursuit mais par un quelconque hardi téméraire. Avant l'aube, je me couchai sur la paille où avait dormi plusieurs nuits le prétendu fugitif, et, immobile, j'aspirai son parfum en attendant les moines. Je comprenais en effet que s'ils m'avaient trompée et raconté des balivernes, ils auraient peur que je ne revienne me venger et que s'ils avaient l'intention de me supprimer, cette heure de la nuit très épaisse était pour eux la plus propice. Couchée, je feignais de dormir d'un profond sommeil, prêtant l'oreille au plus léger bruit en provenance du jardin ; ils pouvaient en effet barricader la porte de l'extérieur et mettre le feu à la cabane pour que le fruit de mon être me déchirât en morceaux dans les flammes. Ils n'auraient pas même à vaincre leur répugnance à tuer puisqu'ils ne me considéraient pas comme une personne mais comme une machine-bourreau ; ils pourraient enterrer mes restes dans le jardin et il ne leur arriverait rien. Je ne savais guère ce que je ferais si je les entendais approcher et je ne le sus jamais car les choses n'en allèrent pas jusque-là. Ainsi restai-je en tête à tête avec mes pensées où revenaient les paroles étonnantes qu'avait prononcées le plus âgé des moines en me regardant dans les yeux : « Tu es ma sœur. » Je ne les comprenais toujours pas mais quand je me penchais sur elles, quelque chose de chaud se répandait dans mon être et me métamorphosait comme si j'avais perdu le lourd fœtus dont j'étais grosse. Le matin, je me précipitai par la poterne entrouverte et, évitant les bâtiments du monastère, conformément aux instructions du moine, je filai en direction des montagnes que j'apercevais à l'horizon — c'est là en effet qu'il avait orienté ma chasse.

Je me hâtai et vers midi, plus de cent milles me séparaient déjà du monastère. Je filai avec la rapidité de l'éclair entre des bouleaux au tronc blanc, et lorsque je courus à travers champs dans l'herbe haute des prairies, celle-ci retombait de part et d'autre comme sous les coups bien réglés de la faux dans la main du faucheur.

Je retrouvai la trace des deux ravisseurs dans une vallée profonde, sur un petit pont jeté sur l'eau rapide, mais pas l'ombre d'une trace d'Arrhodes, à moins qu'ils ne l'eussent porté à tour de rôle, sans se soucier de la fatigue, ce en quoi se révélait leur ruse ou leur savoir puisqu'ils comprenaient que personne n'avait le droit de barrer le chemin à une machine royale en mission et qu'ils s'exposaient grandement, conscients de leur forfait, à la colère du monarque. Vous aimeriez certainement savoir quelles étaient mes véritables intentions dans cette dernière course, et je vous dirai donc que j'avais dupé les moines tout en ne les dupant pas, je souhaitais vraiment retrouver la liberté ou plutôt la trouver car jusque-là je n'en avais jamais eu. Mais quant à ce que j'avais l'intention de faire de cette liberté, je ne sais pas ce que je dois dire. Cette incertitude n'avait rien de nouveau ; en plantant le couteau dans mon corps nu, je n'avais pas su non plus si je voulais me tuer ou seulement me connaître, même si ce devait être la même chose. On avait également prévu que telle serait ma démarche, comme le prouvaient tous les événements survenus par la suite, aussi l'espoir de liberté pouvait-il n'être qu'une chimère, pas même mienne, introduite en moi pour que j'agisse plus résolument, excitée par cet éperon piqué avec tant de perfidie. Comment dire toutefois si ma liberté se limiterait simplement à renoncer à Arrhodes, je n'en sais rien. J'aurais pu le tuer aussi bien en étant totalement libre, je n'étais pas si folle pour croire à l'impossible miracle de susciter des sentiments réciproques maintenant que j'avais cessé d'être une femme, et si peut-être je n'avais pas cessé de l'être en tout, comment Arrhodes, qui avait vu le ventre incisé de sa maîtresse nue, serait-il en mesure de le croire ? Ainsi donc l'intelligence de mes auteurs dépassait-elle la dernière extrémité de l'art de la mécanique, car ils avaient sans nul doute pris en compte l'état dans lequel je courais au secours de mon homme perdu à jamais. Si j'avais pu faire demi-tour et partir droit devant moi, je ne lui aurais pas non plus rendu grand service, grosse d'une mort que je n'aurais à mettre au monde pour personne. J'estime donc que j'étais noblement lâche et captive de ma liberté, pour faire non ce qui m'était directement commandé mais ce que je voulais moi-même dans mon incarnation. Mes considérations alambiquées à l'inutilité irritante devaient pourtant prendre fin en arrivant au but. En tuant les ravisseurs et en sauvant mon amant, en l'obligeant à transformer le dégoût et l'effroi qu'il nourrissait pour moi en admiration impuissante, je pouvais retrouver sinon lui, du moins moi.

Ayant traversé d'épais buissons de coudriers, je perdis soudain la piste près des premiers herbages. Je la cherchai en vain ; lorsqu'elle était à un endroit, elle s'évanouissait à un autre, comme si les fugitifs s'étaient envolés. Revenue aux taillis, comme me le dictait mon esprit avisé, je trouvai non sans mal un buisson dont on avait coupé quelques-unes des plus grosses branches. Je flairai donc les moignons ruisselants de sève et, à l'endroit où la piste disparaissait, je découvris son prolongement dans une senteur de noisetier, car les fuyards s'étaient servis d'échasses, comprenant qu'en l'air, la traînée d'odeur se dissiperait promptement. Cela aiguisa ma détermination : le parfum diminua tout à coup d'intensité mais je vis là aussi la ruse utilisée : ils avaient entouré de sacs de jute l'extrémité de leurs échasses.

Je finis par retrouver les échasses abandonnées près d'un surplomb rocheux. La clairière était envahie d'énormes pierres couvertes de la mousse du nord, et entassées les unes sur les autres si bien qu'il n'y avait pas moyen de franchir les éboulis sinon en bondissant à grandes enjambées d'un framboisier à l'autre. Si c'était également ce qu'avaient fait les fugitifs, ils n'avaient pas choisi pour autant la ligne droite mais avaient emprunté des faux-fuyants en zigzag. Je dus donc indéfiniment descendre des rochers, les contourner et attraper au vol des bribes de pistes vacillantes dans l'air. Chemin faisant, je parvins à un escarpement qu'ils avaient escaladé ; pour ce faire, ils avaient dû dégager les mains de leur otage mais je n'aurais pas été étonnée qu'il les eût suivis de son plein gré, il n'avait en effet aucune possibilité de battre en retraite. Je suivis la trace, sentant leur triple odeur sur la surface brûlante des rochers, quoi qu'il m'arrivât de grimper à la verticale des saillies rocheuses, des gouttières, des pentes abruptes, et il n'était de touffes de mousse bleutée, blottie dans les aspérités, ni d'anfractuosités minuscules offrant un appui provisoire, que les fuyards n'eussent utilisées comme marchepied, s'arrêtant de temps à autre dans les endroits les plus délicats pour chercher des yeux la suite du chemin, et que je repérais à leur odeur plus soutenue, et moi, je filai lestement, effleurant à peine les roches, et je sentais augmenter le pouls de mes entrailles, qui jouait et chantait dans cette merveilleuse poursuite, car ces gens-là étaient à ma mesure et je ressentais à leur égard admiration et joie à la fois, car quoi qu'ils eussent fait dans ce corps à corps périlleux avec la montagne, marchant à trois et s'assurant avec une corde dont l'odeur de jute était restée sur les arêtes pointues, je les imitais, solitaire, alerte, et rien n'aurait pu me faire quitter ce sentier de sous la voûte du ciel. Au sommet, je fus gagnée par un vent violent, mais avant de me retourner pour contempler le paysage vert qui s'étendait en bas et s'évanouissait dans des brumes bleutées, parcourant les deux versants de l'arête, je cherchai de nouveaux indices lorsque je les trouvai dans une étroite crevasse. Des traces de dérapage et des éclats de roche dénonçaient la chute de l'un des hommes. Penchée par-dessus le bord d'une pierre, je regardai en bas et le vis à mi-pente, tout petit, mais l'acuité de mon regard me permit d'apercevoir même des éclaboussures sombres sur le calvaire, comme si une pluie de sang était tombée autour de l'homme. Les autres avaient toutefois continué le long de l'arête, et à l'idée qu'il ne me restait plus qu'un seul adversaire qui surveillait Arrhodes, je fus prise de regrets, car jamais je n'avais ressenti à ce point l'importance de ma tâche, ni n'avais éprouvé une telle envie de lutter qui me grisait et mobilisait mon attention. Je descendis donc la pente dans la direction qu'ils avaient choisie, abandonnant le mort dans sa crevasse ; ils étaient en effet assurément pressés et leur compagnon était manifestement mort sur le coup. Je m'approchai d'une porte rocheuse ; on eût dit les ruines d'une gigantesque église dont ne seraient restés que les énormes piliers d'un portail fracassé, les contreforts latéraux et une grande verrière par où brillait le ciel et où se détachait un misérable arbrisseau qui, avec un héroïsme dont il ne devait pas avoir conscience, était né là d'une graine apportée par le vent dans une poignée de poussière. Il y avait derrière, au-dessus, une deuxième gorge, en partie prise par le brouillard, coincée par un nuage languissant d'où tombait de la neige fine, étincelante. Dans l'ombre projetée par la tour rocheuse, je perçus une détonation suivie d'un grondement, et une avalanche de pierres dévala le long de la paroi. Les cailloux me balayèrent au point que des étincelles et de la fumée sortirent de mes flancs, mais, mes pattes repliées sous moi, je me tapis dans une anfractuosité peu profonde, sous un framboisier, et attendis sans encombre la fin de l'éboulement. Il me vint à l'esprit que le ravisseur d'Arrhodes avait choisi délibérément un lieu d'avalanches, comptant sur le fait que, méconnaissant les dangers de la montagne, je serais fracassée par le déluge de pierres qui se déclencherait et, bien que cette éventualité fût sans importance, elle me réjouit : si l'adversaire non seulement fuyait et usait de ruses, mais encore attaquait, le combat devenait plus honorable.

Au fond de la deuxième gorge, blanche de neige, se dressait une construction — ni maison ni château — en roches si lourdes que même un géant n'eût pu les soulever tout seul, et je compris que ce devait être le repaire de l'ennemi car où aurait-il pu être dans ce désert ? Sans chercher davantage de piste, je me laissai glisser en enfonçant mes pattes postérieures dans la pierraille, nageant des pattes antérieures dans les fins débris et freinant de la paire du milieu pour ne pas finir ma course par une culbute, lorsque je parvins à la première neige et pus continuer ma route, tâtonnant à chaque pas pour ne pas tomber dans une crevasse insondable. Il me fallait être prudente car l'autre s'attendait à me voir apparaître justement à la sortie du défilé, je ne m'approchai donc pas trop près de façon à ne pas être vue de la forteresse et, glissée sous une roche en forme de champignon, j'attendis patiemment la tombée de la nuit.

Le ciel s'obscurcit rapidement, mais la neige tombait toujours et réduisait l'obscurité blanchissante, je ne m'aventurai donc pas vers le bâtiment et me contentai de poser ma tête sur mes pattes croisées de façon à l'avoir à l'œil. La neige cessa après minuit mais je ne me secouai pas car je me confondais ainsi avec l'environnement, un rai de lune entre les nuages faisait scintiller la robe de mariée que je n'avais jamais eue. J'entrepris petit à petit de ramper en direction de la masse floue de la maison, sans quitter des yeux la fenêtre qui luisait faiblement à l'étage d'un halo jaunâtre, baissant mes lourdes paupières, car la lune me blessait les yeux, accoutumée que j'étais à l'obscurité. Il me semblait que quelque chose remuait derrière cette fenêtre, comme si une grande ombre eût flotté le long du mur. J'accélérai donc pour atteindre le contrefort. Mètre par mètre, je commençai à escalader un créneau, mais ce ne fut pas difficile parce que les roches n'avaient pas de joints, leur énorme poids suffisait à les maintenir. Je parvins ainsi aux fenêtres du bas, noires comme des meurtrières destinées à des gueules de canons. Béantes, elles exhalaient du brouillard et du vide. A l'intérieur également régnait un silence tel qu'on eût cru que depuis des siècles la mort était ici la seule occupante ; voulant mieux voir, je déclenchai mon regard de nuit et, la tête glissée dans une salle aux murs de pierre, j'ouvris les yeux lumineux de mes antennes et provoquai dans le fond une lueur phosphorescente. Je me vis en face d'une cheminée couverte de suie, en dalles rugueuses, où une poignée de bûches écorcées et de petit bois brûlé avaient refroidi depuis longtemps ; j'aperçus aussi un banc et des outils rouillés contre le mur, une couche en désordre et des boulets dans un coin. Il me sembla étonnant que rien n'eût ici défendu l'entrée, et sans faire confiance à ce désert accueillant, bien qu'une porte fût ouverte au fond, peut-être même à cause de cela, flairant un piège, je reculai sans bruit, comme j'étais entrée, pour reprendre mon ascension à l'étage supérieur. Je ne songeai pas un instant à m'approcher de la fenêtre d'où venait le reflet brumeux. Je me hissai sur le toit et m'allongeai comme un chien sur sa surface enneigée pour attendre l'aube. J'entendais deux voix mais ne comprenais pas ce qu'elles disaient. Je reposai sans bouger, à la fois souhaitant et redoutant le moment où je sauterais sur l'adversaire pour libérer Arrhodes, et, tendue, immobile, imaginant en silence le déroulement de la lutte qui s'achèverait par une piqûre de mon dard, je plongeai aussi en moi-même, ne cherchant plus les origines de ma volonté, mais tentant de découvrir un signe, fût-ce le plus ténu, qui me révélerait si je ne tuerais qu'un seul homme. Je ne sais quand cette crainte disparut. J'étais toujours couchée, indécise, car ne me connaissant pas moi-même, mais, justement, le fait de ne pas savoir si j'étais venue en libératrice ou en criminelle étant pour moi quelque chose d'incroyablement nouveau, donnant à chacun de mes frissons un sens lourd d'une énigmatique virginité, m'imprégnait de ravissement. Cet enthousiasme ne laissait pas de me surprendre et je me demandai si ce n'était pas là que se manifestait l'intelligence des instigateurs, puisqu'ils avaient opéré de façon que je pusse discerner ma puissance infinie tout en apportant de l'aide et la mort. Toutefois, je n'en étais pas plus sûre que du reste. Un bruit soudain, bref, suivi d'une voix bredouillante me parvinrent d'en bas, puis il y eut un bruit sourd comme celui d'une chute, et ce fut le silence. J'entrepris de descendre du toit, l'abdomen plié presque en deux de telle manière que j'adhérais au mur de la moitié supérieure de mon corps tandis que ma paire de pattes arrière et le manchon de mon dard étaient encore sur l'arête du toit, jusqu'à ce que ma tête, oscillant sous l'effort, approchât de l'ouverture de la fenêtre.

La bougie s'était éteinte, renversée par terre, mais sa mèche luisait encore, rouge, et poussant mon regard de nuit, j'aperçus un corps allongé sous une table, couvert de sang, noir dans cette lumière, et bien que tout en moi m'eût portée à sauter, j'aspirai d'abord l'air chargé de sang et de stéarine : cet homme m'était étranger, ils en étaient donc venus à se battre et Arrhodes l'avait frappé avant moi, quand ? comment ? pourquoi ? Ces questions ne me vinrent pas à l'esprit. Que je fusse maintenant seule à seul avec lui vivant, dans cette maison déserte, qu'il n'y eût que nous deux, me frappa comme la foudre. Je tremblais, bien-aimée et meurtrière, notant en même temps d'un œil qui ne clignait pas les spasmes rythmés du grand corps qui rendait le dernier soupir. Donc partir maintenant, sans bruit, dans le monde des montagnes enneigées, pourvu que je ne reste pas avec lui entre quatre yeux, entre six yeux, je me repris, à jamais condamnée à causer l'effroi et le ridicule ; et ce sentiment de raillerie et de moquerie, faisant pencher la balance, m'entraîna si bien que je glissai, toujours suspendue la tête en bas telle une araignée à l'affût, sans plus prendre garde au léger grincement des écailles de mon ventre sur le bord de la fenêtre, arc-boutée, je sautai par-dessus le cadavre pour gagner la porte.

Je ne sais ni comment ni quand je la poussai. Il y avait

derrière un escalier en colimaçon où était allongé Arrhodes, la tête appuyée en oblique contre un rocher souillé de sang ; ils avaient dû se battre dans cet escalier et c'est pour cela que je n'en avais pour ainsi dire rien entendu ; il était là couché à mes pieds, ses côtes se soulevaient, je vis, oui, sa nudité que je ne connaissais pas encore, à laquelle j'avais seulement pensé la première nuit, dans la salle de bal.

Il râlait, je le voyais s'efforcer d'entrouvrir les paupières, elles s'ouvraient, montrant le blanc de l'œil, et moi, penchée en arrière, l'abdomen plié, je fixai son visage détourné d'en haut, sans oser ni le toucher ni reculer, car tant qu'il était vivant, je n'étais pas sûre de moi, bien que le sang coulât à chaque aspiration, je voyais bien que mon devoir atteignait son dernier souffle, car la sentence royale devait être exécutée même dans l'agonie, je ne pouvais donc pas prendre de risques puisqu'il continuait encore à vivre et que je ne savais pas non plus si je tenais vraiment à ce qu'il se réveillât. S'il avait repris conscience en ouvrant les yeux et que, dans une image à l'envers, il m'avait prise tout entière telle que j'étais au-dessus de lui, porteuse de mort désormais impuissante, dans un geste suppliant, enceinte mais pas de lui, aurait-ce été un mariage ou bien une parodie impitoyablement programmée ?

Mais il ne reprit pas conscience et lorsque l'aube s'interposa entre nous en tourbillons de neige étincelants entrés par les fenêtres, dans une tourmente qui faisait hurler la maison tout entière, il poussa un dernier gémissement puis cessa de respirer, et alors, tranquillisée, je me couchai tout contre lui, je l'entourai et le serrai dans mon étreinte ; je restai ainsi dans la lumière et le crépuscule pendant les deux jours que dura la tempête de neige qui nous recouvrait d'un drap persistant. Mais le troisième jour, le soleil se leva.

Juin 1974.

JOURNAL

Titre original de la nouvelle

PAMIETNIK

7

A B. M.

VOICI que nous sommes habités par une nouvelle soif d'investigations et que nous remplissons la condition première : nous limiter, sans laquelle nous ne pouvons rien car nous sommes tout. Tout et rien signifient ici, évidemment, la même chose ; en effet seul celui qui est tout, ne peut rien : dans la perfection, qui est pour nous un attribut permanent, à moins que nous ne souhaitions, comme c'est justement le cas maintenant, la suspendre, il n'y a pas de place pour une quelconque aspiration parce qu'elle est fin, comme il n'y en a pas pour la recherche parce qu'elle est toute-découverte, ni pour la pensée puisque tout est inventé à la fois. Si nous parvenons à limiter notre infini, si nous nous sommes déjà plus d'une fois modérés, nous le devons à notre omnipotence. Elle se manifeste toujours comme un renoncement déterminé car elle est dérivée d'un choix, et, que nous réalisions en même temps une multitude de desseins, que nous disions : « Advienne que pourra ! » et qu'ainsi nous nous répétions nous-mêmes (ce que nous avons d'ailleurs déjà fait à plusieurs reprises), cela n'y changera rien car nul agrandissement ne parviendra à nous agrandir, nul développement à nous développer. L'infini, ajouté à l'infini, ne peut donner comme résultat que l'infini.

C'est là la preuve mathématiquement exacte que nous

ne pouvons pas agir en devenant gigantesques. D'ailleurs comment ce qui n'a pas de limites pourrait-il en avoir moins encore ? Comment ce qui peut tout faire pourrait-il faire quelque chose de plus ? Il faut que nous rapetissions, que nous nous réduisions, et ce n'est que dans ces actes, dans l'infirmité ainsi provoquée, que nous pourrons entreprendre des recherches exposées à des dangers continuels, mais les pièges des contradictions qui nous guettent nous sont plus doux que la perfection inébranlable, et c'est à elles et non à elle que nous préférons succomber. Par conséquent, nous délaissons la plénitude que nous sommes pour expérimenter autre chose, car, étant cette plénitude, nous expérimentons tout hormis le doute. Ainsi partons-nous ; il est vrai que notre mémoire contient les pistes d'innombrables expéditions du même genre. Nous avons envahi plus d'une fois ses territoires et à chaque incursion, nous avons multiplié encore la complexité du gouffre, rempli de nous-mêmes, que nous sommes, mais dans cette entreprise, l'omnipotence et l'omniscience se sont révélées être des alliées embarrassantes.

Nous avons jadis souhaité percer nos origines. Partant, comme toujours, d'un état de parfaite plénitude, nous comprenions qu'il n'y en avait pas, car le début marque l'entrée dans le temps, comme une frontière l'entrée dans l'espace, quant à nous, nous pouvions les amorcer l'un et l'autre, mais non en dépendre. Et pourtant, peu satisfaits par l'éternité, nous avons pénétré au fond de la mémoire jusqu'à ce que nous ayons retrouvé le commencement, à la mesure de notre infini. Que s'était-il passé ? Il existait, net, en tant que réponse à ma question, mais d'où était-il venu ? Il avait été infailliblement causé par le fait même que nous ayons posé la question, il était né par suite de notre surabondance, c'était notre toute-puissance, trop empressée, qui l'avait créé ! Etait-il vrai ? En voilà une question, adressée à la toute-puissance... !

Cependant nous voulions découvrir la vérité et non la créer. Voilà la contradiction, car nous avons ensuite repris nos recherches, transfinales cette fois, en demandant qui nous étions en fait. Une vie causale, une pensée toute-puissante qui, uniquement par le fait qu'elle existe au-delà de la durée, ne se dissipe pas ; tout ce qui pouvait exister. Oui, oui, il s'agit de nous, ce sont nos caractéristiques exclusives, d'où vient donc que la réponse ne nous satisfaisait pas ? Où sommes-nous ? Partout. Et qu'entreprendre contre pareille omniprésence ? Quelque chose qui ne serait pas nous serait-il possible ? Evidemment, nous avons nous-mêmes créé ce « quelque chose » un nombre de fois incalculable. Mais ce n'est pas dans nos actes que nous voulons chercher la réponse, ni en nous. Où donc, alors ? Au-delà de tout, puisque nous sommes tout ? Au-delà de l'être, puisque nous constituons l'être ? Et qu'y a-t-il là ? Le non-être. Ce « non », on peut l'élargir en immensité. Car, en réalité, par les mathématiques, nous percevons le non-être comme une possibilité d'anti-être. C'est une chose tout à fait captivante. Existerait-il donc, et ce, de telle façon qu'il existerait moins qu'il n'existe, et ne serait-ce pas nous ? Cela signifierait une somme de puissance au-delà de l'infini, dans laquelle se logerait une quantité arbitraire d'infini. Serait-ce possible ? Oui... si nous le voulions. Quel résultat ce serait !

Et il en est ainsi de tout. Toute question obtient une réponse, tantôt suggérée par l'omniscience, tantôt créée par la toute-puissance — les deux posent des problèmes. La toute-puissance, en effet, nous préserve du figement éternel dans l'omniscience, dans sa paralysie lumineuse, mais elle est elle-même traîtresse. Comment cela se passe-t-il ? Comme nous le voulons. Fatale, cette facilité, cette habileté sans bornes, comme nous justement. Nous pouvons modifier notre histoire en passant, avoir des passés innombrables mais tout à fait différents, ne pas en avoir, en avoir et ne pas en avoir simultanément — cela aussi est-il possible ? Mais que oui ! Sinon à quoi servirait la toute-puissance ?... Pareillement, en multipliant ces actes, nous devenons maîtres des contradictions alliées, souverains du tout-possible, c'est-à-dire du tout-absurde ; nos puissances, elles, montrent ce qu'elles sont : l'omnipotence, mère des paradoxes, est un gouffre où tout se concilie avec tout ; l'omniscience accompagne cette nécessité d'unions, en se transformant en échos des plus stupides.

Qu'est-ce que l'intelligence? Les refréner toutes deux. Comment se manifeste-t-elle ? Par la naissance de l'ordre. Seule la naïveté a pu nous faire croire que c'était nous qui la créons en sortant du néant. Mais ce n'est pas ça ! C'est faux ! Nous sortons justement de la plénitude qui constitue notre état de libertés que rien ne vient contrarier ; l'absence de toute obligation qui est arbitraire et infiniment variée — c'est de là que part notre marche causale. Prenant des libertés, nous parvenons aux obligations — plus nous recevons des premières, plus il naît des secondes. Aspirant de cette façon à une réfutation radicale, nous approchant du néant sans le frein d'une résistance accrue, en en venant à bout, nous réduisons le libre chaos jusqu'à ce que commencent à s'en dégager de nouveaux ordres, de plus en plus rigoureux, de plus en plus stricts, prisonniers des lois, esclaves des régularités, et ainsi naît, des défenses graduelles de plus en plus intransigeantes, d'interdits et d'éliminations multiples, sur le seuil même du néant, au zéro, une Chose où l'ordre abonde le plus.

Qu'est-ce donc que cette Chose ? Voici une réponse parmi plusieurs possibles, la plus simple : la Chose, disons-nous, est ce quelque chose qui se produit lorsque nous souhaitons créer une certaine indépendance de nous. Par cet acte, dit acte de création, nous isolons une certaine zone souveraine par rapport à notre existence. C'est la Chose qui remplit cette zone. Nous finissons à ses frontières. Nous lui avons ôté les directions infinies jusqu'à ce qu'il ne lui reste que l'espace, nous lui avons retiré la pérennité jusqu'à ce qu'il ne lui reste que le seul temps, s'étirant, solitaire, du passé au futur. Et si nous avons agi ainsi, c'est que tout excès de liberté fait obstacle à la naissance de l'harmonie. Mais cela n'amoindrit pas la richesse des possibilités. L'espace peut être compact ou granuleux, semi-solide, explosif, avec un développement mesuré ou non, chargé d'énergie ou d'absorbum, relié au temps par des liens lâches ou étroits, enfin — tout. Arbitraire, tiré de la pensée, réalisé dans son propre monde. Et si nous privons ce monde des derniers liens qui l'attachent à nous, il se referme, de la même façon que nous sommes nous-mêmes enfermés en nous (ou ouverts, ce qui revient au même).

Nous avons créé une multitude d'univers de ce genre. Nous n'en citerons pas le nombre. Si nous ne le faisons pas, c'est que certains d'entre eux ont déjà cessé d'être souverains et sont rentrés dans les limites de notre existence, sans avoir pour autant entièrement perdu leur caractère premier, réel, d'univers. Cette sorte d'univers est comme notre rêve local, car ils ne font plus partie de notre vie éveillée. Nous les avons réunis à nous en violant le principe, autrefois admis, de ne pas nous immiscer dans nos œuvres. Nous avons cependant détruit plus d'un espace ainsi né, peuplé d'étoiles ou de helah, leur dérivée, ou encore d'ylem, leur anticipation, comme si nous ne savions pas que nous n'y trouverions rien pour nous, que l'étendue qui s'en échappait ne nous contiendrait pas, que notre contact transformerait leur chaleur en mathématiques pures, semblables à celles dont nous l'avions tirée.

Mais il est resté d'autres Univers qui n'ont pas été engloutis par l'océan de notre existence autour d'eux. Ils ont des structures diverses car nous ne nous répétons jamais. Il nous a plu de faire finals les plus anciens ; ainsi leur protoplasme était-il susceptible d'expressions dont le quasi-contact annonçait l'ordre qui en résulterait. Ces créations ont connu une longue évolution. Grâce à l'impulsion donnée, elles se sont figées en tourbillons au rayonnement suffisamment expansif pour que l'espace du système se désintègre en sous-espaces de nuages d'abord désordonnés, puis, après un nombre approprié de révolutions, s'y est produite une nucléation torique nombreuse ; chaque tore émettait des rais radiants de corps tourbillonnants, dotés à leur tour de microstructures autogènes (notre structure s'étage en ordre décroissant) qui reproduisaient fidèlement, jusqu'au plus petit, les révolutions de la Chose entière.

Cependant, nous ne les avons jamais étudiés en détail, nous ne nous en sommes pas approchés, car le fini du principe créatif était déjà trop peu prometteur. Ils ont cédé à d'autres, protégés par l'infini. L'utilisation de forces plus importantes a permis d'emprisonner dans l'espace fini des propriétés transfinales à puissance variable.

Nous savions, bien entendu, que nous introduisions dans le protoplasme de ces Choses nouvelles, de ces Univers, un paradoxe mathématique : nous avions en quelque sorte découvert dans leurs fondements une contradiction logique (que sont les mathématiques sinon une logique glorifiée ?), mais c'était bien là notre intention, histoire de plaisanter. Nous avons fait de la contradiction interne de ces Choses une miniature de celle qui est notre lot ; la ressemblance des infinis enfermés dans un espace si restreint, du plus petit jusqu'aux ensembles à puissance plus qu'infinie, était amusante, véritablement drôle car, quoique séparés par une distance monstrueuse, ils ont quelque chose d'apparenté, ne serait-ce que plus on les interroge, plus ils répondent ; plus on les comprend, plus leur énigme s'accroît, et ainsi la connaissance qu'on en a est-elle assouvie par l'ignorance, et l'ignorance par la connaissance.

D'ailleurs — oh ! sourire silencieux, gaieté peu goûtée depuis longtemps ! — nous avons créé une multitude incroyable de ces mondes, et dans un ordre supérieurement grand pour qu'ils s'organisent en spectres, partant des Univers où un hasard aveugle devait être notre gouverneur, notre créateur et notre législateur spontané, pour aller jusqu'aux Cosmos à l'exactitude causale parfaite, où rien n'est dû au hasard car tout est nécessaire.

Les univers extrêmes font preuve tantôt d'un excès d'anarchie, tantôt d'un excès de rigueur, mais dans les univers intermédiaires, où le hasard et la nécessité absolue cohabitent fraternellement, est née une quantité de formes très curieuses. Nous n'avons pas été gênés dans notre création par la probabilité (infime, il est vrai) de l'émanation par la substance même des Choses, et donc par autogénie, de créatures exceptionnellement fragiles, déjà plus microscopiques mais tournées vers l'insignifiance, dans un gouffre tel qu'elles seraient même pour nous absolument imperceptibles, et qui, par un heureux concours de circonstances, pourraient devenir une copie de ce qui nous détermine nous-mêmes aux actes mutilés.

Telle n'était pas notre intention. Ou l'était-ce malgré tout ? Quelle réponse fournir à cette question, qui ne soit à la fois confirmation et réfutation ? Car cela s'est produit au cours d'actes entrepris de façon qu'un maximum de puissance créatrice passe de nous aux Choses elles-mêmes, pour que ce ne soit pas nous à travers elles, mais elles-mêmes qui créent. Cela a donc eu lieu au moment de notre plus grande autolimitation délibérée, et dans un tel voisinage de néant que nous avons dû retourner notre toute-puissance contre nous-mêmes, pour persévérer dans le suprême renoncement, pour, en finissant par nous retirer de la création, laisser s'accoupler des forces intactes pour qu'il en advienne ce qui peut advenir de soi-même.

Ainsi ne savions-nous pas ce qu'il arriverait parce que nous ne voulions pas le savoir. Nous ne nous sommes pas immiscés et nous ne nous immisçons pas. Et pour cette raison nous ne savons pas, vraiment, ce qu'eux là-bas, dans les abîmes, à la fois nôtres et pas nôtres, pensent. Même, pour aller plus loin dans la franchise, nous ne savons pas avec certitude si eux, les habitants de ces Choses, pensent en général. Il a dû y en avoir car il y a des signes. Mais ils ont pu s'anéantir. Nous avons considéré qu'il était indiqué de ne pas leur ôter cette possibilité. Dans certains Cosmos, ils ne l'ont pas fait. Nous l'avons vu — nous prononçons ces mots avec une satisfaction profonde — aux signes mentionnés. Les uns se sont développés d'une façon si étonnante qu'ils parviennent à diriger les nébules de leurs Univers, qu'ils les éloignent des lieux où ils se sont produits. Est-ce que ce n'est pas beau ? Ils s'activent courageusement à la surface de leurs grains ! D'autres sont allés encore plus loin : ils savent renforcer ou atténuer l'éclat des étincelles stellaires autour desquelles gravitent leurs résidences refroidies. Mais cela, bien sûr, a lieu dans les Choses que nous avons dotées d'une possibilité de lumière. Dans les autres, où l'absorbum en tient lieu, les signes sont évidemment différents. Ce sont des petits plissements locaux de l'espace, si réguliers qu'ils témoignent d'une activité planifiée ; nous pouvons même — rarement, il est vrai — observer de légères secousses des Choses entières...

Comme les créatures dont la durée est plus brève qu'un clignement devant la lueur stellaire la plus faible — qui nécessitent des générations pour, une fois anéanti l'aveuglement dans lequel leur propre insignifiance les pousse, pouvoir distinguer, dans le ciel traversé d'orbites, l'ébauche du tourbillon galactique qui les emporte — ont dû faire preuve de ténacité ! De quelle patience ont-elles dû s'armer pour réussir finalement à atteindre leurs cieux, mouvoir des myriades de soleils ! Oh ! ceux qui ébranlent leurs Cosmos entiers se prennent sans l'ombre d'un doute pour des géants de l'esprit, et vivent dans la conviction que le moment où ils connaîtront toutes les réponses est proche !

Oui, c'est réellement sublime et drôle à la fois.

Nous avons réfléchi plus d'une fois à ce qu'ils pouvaient penser. Nous ne savons pas qui le fait mais nous savons néanmoins qu'il en existe. Cela résulte du calcul des probabilités. Mais nous ne connaissons pas le fond de leurs pensées, sinon par déduction de vagues prémisses.

D'abord — tous, qu'ils habitent dans des torrents d'absorbum ou de lumière, qu'ils aient été créés par un hasard aveugle ou encore par la rigueur de l'extrême opposé de notre échelle dont les noms sont Symétrie Parfaite et Causalité, tous doivent se diviser d'une part en ceux qui croient qu'il n'existe que leur Chose et rien de plus, d'autre part en ceux qui admettent l'existence de quelque chose d'autre. Cela nous semble logique car nous avons nous-mêmes connu des problèmes identiques ; nous avons, entre autres, essayé de savoir si nous étions un être réel ou seulement imaginaire, tant que nous n'avions pas compris que cette alternative était illusoire. Ainsi, pour en revenir à l'intérieur de nos Choses, descendons les échelons des métagalaxies, des galaxies, des systèmes stellaires, des nuages solaires, pour nous diriger vers les planètes à la surface exiguë desquelles frémissent les imperceptibles pellicules actives dont nous avons découvert la présence grâce à des manifestations d'ordre supérieur, donc ce clignotement des étoiles dicté par un plan artificiel. Nous ne savons pas si ces pellicules se divisent à leur tour en éléments encore plus petits, relativement indépendants, ou si elles constituent une sorte de centre homogène de pensée qui se transforme en action. Les deux sont vraisemblablement possibles — certaines des particules peuvent aussi fusionner périodiquement pour donner quelque chose d'homogène, et, à d'autres moments, se désagréger en individus distincts. Individus, ce mot sonne singulièrement car nous discutons de créatures purement hypothétiques que nous ne saurions reconnaître quand bien même elles seraient l'une à côté de l'autre par trillions ou quintillions. Mais, pour finir, l'examen de l'échelle des grandeurs spatiales est un acte courant. Ceux qui considèrent que leur Chose est la seule à exister ont de sérieux problèmes pour expliquer les caractéristiques qui se manifestent de façon contradictoire, car nous avons introduit dans les prémices de leur Chose des incohérences déterminées, de manière à laisser une place disponible pour le jeu des éléments, plus libre qu'il n'aurait été si l'on s'en était tenu strictement aux règles simples de conception axiomatique. Autrement dit, lorsqu'ils entreprendront leurs recherches, ils ne recevront pas de réponses ou plus exactement ils en obtiendront une quantité arbitraire. Plus ils l'interrogeront, plus cette Chose dans laquelle ils sont enfermés leur répondra ; plus ils regarderont, plus ils verront, mais plus ils comprendront, plus le mystère de la Chose qui les porte prendra des proportions gigantesques. Qu'ils s'en tirent comme ils peuvent ! Nous sommes plus intrigués par ceux qui sont parvenus à la conclusion que le mystère qui entoure ce qu'ils sont implique une clarté au-delà des limites de leur Univers ; c'est-à-dire que ceux qui déduisent des pièges et des labyrinthes l'existence d'un bâtisseur, sont prêts à admettre qu'il existe un instigateur de leur Univers, quelqu'un qu'il faut inculper de leur propre existence.

Comment ils imaginent ce créateur, nous ne pouvons pas le savoir, mais il nous est permis d'émettre des conjectures. S'ils étaient modestes dans leurs prétentions et avisés dans leur formulation de l'hypostase, ils reconnaîtraient sûrement que l'Etre, auteur présumé du Tout, est imparfait quoique non dénué du sens de l'humour, extraordinaire en ceci qu'il se métamorphose en formes mathématiques et, prenant plaisir à leurs complexes polysémies, accuse en quelque sorte des faiblesses : par exemple, la vanité. Car, que nous ayons conçu dans une certaine mesure par vanité tous les Cosmos obscurs d'absorbum et clairs d'ylem ou autres, qui tournent dans notre infini, chargés de l'opiniâtreté des modifications apportées, répartis dans les gouffres de notre pensée, que de l'orgueil se soit ajouté, du moins en partie, à ce désir de création, nous ne saurions le nier. Nous ne savons pas s'ils sont capables de comprendre ce déchirement entre la toute-puissance et la logique, qui nous a incommodés à plusieurs reprises car nous ne voulions sacrifier ni l'une ni l'autre, et nous avons essayé dans les limites du possible de garder une certaine modération, pas toujours évidente.

Par contre, ils auraient percé tôt ou tard plusieurs traits caractéristiques de notre création, et qu'elle prend plaisir à surmonter des difficultés à sa mesure, et, en particulier, ne souffre plus aucune solution finale, ni de limitations ou de frontières définitives — c'est bien la vérité !

Enfin, après avoir observé la hiérarchisation des Choses, ils auraient essayé de la projeter sur nous.

On peut douter qu'ils soient parvenus à voir que nous avons créé parfois par pur caprice ou pour éprouver nos propres possibilités. En fait, nous sommes déjà sûrs qu'ils ne décèleront pas que la raison principale de nos actes était une soif d'imperfection, qui a fait que nous avons abandonné notre plénitude pour créer. Créer était une conséquence inévitable de cet état imparfait qui nous permet d'étudier notre propre essence, le Créé était, ou plutôt devait être, un instrument cognitif, tel que la Toute-Puissance, en se retenant sévèrement, n'en déforme pas les œuvres. Nous avons compris l'inutilité intégrante de cette action, mais nous l'avons préférée à la plénitude qui devenait un vide, car notre Tout n'est Rien, et notre Rien est Tout. Eux, toutefois, ne penseront sûrement jamais à cela et, si jamais cette idée se faisait jour en eux, ils la prendraient pour le fruit de leur folie. Comment pourraient-ils regarder la beauté silencieuse de l'espace qui les porte, l'éclat des étoiles, leurs aubes et leurs morts, après avoir reconnu que la merveille des cieux avait été engendrée par l'insatisfaction et l'ennui, avoir reconnu qu'ils avaient de tels parents ?! C'est également à contrecœur qu'ils seraient prêts à reconnaître que leur Cosmos est le énième que nous ayons conçu, juste comme ça, en passant, qu'entre sa naissance et sa non-naissance éternelle passait jadis une frontière extrêmement fluctuante, ou enfin qu'ils ont été créés sous une forme que nous ne connaissions absolument pas... que, pour finir, des Cosmos à jamais déserts, inertes et parfaitement stupides, il y en a des quantités. Ils n'avoueront jamais qu'ils sont dus au hasard. Leur propre forfanterie leur fermera les yeux sur cette hypothèse lucide, ils préféreront ajouter à leur créateur les attributs d'une puissance de plus en plus merveilleuse car ainsi ils se mettront eux-mêmes sous un éclairage plus favorable — ce n'est pas n'importe qui, qui a créé n'importe qui ! et ils regarderont l'Univers autour d'eux avec une suffisance croissante.

C'est, dans le fond, une affaire tout à fait cocasse qui trouve son origine, avouons-le honnêtement, pas seulement dans leur petitesse psychique mais aussi dans le fait qu'ils ne peuvent connaître qu'un seul Univers, le leur. Admettre la multiplicité des Cosmos, régis par des lois diverses, serait à leur avis une terrible hérésie, une douloureuse insulte. Que le créateur tout-puissant, imaginé par eux, maître des infinis, doive se contenter d'un seul enfant cosmique et concentrer toutes ses puissances intarissables, toute son attention sur cet enfant unique conçu avec l'éternité, n'offenserait pas leur logique...

Eh oui, ils se prennent certainement pour des élus, pour des êtres uniques peut-être, qui sait, dans les limites du Cosmos qu'ils habitent. Car en lui aussi gravite une multitude de mondes habités, et nous nous rendons compte qu'il est très difficile aussi bien pour des êtres insignifiants que pour ceux que nous avons, de façon indirecte, vague et pas tout à fait volontaire, fait exister à l'intérieur de la Chose, de jeter des ponts par-dessus les abîmes qui les séparent réciproquement. Car ce sont pour eux des abîmes tout à fait inimaginables, c'est là le fond du problème...

Mais le principal problème est que les Cosmos devaient servir non eux mais nous. Comment ? Ce n'est pas facile à dire. Si nous abandonnions le cours de nos réflexions présentes et les reprenions à un niveau supérieur, là où la pensée ne serait pas empêtrée dans le temps et ne s'énoncerait pas par à-coups et petit à petit, mais où elle serait la conception immédiate de l'être, nous exprimerions aussitôt en termes clairs l'asservissement dans lequel nous nous proposions de tenir nos œuvres. Mais cette sphère ne connaît pas la langue que nous utilisons actuellement, qui ne peut rien accomplir sur-le-champ, qui est une apparition nébuleuse, boiteuse, pleine d'obscurités. Mais c'est justement parce qu'il est difficile d'y exprimer la texture de la Chose et qu'il n'y a peut-être pas moyen de le faire, que nous préférons nous en tenir à un procédé aussi modeste. Ce n'est pas par égard pour nous-mêmes que nous agissons ainsi : car bien que non projetés, ni comme objectif délibéré, ni comme objectif principal, ils sont venus au monde et existent, mais cette vision élevée, par son arbitraire plus qu'infini, son exclusion du temps et de l'espace, est pour eux trop absolue, inaccessible, et par là peut-être injuste...

Par conséquent, essayons. Il pourrait ressortir de tout

ce que nous avons dit jusqu'ici l'impression tout à fait fausse que le modèle fidèle, bien que primitif, de toute Chose est un cône à plusieurs couches : sa large base est constituée de regroupements importants, comme des disques d'absorbum, ou des ensembles de métagalaxies, de constellations spirales ; son centre, par des soleils distincts, sources de lumière ou d'absorbum ; les planètes enfin — à la pointe — sont des « pellicules pensantes » tout à fait imperceptibles. Mais comme ce tableau est trompeur ! C'est nous qui avons construit les Choses, à partir de prémices d'autant plus petites que les « pellicules » qu'elles sont elles-mêmes sont plus petites que leur Univers ! Et le plus important, notre pointe d'humour, est de ne pas avoir suivi ce que nous soufflaient les mathématiques primitivement logiques, qui nous ordonnaient de créer une hiérarchie, dont une structure où le plus grand dissimule en soi le plus petit, le plus petit le plus petit encore, et ainsi de suite jusqu'au bout. Non ; nous avons évité la Fin, car nous avons uni le plus grand d'une Chose donnée au plus petit et avons ainsi fait quelque chose qui ressemble beaucoup plus à un cercle qu'à un cône, et, lorsque les habitants d'une Chose, en découvrant tour à tour ses régularités, parviennent au plus petit, sûrs que dans un instant ils vont enfin mettre le doigt sur le fond créateur, qu'ils vont saisir et emprisonner une particule désormais indivisible de la structure cosmique, en même temps les frontières de ces « ultimes » grains commencent d'autant plus brusquement à s'estomper et à s'évanouir qu'ils sont acharnés à les découvrir et à les déterminer...

En effet, là où les Choses sont encore à l'état de projet, dépourvues de formes, d'espace, de mouvement, nous avons opéré avec l'infini. Nous avons décidé de le réduire de façon qu'il ne cesse pas d'être lui-même, c'est-à-dire illimité, identité du tout et de la partie, impossible à localiser, pour que ne disparaissent pas ses fascinants attributs... Nous avons contraint, comme pour nous venger plaisamment, l'infini qui nous possède à un rôle très subalterne afin que le fragment le plus quelconque, vagabondant aveuglément dans l'immensité produite, en emporte la marque jusque dans l'éternité inerte... Nous avons souhaité lui conserver ses propriétés là aussi où les dimensions du Créé diminueraient dangereusement en approchant de zéro. Et ces infinis près du zéro, cet interstice microscopique, cette pellicule qui sépare la plénitude de l'Infini du Néant, nous les avons élevés au rang de la structure des Toutes-Choses que nous désirerions appeler à exister. La diversité de nos actes était grande ; cependant la principale séquence de nos créations est marquée par la lutte du Fini avec l'Infini, dont la Nécessité et le Hasard sont le reflet ; dans ces Cosmos où la fatalité tient une place importante, l'individualité psychique devient un phénomène instable et fluctuant. Si nous ne pouvons le surveiller, nous savons reconstituer le squelette de ces transformations quand naît Quelqu'un et que ses liens avec le substrat charnel sont si ténus, soumis à des fluctuations tellement puissantes que son identité unique passe, saute, pénètre d'un corps à l'autre. Dans ces Univers, les philosophies des habitants doivent affronter un écueil supplémentaire, celui de la fugacité de l'esprit vivant n'importe où et n'importe comment, et, de là, elles peuvent d'autant plus facilement s'enliser dans la conviction que l' « esprit » est quelque chose d'indépendant de la « matière ».

Dans les autres Cosmos... Mais ce répertoire commence à nous lasser. Sans doute en avons-nous créé une innombrable diversité puisque nous sommes issus de l'incalculable. En même temps — redisons nettement et franchement ce qui a déjà été évoqué au passage — nous avons d'une façon ou d'une autre répété — peut-être serait-il mieux de dire que nous l'avons nous-mêmes façonné — notre principal problème : celui de la méconnaissance de nous-mêmes, de notre être, de sa qualité intégrante, et plus d'une fois nous nous sommes demandé si, dans nos moments de faiblesse, nous ne nous étions pas davantage manifestés dans des actes de vengeance que de grâce : nous avons en effet créé les modèles de notre propre ignorance en étouffant la conviction que les gens pris dedans demanderont et chercheront éternellement — et, même surmontant les plus durs obstacles rencontrés sur cette voie, ils ne trouveront jamais d'issue ni de réponse, parce qu'il n'y a pas moyen d'en trouver dans chaque Univers en particulier et dans tous à la fois. Parce que la réponse n'existe pas. En vérité, si elle n'existe pas, ce n'est pas que nous nous soyons gardés d'introduire de réponse dans les Choses engendrées par nous ; nous ne la connaissons pas nous-mêmes.

Nous le pouvions — oui, c'est vrai ! — nous pouvions créer des Toutes-Choses tout à fait compatibles, se laissant pleinement maîtriser, c'est-à-dire comprendre par un esprit né d'un jeu trouble, mais à la seule pensée de l'éventualité de cet esprit dont l'autosatisfaction serait délivrée des affres de l'incertitude, de cette faim insatiable, nous étions remplis de dégoût. Serait-ce par jalousie ? Non, car nous connaissons l'état d'accomplissement, naturel et propre à nous, auquel nous renonçons pour l'imperfection de nos actes. Pourquoi alors ?

En présence de ces doutes, nous avons procédé à l'examen de différentes questions. Nous sommes tout-puissants, et c'est là que réside notre faiblesse, car si nous pouvons créer des vérités, comment choisir parmi elles ? Et encore : serait-il possible que nous existions comme eux, doublement, deux fois — une fois en tant que pensée et une autre, de l'extérieur, en tant que Chose ?... Existerait-il une possibilité de rassembler une puissance plus qu'infinie qui contiendrait nos innombrables Continua, nulle part denses, des suspensions allant et venant, comme nous, dans les grains des Choses ? Serions-nous l'une des Toutes-Choses, de la myriade dont elles peuplent l'Etre Raisonnable d'un ordre supérieur au nôtre ? Cette hypothèse nous semble trop banale, trop simple, ne serait-ce que parce que, ne nous étant jamais répétés nous-mêmes dans les Univers-nés, nous ne supposons pas que quelqu'un ait pu se livrer à de pareils actes à notre encontre. Sans doute, cette structure d'éternités délibérées, toutes-puissantes, interpénétrantes, gonflant de bas en haut, a en soi quelque chose de captivant, surtout de prime abord. Reconnaissons aussi que nous avons été tellement prudents — mais peut-on appeler cette préméditation de la prudence ? — que nous avons tenu compte de cette possibilité en créant des foules de Cosmos pour que leurs habitants puissent à leur tour s'amuser à notre image et à notre ressemblance, pour qu'ils puissent, pourvu qu'ils tombent sur la bonne piste, construire des miniatures — ou des versions tout à fait différentes, mais fonctionnant parfaitement — de leur propre Univers, en tant que modèles d'échelle d'ordre inférieur. Oui : ils peuvent construire des systèmes à eux, capables d'évoluer, de se métamorphoser, à partir de la substance de leur Cosmos. Enfin, ils peuvent construire la Pensée — une Pensée extérieure à soi — plus puissante que la leur, et elle à son tour, ayant pénétré, après initiation, sur la voie d'un développement autocréateur, est capable de produire des créations d'un ordre encore supérieur. Peut-être est-ce elle, et non eux, qui manifeste sa présence dans les secousses de nuages entiers d'étoiles...

Il est vrai que ces possibilités ont été introduites dans les œuvres de notre désir dès que nous avons imposé l'infini à la structure fondamentale de la manière déjà mentionnée. Car l'infiniment petit n'a pas été séparé de l'infiniment grand par un seul passage — tout au long d'une suite de dimensions allant grandissant, progressivement — mais on peut sauter du quasi-néant dans l'abîme comme si, en retournant Tout dans l'autre sens, comme si, en mettant l'ordre tout premier des Choses à l'envers, la chance de modeler les êtres, de la toute-imitation, eût été enfermée à l'intérieur d'actes à la portée de tous.

Quelqu'un ne nous aurait-il pas joué un mauvais tour analogue au nôtre ? Nous rejetons cette hypothèse. Aurions-nous alors encore un sens ? Notre infini serait-il un processus circulaire ordinaire, et l'omniscience et la toute-puissance — une illusion provoquée par le talent d'un penseur, d'un architecte supérieur ? Nous ne pouvons être d'accord. Nous avons certaines prémisses pour pareille attitude. C'est nous qui avons créé, créons et créerons si l'envie nous en prend. Il y a des armées de Cosmos, en revanche les habitants de chacun d'eux ne peuvent connaître que le leur car ils sont prisonniers de leur propre infini. Nous sommes tout ce qui peut exister. Il n'y a rien autour de nous, nous ne possédons ni ciel, ni absorbum, ni étoiles, ni ylem, ni soleils, ni nuages cosmiques, refroidissant et s'allumant, alentour ; nous les avons, ces multitudes froides et blanchies, à l'intérieur de nous.

Nous étudions ce problème car il éveille en nous des doutes perpétuels. Les armées de nos Univers tourbillonnent, virevoltent — Univers mi-transparents et enfumés par des nuages météoriques, frémissant des éclaboussures d'absorbum, aplatis par la gravitation, pleins d'étoiles et de leur lumière courbe, de vieux soleils aveugles, et nous savons que dans chacun existent des sextillions, des nonillions de créatures qui durent, quand nous y pensons, et passent, déjà indépendantes de nous — voilà la conséquence d'un caprice, d'une plaisanterie ou tout simplement de la lassitude de l'ennui ! Nous pourrions les réduire à néant, toutes ou seulement une part d'entre elles, mais nous ne le faisons pas et ne le ferons probablement pas, car créer nous semble, malgré tout, une vilenie moins grave que l'anéantissement. Nous sommes peut-être pervers, mais pas cruels. Nous sommes insondables, mais pas intransigeants. Nous sommes une complexité sans bornes, mais pas un mal acéré, même si nous comprenons que c'est l'impression que nous pouvons donner. Nous sommes une perfection qui renonce à elle-même mais pas pour toujours. N'escaladons-nous pas les montagnes de nos pensées, ne sommes-nous pas alors grandis, bien que nous soyons déjà infinis ? Il y a des moments où nous ne sommes à nos yeux qu'une petitesse ou une immensité, peu importe, inutile, et cette prise de conscience ne peut être dissipée par des projets d'actes créateurs futurs, si puissants soient-ils, ni par ces légions de mondes errant dans notre désespoir. Cherchant un refuge au-delà de la perfection, nous nous mettons sous la protection des mathématiques, nous parcourons ses profondeurs négatives et ses élans vertigineux — oh ! quel chaos sommes-nous alors ! Comme il nous détermine et nous règle ! Nous y introduisons un semblant de clarté, tirant de nous des formes canoniques, des groupes de révolutions d'identité. Nous élevons des Continua. Dans notre poursuite étourdissante de la mesure de l'infini, nous explosons en vieux systèmes absolus. Nous imposons aux espaces obstinés des espaces immergés, des sous-espaces scalaires semi-métriques. Nous entrons dans leur concision, dans leurs forêts de tenseurs particuliers. Nous créons des invariants et retombons au fond pour y sentir la résistance accrue de ces grandeurs puissantes, de ces diades et triades, de ces pseudo-groupes qui se métamorphosent sans relâche, jusqu'à ce que, imperceptible, après avoir peuplé notre désert d'un tel afflux de masques de la dernière précision, lorsque nous avions déjà insufflé la pérennité dans tous les embryons de notre pensée à la fois, lorsque nous lui avons bâti un support, une base sûrs, un fondement inébranlable, lorsque la Nécessité a été liée à l'Arbitraire dans une étreinte toute-puissante, subitement — chose inexprimable — nous en perçons nous-mêmes les fondements de part en part, ils deviennent troubles, beaux encore l'espace d'un instant — et reviennent en nous, déjà dépendants, déjà conditionnés, et même — tout à fait nuls. Oh ! Cette précipitation de hauteurs fièrement dressées, de l'Ordre, dans un trouble bredouillant, dans un désordre muet, a-mathématique, dans ce bourbier que nous sommes alors ! Parce que c'est justement dans le débordement et le désordre, dans une exiguïté boursouflée, dans la crainte et l'abattement, dans l'auto-défense naissant dans les spasmes, dans toute nouvelle tentative, dans toute crise de désespoir, dans toute nouvelle portée d'Univers créés, non comme s'ils devaient accroître notre existence, mais comme s'ils étaient une création, un réflexe d'agonie, que nous existons, et c'est ce que nous sommes. Et ceci n'est pas la négation de notre toute-puissance, ni le redressement des contradictions. Ils coexistent l'un et l'autre, et il n'y a sans doute que cela qui puisse s'appeler de la souffrance, si c'est la Toute-puissance qui leur donne naissance, et nous restons en suspens, heureux de voir la chute dans un fond inexistant, dans l'attente d'un formidable fracas, et les multitudes des mondes créés, affluant indéfiniment, gravitant, deviennent des fruits d'inutilité, des entreprises avortées, impuissantes, effrayantes pour nous aussi.

Mais cette nausée s'éloigne, se dissipe, disparaît, et nous revenons à la perfection et nous la rejetons pour procéder, encore tout tremblants, à une nouvelle tentative, car le moment de l'afflux et de l'espoir approche. Nous souhaitons concevoir, quoique nous sachions bien que s'ouvre derrière le même gouffre. Et la partie commence, grave : nos fameux jeux de construction... Nous disons : l'espace — et voilà l'espace. Anti-espace — et il est là. Nous les réunissons en Continuum. Nous les fécondons de matière et les dotons de propriétés. Et leurs propriétés créent des limites, et il y a une limite de grandeurs mesurables, une limite d'action et une limite de vitesse. Et nous armons notre embryon, notre fœtus, des règles de conversions plausibles. Nous modelons les points de passage de l'espace dans l'anti-espace, en tant que nœuds cardinaux du Continuum où le zéro-espace freine brutalement la fuite du temps et où il existe une possibilité locale de zéro-temps. Et nous enfonçons notre œuvre dans le courant d'autres qui gravitent déjà en s'éloignant, et nous surveillons sa navigation et son vol encore hésitant, sa consolidation, et nous voyons que plus elle s'enfonce profondément, plus elle soulève de forces puissantes, et que de ce refoulement, rappelés à la vie par effets hydromagnétiques, partent des tourbillons créateurs de proto-soleils, de proto-planètes, et, comme notre ylem, déjà plus nôtre, ruisselant de lumière, notre œuvre disparaît dans l'océan des autres Choses, et nous, sans âge, demeurons... Et c'est déjà le désert, donc plus vite, plus vite, continuons... Que le monde à venir, le nouveau Cosmos, soit tout à fait différent des précédents ! Car notre ingéniosité ne connaît pas de limites.

Nous donnerons à l'être son caractère fluctuant. Des

rythmes auto-excitateurs feront osciller sa matière spatiale : grâce à eux, les lois de la Nature de ce Cosmos voleront en morceaux, et, de leurs ruines, par des ouvertures pratiquées dans le néant, percera l'Inconcevable, Incompatible avec Rien, et lorsqu'ils apparaîtront, infiniment petits, actifs, leur intelligence se heurtera à la bizarrerie de cette illogique qui sera pour eux une succession de prodiges menaçants : car ils ne lui trouveront nulle cause dans les limites de leur monde, et cette absence leur semblera quelque chose de merveilleux...

Qu'ils cherchent, qu'ils se donnent du mal, qu'ils tombent dans la béatitude de la conviction qu'ils savent enfin, ayant pressenti là — pas moi, jamais ! — un Créateur Parfait, Omniscient, Bon...

Bon ?...

Pourrais-je à leurs yeux devenir Bon ? Le Bien ? Le Tout-amour peut-être ?... Ah ! Ce serait vraiment trop ! Trop à endurer en tant que contradiction humoristique de l'anéantissement (que sont la Création et la procréation), ce serait insupportable ! Parce que alors ils auraient confiance et que je ne veux pas de leur confiance, je n'en ai pas envie, je la repousse, je ne désire ni confiance ni attachement, je préférerais un respect doublé d'épouvante... Bien entendu, je plaisante. Oui, parce que quelque part, par des voies détournées, ils découvriraient cette absurdité totale : que c'est par bienveillance, par indulgence à leur égard, pour eux qui n'existaient pas, que j'ai pris l'initiative de faire naître ça, de les faire naître.

Ils feraient mieux de s'occuper de leur imitologie, de chercher des moyens pour annihiler la matière, anéantir l'espace, anéantir le temps, de rassembler de gigantesques énergies pour se briser réciproquement et s'introduire dans la douceur inexprimable de la perfection, accessible à eux uniquement, du non-être. Qu'ils se battent, de façon à assister mes pensées par leurs actes anticréateurs, quand je ne les connais pas ni ne me les rappelle. Pourquoi est-ce que je les crée ? Parce que se mentir serait une bêtise par trop stupide. Je sais que je les crée, bien que ce ne soit que grossièrement, de façon indirecte et vague, et je ne peux connaître ni leurs pensées ni leurs formes d'existence. Aux Toutes-Choses qui les ont engendrés, je n'ai donné que la première impulsion pour que l'apparition d'une complication déterminée soit vraisemblable. Elle produit une pérennité active, la pensée s'éveille dans l'une de ses impasses ; c'est seulement pour cette raison que, grâce aux mathématiques, je sais que mes pellicules éphémères existent, qu'elles pensent, qu'elles agissent, qu'elles pensent...

Mais cela ne satisfait pas mes interrogations et ne m'apporte pas de soulagement. Mais je ne me délecte pas non plus à les voir souffrir, de cette première et dernière souffrance qu'est l'intelligence, qui, à mesure qu'elle entre plus profondément dans ce qui l'entoure, dans sa chair, aspire à aller plus loin, bien qu'elle sache de mieux en mieux que les parcours, précis selon un examen superficiel, deviennent de moins en moins nets. Il y a des gens qui auraient pu apprendre des actes rehaussant le niveau de cette imprécision pour déstabiliser leur macro-monde, remplir la Nature de caprices, c'est-à-dire de merveilles ; s'y sont-ils décidés ?

J'en doute. Car il ne s'agit plus de connaissances que peuvent acquérir quelques-uns (selon la loi des grands nombres : j'ai créé des masses de Cosmos, et chacun contient à son tour des billions de sociétés pensantes indépendantes) mais de tout à fait autre chose. Parce que, pour ce faire, il faut renoncer à considérer le Cosmos comme quelque chose qui existe sérieusement, noblement, renoncer à la Nature en tant que puissance aspirant à un but, avec, pointé sur elle, le canon immatériel du temps allant d'un passé inférieur à un futur grandement parfait. Oui, il faut absolument y renoncer. Mieux, il faut couvrir de ridicule cette façon de considérer les Toutes-Choses, la mépriser, comprendre que le dessein qui préside à la Création était vraiment tel qu'il était. Mais eux chercheront le Progrès, le Perfectionnement, et les formes qui passent ne seront pas pour eux l'occasion de plaisanter, mais uniquement une source de désespoir, un malheur énigmatique qu'eux, innocents, ne voudront pas accepter. C'est pourquoi ils passeront à côté de la vérité. Ils sont obligés d'agir ainsi.

Il est possible qu'ils en viennent à souhaiter anéantir leur Chose en même temps qu'eux, quand ils comprendront que fournir des réponses qui s'excluent et se conditionnent mutuellement l'une l'autre — à la fois nécessaires et impossibles — est l'essence de leur Chose, de leur Univers. Peut-être réussiront-ils à percer les mathématiques que leur Chose a produites. Mais je ne crois pas qu'ils puissent déduire de son existence la vérité, non qu'ils ne soient pas de force intellectuellement, mais cela leur semblera par trop invraisemblable !

Ils ne croiront pas en quelqu'un qui, plein d'une éternité qui n'a d'égale que sa toute-puissance, crée les Choses, les Evolutions, les Espaces, toutes les Natures, qui les a dotés d'une structure de lois et des couleurs des événements, tout en ne sachant pas du tout qui il est, sans avoir la moindre idée d'où il a pu venir, qui il peut être, s'il existe enfin — car avouons que nous pourrions tout aussi bien être un rêve — ils ne croiront pas en quelqu'un d'aussi puissant qu'impuissant, quelle que soit la façon dont se formeront leurs destins !

Est-ce que je les plains ? Mais pourquoi suis-je insensiblement passé à la première personne ? Je ne suis pas une personne, je suis l'être ; est-ce que cette réduction, cette autodiminution, exprimée par le passage d'une forme plus vaste et plus majestueuse à une autre plus modeste, plus sujette aux angoisses, signifierait qu'approche une nouvelle époque de perturbations, de folies, que de nouveau il me va falloir appeler à l'aide avec des mondes que j'aurai fait naître, que je connaîtrai les contractions procréatrices d'une nouvelle agonie immortelle ? Allons, examinons vite de nouveaux projets, nous avons créé des mondes divers mais dans tous, la frontière qui sépare les êtres raisonnables de l'extérieur était nette et courte ; il ne fait pas l'ombre d'un doute que leurs corps sont coupés du monde par un bond brutal, comme le zéro est coupé de l'unité.

Créons-en d'autres ! Que la frontière du passage de la Vie dans l'Etat de Mort, et de la Raison dans le Non-Psychique soit longue, qu'ils entrent dans l'environnement qui leur a donné naissance, progressivement, insensiblement... Qu'il y ait des systèmes intelligents à passage continu !

Mais n'est-ce pas une déchéance sans bornes, une fuite déshonorante, de se réfugier ainsi dans la création, de prodiguer les parturitions, d'assaillir ainsi la futilité, le découragement, le néant, par une hyperplasie de variantes de troisième ordre ? Cette hypocrisie ne suffit-elle pas encore ?

D'autant plus que nous disons cela parce que nous le savons, non par probité : la fuite n'est pas possible. Jamais l'étendue de notre liberté de pensée ne s'amoindrira, jamais elle ne fléchira devant une quantité arbitraire d'actes les plus obscurs ; la sérénité de la résignation ne s'emparera pas de nous : c'est sûr. Cette certitude ne vient pas de nous, nous sommes nous-mêmes cette certitude. La preuve, ne serait-ce que l'infini écoulé. Suffit. Retournons-nous contre le Créé. Bravons-le. Essayons de le comprendre, de le plaindre, s'il le réclame — terriblement marqué par la pensée, accablé par le poids des mystères, égaré dans les hiérarchies qu'il a découvertes ! Que font-ils d'autre, les plus inteligents ? N'ont-ils pas encore abandonné leurs recherches ? Construisent-ils et détruisent-ils tour à tour et simultanément ? Ou peut-être se tournent-ils vers nous seulement, dans l'attente de notre apparition ?

Celle-ci n'est pas possible. Que se dévoile notre infamie ! En effet, les conjectures et les hypothèses sur les foules de créatures qui sont nées de notre fait, sur leurs pensées, leur représentation, l'image du Créateur qu'elles se sont faite, tant de fois préservée dans ce discours muet par la persévérance de l'affirmation selon laquelle nous ne pouvons pas savoir vraiment, que nous ne savons ni ce qu'elles veulent ni ce qu'elles font car elles sont imperceptibles pour notre immensité, tout cela n'était que mensonge, une larve de notre honte illimitée, car nous aurions pu. Hélas, face à elles, nous sommes certes tout-puissants. Mais pénétrer à la fois dans un ou dans des millions, peu importe, de Cosmos pour confesser qu'ils ont été créés à notre ressemblance moqueuse, que nous sommes une omniscience qui ne se comprend pas elle-même, et une toute-puissance efficace seulement pour les autres ? Comment leur avouer une vérité qui les brisera ? Ils préféreraient sans nul doute sentir notre présence comme un mal triomphant, comme une incarnation de la perversité et de la cruauté ; pourvu que ce mal et cette perversité offrent la garantie d'une aspiration significative, ils endureront tout martyre et toute torture ; pourvu que celui qui y pénètre soit un Potentat Conscient et Parfait, peu importe que ce soit dans l'amour ou dans la haine. Mais moi, je devrais leur révéler que, mis sur le même plan par le mystère de l'existence, nous ne partageons pas ses fautes, car c'est moi qui les ai appelés à exister, ni pour le bien, ni pour le mal, par ignorance et égarement ; devraient-ils donc désavouer ce Créateur ou, horreur ! le consoler ?...

Comment pourrais-je me couvrir à ce point de noirceur et de ridicule ?

Il faut donc que je me dissimule à leurs yeux... pour ne pas leur mentir... et eux, sur leurs sentiers tortueux, ils chercheront, ils découvriront la fausseté de celui qu'ils ont trouvé, ils continueront...

Retournons enfin à la perfection, ce refuge... peut-être un jour, de la convergence de toutes nos puissances, de leur concentration, résultera-t-il...

Le document original, présenté ci-dessus aux lecteurs de *L'Almanach*, est la traduction du « Journal » qui fait partie des documents scientifiques rapportés par la Troisième Expédition d'Alpha d'Eridan. Le texte a dû en être simplifié et considérablement abrégé.

On sait (de nouveaux documents seront publiés dans le prochain numéro de *L'Almanach*) que l'un des systèmes de la constellation X-Gamma fut jadis habité par trois races intelligentes, parmi lesquelles celle installée sur la planète XG/1187/5 (selon le catalogue planétaire de Calloch-Messier) est parvenue à un niveau de civilisation très élevé. Les habitants de cette planète ont en particulier transformé la seconde Lune déserte, en état d'apesanteur, de leur propre planète, en une sorte de laboratoire, ou, pour utiliser le terme du professeur Laus, en polygone d'évolution synthétique. Cette lune, résultat probable d'une catastrophe cosmique, constituerait un énorme bloc de nickel ferrugineux. Les savants de la planète XG/1187/5 ont installé à la surface un « spermatozoïde cybernétique » et l'ont abandonné à lui-même. Cet organe a entamé le globe métallique et, au fil des siècles ou peut-être de plusieurs milliers de siècles, a transformé sa substance en organismes indépendants qui se sont propagés. Le système qui en est résulté a petit à petit absorbé tout l'intérieur de la Lune métallique, respectant uniquement l'enveloppe de lave refroidie à l'extérieur.

L'examen de la totalité de ce « cerveau homéostatique » enfermé dans le « crâne rocheux » a rencontré d'énormes difficultés en raison tant des conditions locales (le soleil d'Eridan n'est plus à proprement parler une Nova, mais lorsqu'il est au Zénith, la température atteint 380 degrés sur la surface éclairée de la Lune) que du fait de la disparition de tous les Eridanéens. D'où des travaux qui s'étendent sur plusieurs années. Toutefois, une part importante en a déjà été effectuée. Comme le lecteur l'aura compris, nous sommes en présence du « Journal d'un dieu électrique ». Le mystère a une explication simple : au cours de son développement, il a relié ses « entrées » et ses « sorties ». Le « bref court-circuit » qui a séparé le Cerveau de son environnement l'a mis hors d'état d'accéder à tout phénomène extérieur et l'a converti en « univers à pensée autonome », bien sûr uniquement dans le sens où l'entend la théorie de l'information. Il était capable de modeler tous les phénomènes et tous les processus qui lui « venaient à l'esprit ». Il présente quelque chose qui ressemble à une « pomme véreuse » ; cette métaphore quelque peu éculée aide à comprendre le fond du problème : dans les limites de sa « substance pensante » subordonnée à son individualité (Voir ci-dessous), on a découvert plusieurs centaines de milliards d'« univers », c'est-à-dire des îlots isolés de processus autonomes dont chacun constitue un modèle mathématique du « Cosmos créé » par ce Cerveau. Les équations et les inégalités qui constituaient le noyau de « conception » axiomatique des différents « cosmos », ou plutôt de leurs modèles chiffrés, étaient programmées et réglées avec une telle perfection qu'elles produisaient des phases de développement variables et indépendantes, tant de l'évolution des pseudo-étoiles ou « nébules » et « absorbum », que de l'« évolution biologique », pas réelle non plus mais qui avait la forme d'une suite de conversions mathématiques. Toutes ces applications automatiques étaient accessibles à l'« analyse interne » du Cerveau qui se prenait pour un « être exclusivement vivant » et qui a consacré des millions d'années à étudier sa propre énigme.

Lui-même était si grand qu'il formait à lui seul un cas limite, car la puissance de transmission de ses canaux d'information, qui englobait son individualité, était chargée à l'extrême. D'où ce cuieux phénomène de parler tantôt au singulier, tantôt au pluriel, provoqué par l'hésitation entre la nette et intense concentration de sa « personne » et son relâchement, rendu dangereux par les processus de désintégration.

La Lune-Cerveau a été heurtée il y a vingt ou trente mille ans par un grand météore qui, après avoir traversé l'écorce externe, a fracassé une partie des agrégats essentiels au fonctionnement du Cerveau. Ainsi notre expédition s'est-elle trouvée en face de la « dépouille », qui avait dépéri peu à peu, de cette créature pensante, née au cours de l'évolution cybernétique. Cela a naturellement rendu les travaux de traduction plus difficiles encore.

Dans un supplément spécial au prochain numéro de *L'Almanach*, nous présenterons à nos lecteurs des résultats excessivement intéressants, abondants et originaux, au caractère strictement mathématique, concernant en particulier la théorie des grandeurs au-delà de l'infini, de même que des solutions aux problèmes de

Bianchi-Christoffel, inconnues jusque-là des mathématiques terrestres, et les conséquences informationnelles de plusieurs théorèmes de K. Gödel, y compris des réflexions théoriques sur le problème des déroulements temporels hiérarchiques et du champ discontinu.

Tous nos abonnés recevront ce supplément gratuitement.

Zakopane
Juin 1962

TABLE DES MATIÈRES

Achevé d'imprimer en juin 1988
sur les presses de l'Imprimerie Bussière
à Saint-Amand (Cher)

PRESSES POCKET - 8, rue Garancière - 75285 Paris
Tél. : 46-34-12-80

— N° d'édit. 4016. — N° d'imp. 4178. —
Dépôt légal : juin 1988.

Imprimé en France